막장 악역이 되다

크레도 퓨전 판타지 장편소설
WISHBOOKS FUSION FANTASY STORY

 2

크레도 퓨전 판타지 장편소설

초판 1쇄 찍은 날 | 2019년 12월 6일
초판 1쇄 펴낸 날 | 2019년 12월 13일

지은이 | 크레도
펴낸이 | 권태완 우천제

기획 | 위시북스
편집책임 | 한준만
편집 | 위시북스

펴낸곳 | ㈜케이더블유북스
등록번호 | 제25100-2015-43호
등록일자 | 2015. 5. 4
KFN | 제2-11호

주소 | 서울시 구로구 디지털로31길 38-9, 401호
전화 | 070-8892-7937 팩스 | 02-866-4627
E-mail | fantasy@kwbooks.co.kr

ISBN 979-11-293-4391-8 04810
      979-11-293-4389-5 (set)

Wish
Books

막장

크레도 퓨전 판타지 장편소설
WISHBOOKS FUSION FANTASY STORY

악역이 되다

2

막장 악역이 되다

⋅ CONTENTS ⋅

✦ **Chapter 1** ✦
도련님의 큰 그림

　예로부터 사냥은 몰이사냥이 최고였다. 엄청난 경험치를 한 순간에 획득할 수 있었고, 게다가 짜릿한 쾌감마저 느낄 수 있으니 능력만 있다면 몰이사냥이 진리였다. 그런 면에서 두 길드는 충실히 자신의 임무를 수행했다.

　레이첼을 중심으로 한 실버 애로우 길드가 숲을 크게 돌면서 사냥감을 몰았다. 나무를 타며 빠르게 이동하는 모습은 마치 엘프들처럼 보였다. 개개인의 능력은 떨어졌지만, 경험과 팀워크로 그것을 극복해 내고 있었다. 부족한 부분은 장비가 채워주니 많은 몬스터들을 진우가 있는 곳으로 몰아왔다.

　화살 하나가 공중을 가로지르더니 옆에 있는 나무에 박혔다. 무진은 그것을 보고는 대검을 치켜들었다.

　"온다! 준비!"

　두드드!

바닥이 진동했다. 진우의 손에 들린 잔에서 물결이 칠 정도였다. 특수하게 제조된 커피 믹스였지만 나름대로 운치와 어울려 꽤 괜찮았다. 지구의 그 어떤 곳에서도 느낄 수 없는 풍경이 그의 마음을 흡족하게 했다. 다만 커피는 맛이 없었다. 특유의 떫은맛은 가루 음식에 모두 존재했다. 분해를 늦추기 위한 기술이 들어가 그러한 것이었는데, 그래도 없는 것보다는 나았다.

"커피는 이게 마지막인가?"

"네. 더 가져다드릴까요?"

"괜찮아."

진우는 잔을 내려놓았다. 몬스터 가죽으로 만든 파라솔 밑에서 안락한 의자에 앉아 몰려오는 몬스터들을 바라보았다.

곰처럼 거대한 늑대였다. 집단생활을 하는 편이라 개체수가 많았다. 수풀을 뚫고 많은 수의 늑대들이 모두 모습을 드러냈다. 찬란한 은빛 털은 마치 은으로 짜놓은 것같이 아름다웠다. 방어력뿐만 아니라 불에 대한 면역력까지 지니고 있어 값어치가 굉장한 고급 소재였다. 단점이 있다면 가공이 힘들다는 것이었다. 날카로운 발톱은 거대한 나무를 종이처럼 찢어버릴 정도였다.

'영화 뺨치네.'

영화보다도 훨씬 박진감 넘쳐서 구경할 맛이 났다. 블록버스터 영화를 보는 듯한 위압감이 있었다. 실물로 보니 역시 판타지라는 생각이 확 와닿았다.

"꽤 많군요. 저 정도의 숫자는 저도 처음 봅니다. 실버 애로우의 탐색, 그리고 몰이 능력은 확실히 뛰어납니다."

"반나절을 작업한 결과치고는 괜찮은 것 같네."

"네, 사람이 없는 것도 한몫한 것 같습니다. 본래 하루에 두세 마리 잡으면 많이 잡은 거라고 합니다."

유나가 고개를 끄덕이며 말했다. 인기 사냥터이니만큼 매번 늑대가 나타날 때마다 씨가 말랐다고 한다. 일정한 주기로 젠이 되기는 하지만 잡는 사람이 많으니 허탕을 치는 것이 대부분이었다. 인명피해도 많이 나왔는데, 늑대 때문은 아니었다. 사냥감을 두고 길드들끼리 서로 다투었기 때문이다. JW 게이트에서는 딱히 그것을 제재하지는 않았다.

"우아아아!"

무진이 마치 짐승 같은 소리를 내질렀다. 그러자 늑대들이 모두 무진을 바라보더니 그쪽을 향해 달려들기 시작했다.

'기술인가?'

어그로를 끄는 기술이 수준급이었다. 게임 같은 연출을 실제로 보게 되니 상당히 흥미로웠다. 현실 속에 묘하게 잘 섞여서 작동하고 있었다. 늑대들이 무진 쪽으로 달려드는 순간 바닥이 순식간에 꺼지며 모두 밑으로 떨어졌다. 그리고 늪처럼 진득한 구덩이에서 허우적거렸다.

"공격! 눈을 노려라! 가죽 손상을 최소한으로 한다!"

자세를 낮추며 대기하고 있던 이들이 모조리 달려들었다. 마법 기술을 배운 이들이 주문을 외웠다. 공중에서 물이 떨어져 내리고 진득한 액체가 퍼부어지는 장면은 꽤 장관이었다. 반나절의 준비가 빛을 발하는 순간이었다. 용병들은 능숙한 몸놀림으로 늑대의 목숨을 하나둘씩 끊었다. 가죽 손상을 최소한으로 줄이기 위해 아주 신중했다.

드디어 때가 되었다. 진우는 의자에서 일어나 구덩이 쪽으로 다가갔다.

'이거지!'

목숨이 끊어진 늑대에게서 금빛의 기류가 흘러나왔다. 그건 정보의 마안으로만 감지할 수 있는 경험치가 섞인 마력이었다. 몬스터를 잡으면 레벨이 오르는 것은 모두 이것 때문이었다. 보통 호흡을 통해 육체로 흡수되었고 잠재력의 보정을 받아 흡수량이 각각 달랐지만, 진우는 정보의 마안을 통해 온전하게 모조리 흡수할 수 있었다.

진우가 길드를 고용한 것은 바로 이것을 위한 일이었다. 주인공은 바닥을 기면서 악착같이 하나하나 잡았지만, 진우는 그럴 필요가 전혀 없었다. 정당한 대가를 주고 고용해서 모조리 잡아버리면 되는 일 아닌가?

용병들은 아주 충실하게 진우의 명령을 이행했다. 반나절 동안의 노력이 진우에게 모조리 쏟아져 들어왔다.

'역시 편하고 좋네.'

진우는 마력을 흡수하는 것과 같은 방법을 통해 모조리 경험치를 자신의 것으로 만들었다. 다른 이들에게 향하는 경험치까지 모두 흡수했는데, 그게 진우가 대금을 많이 준 이유이기도 했다.

진우가 착용한 유물이 있으니 경험치는 배로 늘어났다.

'그야말로 폭렙!'

정보의 마안으로 보니 레벨이 한 번에 10단계나 올랐다. 안타깝게도 자유롭게 스탯 분배를 하지는 못했다. 정보의 마안으로 움직이기 전에 기존에 익히고 있던 기술이 이해도에 따라 자동으로 분배했기 때문이다. 주인공과는 다른 점이었지만 그 정도는 감수할 만했다.

스탯 분배 중이라 그런지 정보의 마안으로는 자신의 육체 정보가 아직 확인되지 않았다. 조정 중이라는 정보만 떠오르고 있을 뿐이었다.

'음, 육체 능력은 확실히 상승한 것 같은데⋯⋯.'

진우는 바닥에 있는 돌을 들어보았다. 힘을 주자 돌에 균열이 생기더니 부서졌다. 바로 전까지 인간의 한계 수준의 힘을 지녔던 것에 비하면 엄청난 성장이었다.

유나가 고개를 갸웃하며 진우를 뚫어지라 바라보기 시작했다.

"왜?"

"뭔가 피부가 빛나는 것 같습니다만⋯⋯."

"응?"

그녀는 고개를 갸웃하고는 살짝 심호흡했다.

"실례했습니다. 아무것도 아닙니다."

유나는 스스로 뱉은 말이 어이가 없는지 고개를 설레 저으면서 웃어넘겼다. 그러곤 다시 무표정으로 돌아갔다.

"조심해서 빼내!"

"바로 구덩이를 덮는다! 흔적을 남겨서는 안 돼!"

모두가 바빠 보였다. 아무것도 하지 않고 가만히 놀고 있는 사람은 진우밖에 없었다.

'크, 좋구만!'

이 쾌감을 아는 사람은 알 것이다. 남들 일할 때 노는 것이 세상에서 가장 보람차고 재미있는 일이었다.

길드원들은 거대한 구덩이에서 늑대 사체를 모두 빼냈다. 정확히 38마리였는데, 개중에는 우두머리 늑대까지 있었다. 고기를 제외하고는 어느 것 하나 버릴 것 없는, 그야말로 황금 덩어리나 마찬가지였다.

"오, 오오!"

"대박!"

"미친, 이게 다 얼마야."

"털에 윤기 봐. 최상급이야!"

쓰러져 있는 수십 마리의 늑대를 보며 환호성을 내질렀다. 무진은 안 그런 척했지만 얼굴이 상기되어 있었고, 레이첼은 손가락을 꼼지락거렸다. 모두 아쉬움이 가득한 표정이었는데, 그럴 수밖에 없었다. 진우의 의뢰를 받는 처지라 저것들 모두가 진우의 소유였기 때문이다.

진우는 딱히 감흥이 없었다. 늑대의 가죽이나 잔여물 같은 경우에는 창고에 가득하다 못해 넘쳐흐르도록 쌓여 있었다. 사냥감의 80%를 징수하니, 창고가 미어터질 지경이었다.

있는 놈들이 더하다고, 그렇게 물량이 넘쳐났지만 정작 시중에는 잘 풀지 않았다. 가격 조절 때문이었다. 그저 창고를 계속해서 증축하고 있을 뿐이었다.

레이첼이 진우에게 다가왔다. 레이첼은 굉장히 조심스러웠다. 원작에서는 꽤 밝고 낙천적인 성격이라 조금 의아하기는 했다.

진우는 레이첼을 바라보았다. 레이첼은 진우와 눈이 마주치더니 살짝 표정이 풀어졌다.

잠시 정적이 내려앉았다.

유나가 헛기침하자 다시 긴장 상태로 돌아왔다.

"아! 보고드립니다. 그…… 모두 38마리입니다."

"그렇군요. 생각보다 많네요."

"어, 어떻게 처리를 할까요? 가죽을 손질하고 해체하는데 조금 시간이 걸릴 것 같은데…… 그…… 저, 저희가 이런 건 잘하거든요. 하, 하하!"

레이첼의 말에 모두가 진우를 바라보았다.

진우는 딱히 깊게 생각하지 않고 있었다.

'음…….'

모두의 이목이 쏠리니 조금 부담스러웠다. 진우에게는 앞서 말했다시피 필요 없는 것들이었다. 뒤를 바라보았다. 고급스러운 재질로 이루어진 텐트, 테이블, 파라솔이 보였다. 거기에 전혀 쓸데없는 호화스러운 짐들이 한가득 있었다. 총지배인이 아예 가마마저 대령하겠다는 걸 겨우 말린 진우였다. 진우가 직접 걷겠다고 하자, 총지배인은 진우의 인자함에 감격하며 더욱더 요란을 떨었다.

'저들 보고 가마를 들게 하는 것은 좀…….'

고용한 용병들 외에, 총지배인이 붙여준 이들이 진우의 호화스러운 짐을 옮겼고, 각종 편의를 돌봐주었다. 여성으로 이루어진 메이드 복장의 부대였다. 공간을 다루는 능력을 지닌 수준급의 능력자였는데, 무진과 레이첼보다 몇 수 위의 실력을 지니고 있었다.

　과거, 이희진 회장 밑에 있었을 때 유나가 저들을 직접 이끌었던 적이 있었다고 한다. 그건 원작에서는 언급이 되지 않은 유나의 과거였다.

　사회에 부적응한, 폭력적인 성향이 아주 짙은 능력자들이었다. 능력자 전용 감옥에 있는 것을 총지배인이 꺼내 훈련시켰는데 도저히 정상으로는 보이지 않았다. 그 위험성 때문에 국가적으로도 수용하기 꺼려지자, JW 게이트에 유배한다는 명목으로 풀어준 위험분자였다.

　'……살벌하네.'

　눈동자가 섬뜩하기 그지없었다. 아무것도 없이 텅 비어 있는 것이 도저히 충성심 같은 건 기대하기 어려워 보였다. 서양 영화에나 나오는 살인 인형을 보는 것 같은 느낌마저 들었다. 하나하나가 극악의 테러리스트라 불러도 이상하지 않은 존재였다. 실제로 미국의 가장 깊은 지하 감옥에 냉동 보관되어 있던 메이드도 있었다. 깨어날 기미가 보여서 당국이 비상이 걸렸는데, 총지배인이 부탁을 받고 날아가 잡아왔다고 한다.

　'허허허, 그때는 참 낭만적이었지요. 제가 주인님께 첫 칭찬을

들은 날이었으니……'

그런 이야기들을 추억을 회상하듯이 말하는 총지배인도 확실히 위험한 인물이었다.

진우는 메이드 쪽을 바라보았다. 날붙이를 쓰다듬고 있는 모습은 굉장히 섬뜩했다.

'여기에 있는 것이 다행이군.'

어쩌면 JW 게이트에 봉인된 것이 건전한 사회를 위해 올바른 일인지도 몰랐다. 원작에 언급되지 않은 것들이 이런 식으로 보충이 되니 어이가 없어졌다.

아무튼, 이미 짐이 한가득 있었다. 묻어버리는 것보다는 알아서 처리하게 하는 것이 좋을 것 같았다.

진우가 그렇게 말하자.

"꺄악!"

"억!"

레이첼은 비명을 질렀고 무진은 헛바람을 삼켰다.

레이첼은 덜덜 떨리는 턱을 겨우 진정시켰다.

"가, 감사합니다. 사랑합니다! 사, 사랑해요! 꺄악!"

그녀는 그렇게 외치고는 늑대의 사체가 있는 곳으로 뛰어들었다. 곧 전과는 비교도 되지 않은 엄청난 환호 소리가 들려왔다.

유나는 고개를 끄덕였다.

"다소 비싼 값이긴 합니다만, 충성심보다 비싼 것은 없지요. 그럼 식사를 준비하겠습니다."

유나는 시끌벅적하게 떠들면서 해체 작업을 벌이고 있는 이들을 바라보더니 다시 한번 고개를 끄덕이고는 메이드들 쪽으로 향했다.

'그러고 보니 유나도 암살자 출신이었지.'

유나는 그 살벌한 메이드 사이에서도 전혀 위화감이 없었다. 오히려 분위기를 압도하는 무언가가 느껴졌다.

'하나같이 다 정상이 아니구만.'

진우는 고개를 끄덕이며 그렇게 생각했다. 생각해 보면 자신도 그러했다. 어쩌면 제일 비정상인지도 몰랐다.

해체 작업은 그리 오래 걸리지 않았다. 경험 많은 이들답게 아주 능숙한 솜씨로 순식간에 가죽과 부산물들을 분리했다. 진우는 레이첼이 하는 것을 물끄러미 바라보았다. 거침없이 살코기와 뼈를 발라내는 모습은 상당히 인상적이었다. 피가 몸에 잔뜩 묻어 있었지만, 그녀의 입에서는 미소가 떠나지 않았다.

"흐, 흐흐…… 예뻐…… 아름다워…… 이 광택……."

웃으면서 뼈를 발라내는 모습은 섬뜩하게 느껴질 정도였다. 살코기는 모두 버려지고 있었다. 딱 봐도 먹음직스러웠는데 치명적인 독을 가지고 있어 먹을 수 없었기 때문이다.

'가루 음식은……'

그야말로 최악이었다. 그냥 짠맛만 나서 물에 소금을 타 먹는 느낌이었고, 마치 미숫가루를 생으로 먹는 것처럼 텁텁하기 그지없었다. 거기에 특유의 떫은맛이 맛을 다 가렸다. 버틸 만은 했지만 앞으로 남은 여정을 생각해 볼 때 암담하기 그지

없었다. 게다가 가장 많은 부피를 차지하고 있었고, 그마저도 분해가 시작되면 얼마 버티기 힘들었다. 가루라서 작다고 생각할 수 있겠지만, 거기에는 여러 가지 장치가 달려서 그 부피와 무게는 상당했다. 아무리 많은 양이 있어도 보존 기간은 정해져 있었다.

진우는 살코기를 바라보았다.

[F+]실버 울프의 살코기(재료)

구워 먹어도 맛있고, 육회로 먹어도 맛있는 실버 울프의 살코기. 오르가슴마저 느끼게 해주는 뛰어난 풍미를 지니고 있다. 식감마저 굉장히 좋아 어떻게 먹어도 맛있는 고기지만 게이트의 주인 덕분에 치명적인 독을 머금고 있다.

마력을 머금은 실버 울프의 살코기는 최악의 환경에서도 한 달 이상 신선한 상태가 유지된다.

*독, 중독.

*매료.

*미각 3배 상승.

*게이트 요리는 그 어떤 능력자들도 성공하지 못한 신비의 영역이다. 요리 시 많은 경험치를 얻을 수 있다.

'게이트의 주인?'

게이트의 주인은 아마도 탐욕의 군주가 아닐까 싶었다. 그럴 만한 존재가 탐욕의 군주 외에는 떠오르지 않았다.

'솔직히 주인공이 이길 레벨이 아니긴 했지.'

첫 등장 때 게이트와 함께 안양시를 아예 지워 버린다. 그 탐욕의 군주를 죽인 경험치로 엄청난 폭업을 달성한 주인공이었다. 솔직히 주인공 보정, 그리고 운과 억지라고 표현할 수밖에 없었다.

'음, 아까운데……'

대량으로 쌓여 있는 살코기가 너무 아까웠다. 게다가 최악의 환경에서도 신선함을 유지한다니 꽤 대단한 식재료였다. 무엇보다 가루 음식을 먹지 않아도 된다.

'옛날 같았으면 그냥 가루 음식을 먹었겠지만……'

아무 맛이 없어도 그냥 먹었을 것이다. 살기 위해 먹는 느낌이었으니까. 하지만 지금은 평범한 맛은 견딜 수 없는 몸이 되어버렸다. 워낙 좋은 것들만 처먹으니 어쩔 수 없었다.

'아! 그렇지.'

독을 없앨 방법이 있었다. 진우가 흡수한 유물 중에 독에 관련된 것들이 있었다. 시간이 좀 걸리겠지만 말끔하게 흡수할 수 있을 것 같았다. 그리고 마침 요리법도 알고 있었다. 머릿속에 다양한 레시피가 떠올랐다. 손가락이 절로 꿈틀거렸다. 마치 엄청 가려운 곳을 긁고 싶은 것 같은 욕망이 샘솟았다.

진우가 수북하게 쌓인 고기로 다가가자 레이첼과 무진이 하던 일을 멈추고 진우를 바라보았다.

탐욕의 군주가 기다리는 마당에 눈치 볼 필요가 있을까?

깊이 생각할 필요는 없었다. 많은 경험치를 얻을 수 있는 것만으로도 시도할 가치가 충분했다.

　놀면 뭐하나, 렙업해야지.

　주변을 살펴보니 각종 허브와 향신료들이 잡초처럼 자라고 있었다. 상상할 수 없을 정도로 풍부한 맛을 지닌 것들이었다. 발길에 치이는 잡초 모두가 그러했다. 지금까지는 다 독초일 뿐이었다.

　진우가 겉옷을 벗고 소매를 걷었다. 그러자 메이드가 다가오더니 겉옷을 건네받았다.

　"레이첼 씨."

　"아…… 네? 네!"

　"단검 좀 빌려주실 수 있나요?"

　"무, 물론이죠."

　레이첼은 손에 든 단검을 허겁지겁 닦은 후에 조심스럽게 건네주었다. 메이드들이 노려보았지만 나서지는 않았다. 날카롭게 날이 선 단검이었는데, 나름 괜찮았다.

　단검을 들고 거대한 살코기를 바라보았다. 어떻게 움직여야 하는지 너무나 잘 알고 있었다. 머리보다는 몸이 먼저 반응하고 있었다. 잠들어 있던 마력이 깨어나며 단검에 깃들었다. 마력을 날붙이에 담을 수 있는 것만으로도 D랭크 능력자 취급을 받을 수 있었는데, 어설프게나마 마력이 유형화가 된다면 C랭크에 오를 수 있었다. 판타지 용어로는 오러, 무협 용어로 검기라 불리는 뻔한 수법이었다.

　휘익!

진우의 팔이 화려하게 움직였다. 강화된 신체 능력을 바탕으로 엄청난 속도로 휘둘러졌다. 검문최가의 형태가 몸에 스며들어 있었는데, 칼끝을 따라 흐르는 선이 매우 아름다웠다. 살코기가 분리되며 피가 공중으로 튀었다. 단검이 핏방울을 가르며 깔끔하게 직선으로 뻗어 나갔다.

콰앙!

기운이 뻗어 나가며 뒤에 있던 나무를 터뜨렸다.

'힘이 좀 많이 들어가네.'

진우는 그렇게 생각하며 고개를 끄덕였다. 웬만해서는 잘리지 않는 늑대의 뼈가 깔끔하게 잘려 나갔다. 움직임은 화려했고 자로 잰 것처럼 정확했다. 그 움직임에 빈틈이 없어 무진과 레이첼, 그리고 용병들은 눈을 뗄 수 없었다.

"후우……."

진우는 이마에 흐르는 땀을 닦았다. 화려함의 극치를 보는 것 같은 해체 쇼였다. 우두머리 늑대의 살코기를 모두 해체하고 나서야 주변의 시선이 눈에 들어왔다. 모두 자신을 보고 있으니 조금 부담스러웠다.

"일들 하세요."

단검을 돌려주었다. 레이첼은 단검을 받아들고도 한동안 멍하니 서 있었다.

진우는 가장 맛있는 부위를 들고 고급 텐트가 있는 쪽으로 갔다. 다행히 게이트 재료로 만든 간단한 요리도구가 있었다. 가루 음식을 먹기 위한 도구였지만 그럭저럭 쓸 만했다.

잠자코 지켜보던 유나가 다가와 입을 뗐다.

"무엇을 하실 생각입니까?"

"요리 좀 해보게."

"독이 있을 텐데요?"

진우는 그냥 보고 있으라는 듯 웃을 뿐이었다.

유나는 게이트 독의 무서움을 알고 있었다. 허기를 이기지 못한 이들이 고기를 먹곤 했는데, 모두 기괴하게 웃는 표정으로 죽어버렸다. 구멍이란 구멍에서 검은 피가 흘러 상당히 기괴했다.

'장난이신 것 같지는 않은데……'

유나가 오랜만에 보는 진우의 진지한 모습이었다. 그가 숨기고 있는 진면목일 것이다. 자신에게도 진짜 모습을 숨기는 것 같아 마음이 조금 아려왔다.

'사람은 많지만……'

아부하는 자들, 칭송하는 자들, 충성을 바치는 자들은 많았다. 그러나 진정으로 그를 이해해 주는 사람은 없었다. 가장 가까운 거리에서 보필하는 자신조차도 진우를 잘 알지 못했다.

'더 노력해야겠지.'

유나는 그렇게 생각하며 메이드들에게 손짓했다. 그러자 메이드들이 진우를 돕기 위해 곁으로 다가갔다. 진우는 각종 레시피만을 떠올리고 있을 뿐이었다. 재미있는 점은 레시피들 중에서 멋있게 만들 수 있는 것들이 먼저 떠오른다는 점이었다.

'기술들이 참……'

모두 겉멋이 엄청나게 들어가 있었다. 재료를 자르거나 손목을 쓰거나, 양념을 뿌리는 일련의 과정이 모두 멋을 중시했다. 그게 몸에 바로 익어버리니 그렇게 하지 않기도 힘들었다. 진우는 고기를 테이블에 놓고 독을 흡수했다. 굉장히 탁하고 사악함이 느껴지는 독이었다. 유물을 흡수하지 않았더라면 시도도 하지 못했을 것이다.

주변을 바라보며 작은 열매들과 허브 잎을 땄다. 지천으로 널려 있어 따다 보니 수북하게 쌓였다.

'너무 많은데…… 두고두고 먹으면 되겠지.'

진우의 손놀림이 빨라졌다. 독을 모조리 흡수하고는 열매를 빻고, 특이한 모양의 잎을 갈았다. 갈색빛이 도는 열매의 즙이 조금은 시큼한 향기를 만들어냈다.

진우표 특제 소스가 완성되었다. 완성되는 순간 갈색빛은 은은한 빛을 내는 황금빛으로 바뀌었다.

[대성공!]
[추가 경험치 획득!]

[C]도련님의 황금 소스

"그와 어울리는 색은 오로지 찬란하게 빛나는 태양, 그리고 태양과 닮은 황금일 뿐이다."

이진우가 특별한 비법으로 완성한 소스. 황금 비율로 제조되어 진짜 황금빛을 내게 되었다. 진우 레시피에 등록되어 언제든 문서화 할 수 있다. 문서화한 레시피를 지닌 자들만이 황금 소스를 제작할 수 있다.

황금 소스는 거의 모든 요리와 잘 어울린다. 황금의 기운을 받아 소스의 맛과 효과가 대폭 상승하였다.

*미각 4배 상승.

*미지의 쾌감.

*행복한 중독.

*재료의 맛 상승.

소스를 담은 그릇은 황금빛으로 넘실거렸다. 진우는 손가락으로 살짝 저어보았다. 황금빛을 내는 가루들이 마치 은하수를 보는 것처럼 아름답게 휘몰아쳤다.

조금은 시큼한 향기가 진우의 코를 자극했다.

'오, 장난 아닌데?'

그 향기에 메이드들도 입가에 나른한 미소를 지으며 그릇을 바라보았다. 유나는 침이 고이는지 침을 연신 삼켰다. 향기에 이끌린 것은 그들뿐만이 아니었다. 용병들도 하던 일을 모두 멈출 수밖에 없었다.

진우는 손가락에 묻은 소스를 맛보았다.

"위험……!"

유나가 다급히 말리려 했지만 이미 늦었다.

부르르!

몸이 절로 부르르 떨렸다. 머리에서 폭죽이 터지는 것 같은 착각이 들었다. 신맛인데 단순한 신맛이 아니었다. 가슴 아래부터 머리까지 스며드는 듯한, 폭포를 그대로 맞는 듯한 시원함이 존재했다.

'오감으로 맛을 보는 것 같아.'

유나가 사색이 되어 진우를 바라보았다.

진우가 멀쩡하니 겨우 안도의 한숨을 내쉬었다.

"괜찮으십니까?"

유나가 여운에 빠진 진우를 깨웠다. 그는 말없이 숟가락으로 소스를 살짝 떠서 유나에게 내밀었다. 유나는 진우와 숟가락을 번갈아 보다가 머리카락을 귀로 넘기며 숟가락에 입을 가져다 대었다. 어째서인지 진우에게 독이 안 듣는 것 같았지만 자신에게는 해당이 되지 않을 수도 있었다. 그러나 명령을 거절할 수는 없었다.

유나가 눈을 질끈 감고는 소스를 마셨다. 눈이 크게 떠졌다.

"하응~"

신음을 내며 바닥에 주저앉아 부들부들 떨었다. 유나의 황홀함으로 물든 표정은 당연히 처음 보는 것이었다. 두 눈에 눈물이 맺혀 있었다. 메이드들이 부축했지만, 맛의 여운에 빠져 헤어나오지 못했다. 자신보다도 더 과한 반응이었다.

진우의 표정은 진지해졌다.

'내가 무엇을 만들어낼지 두렵다.'

진정으로 그렇게 느껴졌다. 침을 꿀꺽 삼켰다. 하지만 이제 와서 그만둘 순 없었다. 고기를 두툼하게 썰었다. 고기의 붉은 살결을 따라 마력을 주입해서 미세한 공간들을 만들어냈다. 고기를 그릇에 담그니 황금빛 소스가 붉은 살결에 스며들며 마치 루비를 보는 것 같은 빛깔로 변모해 갔다. 고기를 빼내 그릇에 올리고 독버섯처럼 생긴 열매의 즙을 짜내 손으로 발랐다.

그냥 이대로 먹어도 맛있을 것이다. 메이드가 불을 피웠다. 불 위에 넓적한 돌판을 올려놓고 굽기 시작했다. 곧 고기 굽는 소리와 함께 향기가 퍼져 나갔다. 아무런 소리도 들리지 않았다. 모두 뚫어져라 익어가고 있는 고기만 바라볼 뿐이었다.

진우는 능숙하게 고기를 구웠다. 그 동작이 무척이나 우아하고 아름다웠다.

"적당히 됐군."

접시에 담고 나니 비주얼이 끝내주었다. 재료가 많이 없었지만 훌륭하게 만들어낼 수 있었다.

[대작 완성!]
[추가 경험치 획득!]

[C+]골드울프 등심 스테이크
"이 맛을 모르고 고기를 먹었다고 말하지 말라."
황금 소스를 발라 구운 스테이크. 환상적인 풍미를 자랑한다.
*미각 5배 상승.
*황홀경.
*황홀한 중독.
*충성심 상승.

*체력과 마력 5% 상승(24시간).

레벨도 하나 올랐다. 하지만 지금은 중요하지 않았다.

진우는 침을 꿀꺽 삼키며 나이프를 들었다. 나이프로 두툼한 고기를 자르자 육즙이 흘러나왔다. 진우는 한 입 베어 물었다.

"……."

잠시 정신이 아득히 나갔다가 돌아왔다. 이 맛을 알아버린 이상, 예전으로 되돌아갈 수 없었다. 지금까지 맛보았던 것들은 그저 퍽퍽한 종이처럼 느껴질 정도였다. 이 맛을 모르던 과거의 자신이 불쌍했다.

진우는 천천히 맛을 음미했다.

'이게 천국이구나.'

천국이 따로 있는 것이 아니었다.

유나는 진우의 곁에서 멍하니 먹는 걸 바라보았다.

"저, 정말 괜찮으십니까? 독은…… 어떻게……?"

"해독했으니 괜찮아."

"정말입니까? 대단하군요. 그 누구도 해독하지 못한 독을……."

말도 안 되는 말을 너무나 간단하게 내뱉는 진우였다.

유나의 표정이 복잡하게 변해갔다. 고기는 아직 많았다. 침을 꿀꺽 삼키는 소리가 들렸다.

진우는 피식 웃고는 한 접시 구워주었다. 유나가 스테이크를 망설임 없이 베어 물었다.

"으읍?"

유나의 눈이 살짝 풀렸다가 돌아왔다. 몸을 부르르 떨며 어쩔 줄 몰라 했다. 소스를 맛보았을 때보다도 훨씬 격한 반응이었다.

주르륵!

눈물이 뺨을 타고 흘러내렸다. 그녀는 지금 맛이 가져다주는 황홀경을 경험하고 있었다. 그녀는 표정을 수습하려고 했지만 그럴 수 없었다. 뇌에서 폭죽이 터져 나가고 있었기 때문이다.

"어때?"

"……환상적입니다. 정말…… 이건……."

"그렇지? 기대 이상이네."

진우가 그렇게 말하며 웃었다.

유나는 정신없이 스테이크를 먹다가 주변을 바라보았다. 모두의 시선이 꽂혀 있었다. 유나는 진우를 바라보았다. 이 모든 일이 익숙해 보였다. 마치 질리도록 경험한 것처럼.

'게이트…….'

유나의 복잡했던 머릿속이 한순간에 정리가 되었다. 번개가 친 것처럼 번쩍하더니 어떤 생각이 떠올랐다. 진우가 게이트에 온 이유, 연구소를 세운 이유, 독에 관련된 유물을 수집한 이유, 그리고 직접 이렇게 나들이를 온 이유. 모든 것이 하나로 귀결되었다.

'이희진 회장을 넘어서기 위해서는 세계를 지배할 능력이 되어야 한다.'

그런 말이 있었다. 그것은 현실적으로 불가능했다.

유나는 스테이크를 내려다보았다. 간단하게 조리한 이것을 먹는 순간 도저히 다른 음식은 먹을 수 없는 몸이 되어버렸다. 이 음식 정도는 아니지만 게이트의 맛있는 재료가 해독되어 시중에 풀린다면?

가능할지도 몰랐다. JW 게이트에는 식자원들이 엄청나게 많았다. 독을 해결할 수만 있다면 활용할 방법은 무궁무진했다.

'돈이 문제가 아니야. 그보다 위대한 영향력……'

대체 불가능한 자원, 그리고 문화. 다른 것으로는 대체할 수 없는 맛이 점차 스며들어 세계를 뒤흔들어 놓을 것이다. 무력, 그리고 권력보다 위대한 것은 문화였다. 그중 식문화는 굉장히 강력한 힘을 지니고 있었다. 한국 하면 떠오르는 것이 능력자, K팝, 그리고 한식이었다.

문화는 지배자였다. 사람이 가진 생각과 관념, 그리고 호감까지 주무를 수 있었다.

유나는 고개를 끄덕이며 진지한 표정이 된 진우에게 시선을 옮겼다. 평소와는 다르게 살짝 올라간 그의 입꼬리에서 많은 것들을 읽을 수 있었다. 큰 그림에 퍼즐 하나가 맞춰진 것에 대한 만족이 분명했다.

깊은 저 두 눈은 도대체 어디까지 보고 있는 걸까?

'두렵다.'

태평하게 스테이크를 먹고 있는 진우가 두려워졌다. 검문최가의 조건 없는 지지, 최근 들어 이희진 회장과 거리가 멀어진 듯한 이민우, 세계를 놀라게 한 측정 불가능한 재능, 그리고 제

2의 아인슈타인으로까지 불리는 최성민 박사를 간절하게 만든 기술 연구부터, 게이트 자원, 그리고 이런 마약 같은 식재료까지. 평소와 같이 무심한 듯 행동했지만 누가 오더라도 경악할 만한 일이었다. 모든 것이 아주 깔끔하게 딱딱 맞아떨어져 가고 있었다. 소름이 돋을 지경이었다. 그러나 이마저도 도련님의 큰 계획 중 아주 작은 부분임이 틀림없었다.

'내 팔이 좀 더 온전했더라면…….'

오른팔과 허리가 아려왔다. 자신은 기껏해야 C급 정도의 무력만 낼 수 있을 뿐이었다. 언젠가 걸림돌이 될 자신이 눈앞에 아른거리는 것 같았다.

유나의 눈에 진우가 다가온 메이드들에게 스테이크를 나눠주는 것이 보였다. 고개를 갸웃하던 메이드들도 고기를 입에 물더니 두 눈이 크게 떠졌다. 충격에 그릇을 바닥에 떨어뜨리는 이들도 있었다. 게이트에 갇혀 무미건조한 삶을 사는 그녀들에게 있어서는 굉장한 충격일 것이다. 듣기론 총지배인이 식사도 가루 음식을 하루에 한 끼 정도만 지급한다고 했다. 수족으로 변모했기는 하나 범죄자로서의 처벌은 아직 유효한 것이다.

총지배인은 그런 사람이었다. 면죄부 따위는 없었다.

'저 사이코패스들이…….'

처음에는 주어진 일만 했던 메이드들이 진우의 곁에 붙어서 능동적으로 일하고 있었다. 명령받은 일 이외에 하지 않는 것이 저들의 유일한 반항이었다. 열매를 잔뜩 캐오고 고기를 썰고, 장작을 더 가져왔다. 가장 아끼는 나이프까지 덥석 건네고 있었다.

'게이트에 갇힌 지 꽤 되었지.'

누구의 지시인지는 몰랐으나 총지배인 아래서 지옥과도 같은 혹독한 일상을 보내고 있었다. 물 한 모금조차 간절한 환경에서, 메이드들이 택한 것은 감정을 죽이고 인형처럼 움직이는 것이었다. 그것이 고통을 피하는 유일한 방법이었다.

그런데, 이런 충격을 받는다면?

쌓아 올린 인내심이 모래성처럼 녹아내릴 것이다.

'완전히 길들였어.'

저 범죄자들은 인간이 아니었다. 인간의 탈을 쓴 괴물이었다. 유나도 통제하다 못해 포기할 정도였다. 차라리 게이트에서 인생을 마감하는 것이 인류에게 큰 이득이었다. 그런 이들을 완전히 무장해제시킨 진우였다.

아주 오래전부터 이루어진 일이 분명했다. 유나는 진우와 총지배인과의 깊은 인연을 느낄 수 있었다. 그리고 자신이 얼마나 초라한 존재인지 깨달을 수 있었다.

진우는 메이드들의 시선에 어쩔 수 없이 스테이크를 나눠주었다. 굉장히 무서운 눈으로 바라보고 있어 주지 않고서는 못 배길 정도였으니 말이다. 그 이후부터 눈빛이 더 무서워졌다. 진득한 감정이 느껴져 한기가 느껴지는 것 같았다. 손을 뻗으니 나이프를 쥐여주었고, 알아서 열매들을 잔뜩 뽑아왔다.

'뭐…… 맛있는 건 나눠 먹어야지.'

하긴, 혼자만 맛있게 먹는 것도 조금 마음에 걸리긴 했다. 게다가 요리를 성공적으로 완성하면 추가 경험치마저 획득할 수 있으니 괜찮았다. 레시피도 미리미리 만들어놓으면 언젠가 쓸모가 있을 것 같았다.

'우리 집 냉장고 같은 예능프로에 나가면 다 발라 버릴 수 있을 것 같은데?'

최고의 셰프 군단이든 뭐든 그냥 다 아무 말도 못 하겠지.

"다른 것도 해볼까?"

진우가 그렇게 말하자 메이드들이 모두 진우의 곁으로 몰려왔다.

"도와드릴게요! 돕게 해주세요!"

"뭐든지 시켜만 주십시오."

레이첼과 무진이 뭐든지 도울 수 있다는 강렬한 눈빛을 보내왔다. 진우가 고개를 끄덕이자 용병들이 모두 분주하게 움직이기 시작했다. 진우의 손짓에 일사불란하게 움직이는 모습은 꽤 장관이었다. 불만을 품은 이는 누구도 없었다.

진우는 남은 고기로 많은 것들을 만들었다. 통구이를 하기도 했고, 샐러드, 육포, 육회, 고기무침 등 여러 가지 레시피가 탄생하였다. 그냥 생으로 뜯어 먹어도 맛있는데 요리해서 먹으니 그야말로 환상이었다.

메이드들이 엄청 빠르게 움직이며 도와줘서 그리 어렵지는 않았다. 레이첼과 무진, 그리고 용병들에게도 나눠줬는데, 한입 먹자마자 그대로 기절한 이들도 꽤 있었다. 몇 배에 이르는 미각 상승, 거기에 그것을 충족하고도 남을 정도로 풍부한 맛은 강렬한 쾌감마저 끌어냈다.

그들은 다시는 예전으로 돌아갈 수 없을 것이다.

진우는 일단 남은 늑대고기는 저장식품으로 만들고 만족스럽게 탐욕의 군주를 향해 나아갔다. 레벨 업도 굉장히 순조로웠다. 진우의 손맛을 본 이후부터 용병들은 목숨을 걸고 몰이사냥을 했다. 꽤 심각한 상처를 입은 이들도 생겼는데, 기이하게도 모두 광기 섞인 미소를 짓고 있었다.

"전날보다 수확량이 1.5배 정도 증가했군요. 첫날 대비 4배입니다."

유나가 의미심장한 웃음을 지으며 진우를 바라보았다.

'굉장히 열심히 하네.'

자신이 한 일이라고는 해독을 하고 고기를 넘겨주거나 아주 가끔 요리해 준 일밖에 없었다. 레시피를 작성하면서 이것저것 실험한 것들이었는데, 덕분에 레벨은 폭발적으로 오르고 있었다.

몰이사냥과 요리는 궁합이 잘 맞았다. 사냥은 알아서 해주니 남는 게 시간이었다. 시간도 보내고 레벨도 올리고 일거양득이었다.

진우는 고개를 끄덕였다. 이런 생활스킬을 활용하는 방법도 나쁘지 않은 것 같았다.

[C]불도마뱀찜
"진짜 불의 맛!"

화끈한 맛이 일품인 불도마뱀 요리이다. 열정이 되살아나 뜨겁
게 불타오른다.

*경험치가 10% 상승(12시간).

게다가 각종 버프가 나와서 먹는 기쁨도 있었다.

도시개발부지로 향하면서 어느덧 레벨은 35에 이르렀다. 무
진이나 레이첼보다 아래였지만 측정 불가능한 재능 덕분이 비
교 불가능한 성장을 보였다. 워낙 레벨 업이 빠르기에 정보의
마안은 계속해서 정산 중이었다. 신체에 부담이 안 가도록 천
천히 성장이 되고 있었다. 그런데도 느껴지는 성장의 힘은 대
단했다.

'초보가 만렙 캐릭터를 움직이는 느낌인데.'

습득 기술을 완전히 이해하고 있었기에 육체 스펙이 상승하
면서 사용 가능해지는 부분도 있었다. 지금이라면 최희연과
붙는다고 맥없이 당하지는 않을 것 같았다.

'압도적인 스펙으로 밀어버리면 그만이지. 정산이 다 되면
준기사급은 되겠는걸?'

경험적인 부분에서는 밀릴지 몰라도 육체 스펙은 압도할 테
니 말이다. 얼마 전에 능력자 측정을 한 능력자라고는 누구도
믿을 수 없을 것이다. 능력자 훈련소에서 코 질질 흘리면서 능
력 연구를 해야 할 초보 능력자가 며칠 만에 준기사급이 되었
다. 더욱 무서운 것은 아직도 성장 중이라는 것이었다.

그렇게 순조롭게 도시개발부지에 도착했다. 광활한 초원이

펼쳐져 있었다. 한국에서는 좀처럼 보기 힘든 지평선이 끝도 없이 펼쳐져 있었고 거대한 호수도 있었다. 하늘을 찌를 것처럼 솟아 있는 산까지 보였다. 배산임수라는 말이 절로 떠올랐다. 확실히 도시를 건설하기에는 최적의 땅이었다. 공사가 아직 시작되지 않았기에 천연 그대로의 모습을 간직하고 있었다.

"사냥감은?"

"빨리 찾아!"

"빨리…… 빨리!"

용병들은 거의 좀비화가 되어 있었다.

[D]광기

미각 증가 효과 때 가루 음식을 먹은 부작용.

요리 재료가 잡히지 않아 이틀간 가루 음식을 먹었기 때문이다. 그들은 처음 만났을 때보다 훨씬 피폐해 보였다. 일선 그룹에서 개발한 가루 음식은 영양이 일반식보다 풍부했기에 절대 그럴 리 없었는데, 기이하게도 용병들은 피골이 상접해 있었다. 그만큼 정신적으로 힘들었다. 며칠 동안 유지되는 미각 상승의 힘은 너무나 강렬했다. 효과가 사라지면 또 허무함이 밀려와 게이트 음식을 찾게 되었다. 한 번 달콤함을 맛본 자들에게 가루 음식은 고문과도 같았다. 토사물 같은 맛이었다.

'음…….'

의도한 바는 아니었으나 어쨌든 모두 열심히 하니 결과적으로는 괜찮았다. 용병들과는 달리 진우는 휴양을 하는 기분이었다. 경치를 즐기면서 푹 쉬다가 경험치만 흡수했으니 그냥 나들이를 왔다고 생각해도 무방했다. 동물원에 온 것처럼 몬스터를 관찰하는 것도 흥미로웠다. 진우가 잠시 경치를 바라보고 있자 유나가 곁으로 다가왔다.

"게이트 입구와도 가깝고 주변에 몬스터가 없어 도시 건설에 최적인 땅입니다."

"몬스터가 없다고?"

"네, 동식물들은 존재하지만, 위협적인 것들은 없습니다. 특이하게도 이 지역만 그렇더군요. 정확히 밝혀진 것은 없습니다."

유나의 말대로 확실히 분위기가 달랐다. 무척이나 평화로워 보였다. 괜히 대규모 도시 건설의 후보지가 아니었다. 다른 게이트에서는 이런 곳을 찾을 수 없다고 한다.

'아무래도 탐욕의 군주 때문인 것 같은데?'

진우는 원작을 떠올려 보았다. 안양을 날려 버린 사태를 불러일으킨 것은 중국 쪽의 첩자였다. 그는 미세한 마력의 흐름을 탐지하는 유물로 탐욕의 군주가 봉인된 장소까지 도달했다. 나침반 모양의 유물이었는데, 진우가 입수한 후에 파기했다. 혹시나 유출될 우려가 있으니 없애는 것이 낫다는 판단에서였다. 실제로 무언가 냄새를 맡은 것인지 중국 쪽에서 움직임을 보이기도 했다.

'그 나침반도 강탈한 것이었지.'

진우는 물론 제법 과한 금액을 주고 샀다. 덕분에 낭비 스택도 제법 짭짤했다.

중국도 나름대로 능력자 강국에 들어가긴 했다. 주인공을 시기했던 능력자 중에서 중국인도 있었다.

진우는 나침반이 없어도 상관없었다. 그보다 훨씬 강력한 마안이 있었기 때문이다. 나침반의 매커니즘은 대충 이해하고 있었다.

마안으로 주변을 살펴보았다.

'저쪽이로군.'

초원에 넘실거리는 마력의 흐름을 감지할 수 있었다. 그것은 마치 안개처럼 얕게 퍼져 있었는데, 딱 봐도 굉장한 양이었다. 이 마력 덕분에 몬스터가 접근하지 않는 것 같았다.

진우는 긴장이 되었다. 탐욕의 군주는 시한폭탄이나 마찬가지였다. 자칫 잘못하다가는 한국뿐만 아니라 세계가 그대로 멸망할 수도 있었다. 지금은 주인공도 일반인이었기 때문이다.

'그래도 직접 봐야겠지.'

마력의 흐름을 따라 이동하면 될 것 같았다. 마력의 흐름을 보니 저 멀리 보이는 거대한 산에 연결되어 있었다. 마치 칼로 깎아놓은 듯한 절벽이 굉장히 인상적이었다. 예전에 본 판타지 영화가 생각나기도 했다.

"이동하자."

"목적지가 있으십니까?"

"음, 일단 따라와."

진우가 마력의 흐름을 따라 앞장서서 이동했다. 마력의 흐름이 마치 네비게이션처럼 느껴졌다. 거대한 바위틈을 지나, 시야를 완전히 가리는 풀숲을 가로질렀다. 한 치의 망설임도 없이 길을 찾아가는 진우는 도저히 이곳이 처음인 것처럼 보이지 않았다. 전문 탐험가 같았다.

진우는 오로지 흘러나오는 마력을 탐지하는 것에 온 신경을 집중했다. 탐욕의 군주를 신경 쓰느라 다른 것은 눈에 들어오지 않았다.

레이첼은 너무나도 능숙하게 길을 찾는 진우를 바라보다가 메이드 쪽으로 슬쩍 다가왔다. 손에는 기이한 문양이 있었는데, 알 만한 자들은 모두 아는 문양이었다.

가죽수집자. 그녀는 러시아 출신의 암살자로, 미 정보국을 애먹게 만든 능력자였다. 암살한 상대의 얼굴 가죽을 벗겨가는 것 때문에 가죽수집자라는 이명이 붙었다.

메이드는 레이첼이 바짝 붙자 살짝 한숨을 내쉬었다. 몇 번 마주치고 안면을 튼 이후로 옆에서 조잘조잘 떠들어댔기 때문이다.

"언니, 지도에서 벗어난 것 같은데 어디로 가는 건지 알려주실 수 있나요?"

"저도 모릅니다. 확실히 이곳은 미 탐험 지역이긴 하군요. 경호실장님께 물어볼 생각은 하지 마십시오. 그분도 모르시고 계십니다."

"그래요? 진우 님이 길을 다 아시는 것 같은데…… 역시 자주 와보셨나 봐요?"

메이드는 고개를 돌려 레이첼에게 시선을 옮겼다. 처음 봤을 때의 인형과 같은 표정이 아니었다. 진우를 바라볼 때면, 그의 이야기를 할 때면 눈빛에서는 어떤 열기마저 느껴졌다. 감정이 살아나면서부터 모든 메이드들이 그러했다.

메이드가 입을 열었다가 다시 닫았다. 그러자 레이첼이 제발 말해달라는 간절한 표정이 되었다.

가죽수집자는 사실 말이 많은 수다쟁이였다. 수집한 가죽을 보면서 수다 떠는 걸 즐겼다. 좀처럼 그녀의 수다를 들어주는 상대가 없어 시작한 것이 가죽수집의 시작이었다. 그런 그녀에게 지난 수년간은 고문과 같았다. 특별히 진우와 함께할 동안은 총지배인이 걸어놓은 '제약'에서 벗어날 수 있어서 천국을 맛보았다.

"이제 귀찮게 안 할게요."

"……아마 제가 이곳에 오기 전, 어렸을 적에 오셨겠지요."

"어렸을 적에요? 위험하셨을 텐데……."

"살기 위해서 오셨을 겁니다. 총지배인님도 그런 말을 하시더군요. 주인님께서는 지옥을 경험하셨고 스스로 지옥을 부수셨다고……. 이곳에 처음 오셨을 때는 5살이셨는데, 친누나처럼 여기던 하녀가 암살을 시도했다고 하더군요."

"암살? 헙!"

레이첼의 목소리가 커졌는데, 그녀는 눈치를 보다가 목소리를 줄였다.

"암살이요?"

"네, 그 후에도 계속 시달리셨다고 합니다. 무차별 테러를 가장한 암살에서 수하들을 지키려고 일부러 이곳에 오셨지요. 그때 이미 그렇게 마음이 깊으셨다고 합니다."

"그, 그래요?"

메이드가 말하니 모든 것이 사실 같았다.

레이첼은 고개를 끄덕였다. 하기야, 세계에서 유일하게 측정 불가의 재능을 지녔다고 인증받은 천재였다. 검을 잡은 지 얼마 되지도 않아 최희연과 비등해졌다는 소문은 능력자들 사이에서는 거의 정설로 받아들여지고 있었다. 검선이 인정했기 때문이다.

메이드가 말하고 있는 이야기는 사실 총지배인이 직접 쓴 '위대한 이진우 전기'에 나와 있는 내용이었다. 게이트 내에서 유일하게 메이드들이 읽을 수 있는 서적이었다. 모두 12권으로 되어 있는데, 의외로 총지배인의 필력은 대단히 좋았다.

메이드들은 그저 허무맹랑한 이야기라 생각했다. 그런 허황하고 과장된 이야기를 누가 믿는단 말인가?

그러나 진우를 직접 경험해 보고 나서는 모두 사실로 인정하기 시작했다. 그 이야기들이 전부 사실이라 생각하니 저절로 존경심이 생겨나고 있었다. 물론, 총지배인이 이진우를 만난 것은 진우가 12살이 되던 해였다.

"이곳에 오셔서 스스로 지키는 법을 배우셨다고 합니다. 먹을 것조차 없는 이곳에서…… 살아남으셨어야 했습니다. 제 추측이기는 하지만 아마 해독은 그때 알아내신 것 같습니다."

"아……!"

이진우 전기에서는 죽을 고통을 참으며 독을 견뎌내셨다고 쓰여 있었다. 어쩌면 그 경험을 바탕으로 독을 없애는 무언가를 만든 건지도 몰랐다. 지금의 상황과 앞뒤가 정말 잘 맞았다.

레이첼은 이진우의 등을 바라보았다. 메이드의 이야기를 들으니 눈시울이 붉어졌다. 레이첼은 그만큼 감수성이 풍부했다.

"그, 그럼 도대체 누가 진우님을 암살하려 한 건가요? 일선 그룹에서 가만히 놔둔 건가요?"

"악의 화신, 대악마, 희대의 학살자 이민우……."

"이민우라면……."

"그는 주인님의 모든 것을 빼앗으려 하는 피도 눈물도 없는 악마입니다. 저도 상당히 악명이 높았던 범죄자이긴 하지만 그와는 비교할 수 없습니다."

이민우에 관한 이야기가 계속되었다. 어린아이나 여자를 고문하기를 좋아하는 변태라던가, 암흑가의 지배자라든가 하는 내용이었다. 물론, 사실이 아니었다. 총지배인은 이민우를 없애야 할 숙적이라 생각하고 있었고, 게이트에만 처박혀 있었기에 잘못된 정보를 많이 접했기 때문이다. 그는 이진우가 그동안 저지른 사건도 모두 이민우 탓으로 생각하고 있었다.

레이첼도 이민우를 잘 알고 있었다. 이진우의 형이라고 알려졌지만, 배다른 형이라는 정보는 그다지 큰 비밀이 아니었다.

레이첼은 순간 이민우가 미워지기 시작했다. 메이드의 말처럼 악의 화신이 분명했다. 그가 일선 그룹 내에서 피바람을 일으켰다는 소리를 들은 기억이 있는 것도 같았다. 이진우가 말썽만 피우다가 최근 들어 두각을 나타낸 것은 다 목숨을 지키기 위한 일이란 말에 레이첼은 눈물을 글썽였다.

"……정말 너무하네요."

이민우는 이미 그녀의 마음속에서 최악의 존재가 되어 있었다. 메이드도 공감한다는 듯 고개를 끄덕였다. 그러다가 유나의 시선을 느끼고 흠칫 놀라 헛기침을 했다.

"……조금 전 말은 잊어주시길 바랍니다."

"네! 저는 아무것도 못 들었어요."

메이드가 레이첼의 말에 고개를 끄덕이고는 앞서 나갔다. 레이첼은 살짝 고개를 돌린 진우를 바라보았다. 진지한 표정으로 주위를 살피고 있었는데, 왜인지 유난히 슬퍼 보였다.

얼마나 많은 아픔을 감추고 있는 걸까? 자신이 믿은 부하에게 배신당하고, 자신을 믿은 부하들이 죽어 나가는 광경은 어린 나이에는 감당하기 힘든 일이 분명했다. 천재라고는 하나 마음마저 천재일 수는 없었다.

"그런 사연이 있었다니……."

"우리가 감당할 수 있을까?"

뒤에서 듣고 있던 레이첼의 부하들이 조용히 말했다. 무진은 생각에 잠겨 있다가 레이첼 옆으로 다가왔다.

"발설 금지 조항은 우리를 위해서인지도 모르겠군."

"만약 그 이민우나 그의 측근들이 안다면……."

"곱게 죽지는 못할 걸세. 고문을 당하겠지. 어쨌든…… 우리는 이제 한 배를 탄 것 같네. 말도 안 되는 금액과 보상, 모두 이해가 되는군. 단속 잘하도록 하게."

무진의 말에 레이첼은 고개를 끄덕였다. 전리품들을 모두 들고 올 수 없어 복귀 예정로에 보관하고 있었는데, 그 값어치는 정신이 멍해질 정도로 굉장했다. 그러나 역시 큰돈에는 그만한 책임과 희생이 따랐다. 그것이 일반인을 벗어나 평범한 법의 보호를 받지 못하는 능력자들의 숙명이었다.

"그래도 후회는 하지 않아요."

"나도 마찬가지일세. 후, 이제야 마음이 좀 놓이는군."

앞서가던 진우가 무언가를 발견했다는 신호를 보냈다. 둘은 마주 보며 살짝 웃고는 다시 진우를 쪽으로 빠르게 다가갔다. 나무만 한 갈대들을 헤치고 나아가던 진우는 드디어 마력이 뿜어져 나오는 곳에 도착할 수 있었다.

'아! 너무 빠르게 이동했나?'

상당히 먼 거리를 빠르게 온 느낌이 있었다.

순도 높은 마력을 흡수하면서 왔기 때문에 진우는 전혀 지치지 않았다. 오히려 움직이면 움직일수록 세포 하나하나가 깨어나는 느낌에 개운함마저 들었다. 그 때문에 고도의 집중력을 아주 오랫동안 유지할 수 있었다.

갈대숲을 빠져나오자 거대한 절벽이 보였다. 하얀 표면이 인상적이었는데, 잘라놓은 것처럼 유난히 반듯한 곳이 있었다. 어떤 문양들과 함께 작은 틈들이 존재했는데, 게임에나 나올 법한 퍼즐 같은 느낌이었다.

유나가 절벽을 바라보았다.

"어떤 암호술식 같군요."

"와…… 이, 이건 정말 고차원적인 술식이에요! 지금까지 발견된 것들과는 비교도 되지 않네요!"

옆에 다가온 레이첼이 흥분한 기색으로 그렇게 말했다. 진우는 알 수 있었다. 모든 군주 중 가장 강력하다고 알려진 탐욕의 군주가 저 너머 깊은 곳에 봉인되어 있었다. 진우는 정보의 마안으로 절벽을 살펴보았다.

[??]탐욕의 시험

'모든 것을 먹어치우는 자, 그의 탐욕은 끝이 없다. 차원마저 그의 먹이일 뿐이다.'

그는 영원히 봉인되어야 한다. 탐욕의 군주가 봉인된 곳으로 갈 수 있는 자격을 얻을 수 있다. 자격을 얻어 봉인지에 마력을 보충한다면 봉인 기간을 늘릴 수 있다.

현재 봉인이 오랜 세월을 견디지 못해 막대한 마력이 새어 나오고 있다. 강제로 문을 연다면 재앙이 발생할지도 모른다.

*시험 통과 보상: 탐욕의 열쇠, 봉인지 안정화, 마력의 보물 광산.

진우는 주먹을 불끈 쥐었다. 이건 지금까지 듣고 보았던 모든 소식 중에서 가장 반가운 소식이었다.

'와보길 잘했어.'

꼭 죽으리라는 법은 없었다. 안락한 백수 생활이 눈에 보이는 듯했다.

"해석해 볼게요."

레이첼이 그렇게 말하며 벽에 가까이 다가갔다. 의외로 그녀는 한국 명문대학에서 게이트 관련 학과를 졸업한 인재였다. 게이트 문자, 술식 해석에 대해 전문가 수준의 지식을 가지고 있었고, 세계 대회에서도 입상한 경력도 있었다.

"태양과 하늘…… 천둥과 달빛, 음…… 달빛의 교차…… 열리는 문…… 경고……폭발?"

"대단하군. 게이트 문자를 이 정도까지 해석하다니."

무진이 감탄하며 말했다. 유나도 살짝 놀란 듯 바라보았다. 그녀의 인상 속 레이첼은 유식함과는 거리가 있었기 때문이다.

유나가 생각하는 레이첼은 바보같이 웃는 먹보였다. 그런 레이첼이 어떠냐는 듯 유나를 바라보자, 떨떠름한 표정을 지으며 고개를 끄덕였다. 실력을 인정할 수밖에 없었다.

"활 솜씨보다는 쓸모가 있군요. 머릿속이 마냥 꽃밭이 아니라 다행입니다."

"후후, 이 정도는 기본이죠."

유나의 칭찬 아닌 칭찬으로 기분이 좋아진 레이첼이었다. 그녀는 진우를 힐끔 쳐다보다가 나름대로 의젓한 표정을 짓더니 목소리를 살짝 깔았다. 의지할 수 있는 누나, 아니, 능력자

임을 어필하고 싶었다.

"정확한 뜻을 모르면 진입할 수 없을 것 같아요. 위험하기도 하고요. 박사들이 온다고 해도 해석에 꽤 시간이 걸릴 것 같은데요? 최대한 해석을 해볼게요."

게이트 문자는 미지의 힘을 지닌 문자였다. 마법사 클래스가 지닌 힘의 원천이기도 했다. 흔한 설정처럼 1서클에서 9서클까지 체계가 잡혀 있었지만 5서클을 넘어서는 능력자는 아직 존재하지 않았다. 5서클을 이룩한 미국의 능력자는 대마법사, 대현자라 불리면서 칭송받고 있었다. 5서클 마법사는 기후를 조종하거나 지진을 일으킬 수 있으니 엄청난 전략적 가치를 지녔다.

'수수께끼인가?'

진우는 생각에 빠져 주변의 말을 듣지 않고 있었다. 게이트 문자를 정보의 마안으로 읽고 무슨 뜻인지 고민하고 있었기 때문이다. 아무리 읽어봐도 허무맹랑한 수수께끼처럼 보였다. 몇 번 속으로 읽다가 소리를 내 읽어보았다.

"태양이 하늘을 가리고, 천둥이 달빛을 빛낸다. 모든 것들이 달빛 아래 교차될 때, 굳센 봉인이 열리리라. 경고하노니 침입자들은 재앙을 면치 못할 것이다. 증명한 자만이 합당한 자격을 얻으리라."

이게 무슨 개소리일까?

그냥 그럴듯한 글귀를 이리저리 붙여놓은 것 같았다. 신비스럽게 느껴지지도 않았다. 허세가 가득해서 오글거리는 느낌마저 들었다.

'음?'

문득 주변에서 아무런 소리도 들리지 않자 진우는 벽에서 시선을 떼고 주변을 바라보았다. 레이첼은 엄청나게 놀란 듯 눈이 동그랗게 떠져 있었다. 무진도 마찬가지였다.

"마, 맞는 것 같아요. 해석이 이 문자와 문양 속에서 정확히 일치하고 있어요! 너무나 깔끔하고 완벽한 해석이에요!"

"좀 더 공부하셔야 할 것 같군요. 레이첼 씨."

"고, 공부한다고 해서 되는 분야가 아닌데……."

유나가 자부심이 넘치는 표정으로 말하자 레이첼이 시무룩해졌다. 그러다 반짝이는 눈빛으로 진우를 바라보았다.

"대단해요. 어떻게 그렇게 순식간에……."

"예전에 조금 공부를 했었습니다."

진우는 부담스러운 시선을 피하며 그렇게 짧게 대답했다. 레이첼은 계속 감탄했고 무진도 그러했다. 오로지 메이드들만이 당연한 것처럼 받아들이고 있었다. '위대한 이진우 전기'에서 11살 때 이미 박사들에게 게이트 문자에 대해 강연을 했다고 나와 있었기 때문이다.

역시 모든 것이 사실이었다! 메이드들의 믿음은 더욱 굳건해졌다.

레이첼은 다시 자신 있는 표정이 되었다.

"그럼 암호를 풀어볼까요? 저희가 이런 건 전문이죠! 하청을 받아 해독에 참여한 적이 꽤 있어요. 이런 건 책으로는 못 배

우거든요."

이 분야는 그녀의 전문이었기 때문이다. 활 솜씨만큼이나 자신이 있었다. 레이첼의 길드원들이 여럿 다가왔다. 진우의 해석에 감탄하고는 머리를 부여잡으며 문장 속에 숨겨진 암호를 찾기 시작했다.

"태양을 나타내는 문양은 번개 쪽으로 옮기면……."

"아니야. 이 지형은 완벽하게 하나의 그림으로 구성되어 있어. 그렇게 했다가는 경우의 수가 너무나 많아."

"아니, 그러니까……."

레이첼과 여자 용병들이 토론하는 모습을 보니 꽤 그림이 되었다. 하나같이 미인들이라 그런지 정말 보기 좋았다. 진우도 역시 남자였다. 마음이 절로 따듯해지는 기분이었다. 이런 것이 진짜 힐링이 아닐까?

'주인공은 참 복 받았군.'

도대체 어떤 매력이 있길래 소위 하렘을 차릴 수 있을까?

현대인의 생각으로는 잘 이해가 되지 않았다. 메인 히로인뿐만 아니라 일일이 언급되지 않은 상대도 엄청 많았다. 그야말로 움직이는 페로몬이었다. 만나기만 하면 반하니 말이다. 주인공 보정 때문인지도 몰랐다.

'부럽기는 하네.'

아무튼, 저 흐뭇한 광경에 입꼬리가 살짝 올라갔다. 그러다가 유나와 눈이 마주쳤다.

진우는 빠르게 미소를 지웠다.

"이미 해답을 알고 계시는군요."

"음?"

"조금만 더 있다가 해답을 공개하시지요. 그게 효과적일 겁니다."

유나는 다 알고 있다는 듯 미소 지을 뿐이었다. 진우는 다른 이유라고는 말할 수 없어 그냥 가만히 있었다.

'어쨌든, 풀긴 해야겠는데…….'

탐욕의 군주가 풀려나기 전에 반드시 해결해야 했다. 진우는 벽면을 바라보았다. 무슨 뜻인지 감조차 잡을 수 없었다.

게임처럼 힌트를 준다거나 하지는 않을 것 같았다. 슬쩍 옆을 보니 바닥에 여러 수학적인 기호들을 그려놓고 머리를 싸매고 있는 레이첼이 보였다.

'일단 살펴볼까?'

쉽게 풀 수 있으리라는 기대는 전혀 하지 않았다. 딱 봐도 아리송했고 엄청 복잡해 보였다. 진우는 이런 걸 쉽게 풀 수 있을 만큼 똑똑하지도 않았다. 뭔가 수학적인 느낌으로 다가가야 하니 더더욱 그랬다.

진우는 문과이자 전형적인 수포자였다. 강제로 뚫으면 원작과도 같은 사태가 일어날지도 모르니 정확하게 풀어내야 했다.

'돌아가야 하나? 뭐, 이 정도만으로도 성과가 있는 편이긴 한데…….'

그런 생각을 하며 일단 마안으로 자세히 살펴보았다. 지금까지 마안은 그를 실망하게 한 적이 없으니 이번에도 무언가

도와줄 것 같았다.

'오……'

역시 마안은 치트키였다. 마안으로 보니 벽면 전체에 마력의 흐름이 보였다. 레벨이 오르며 마안 또한 성장한 탓인지, 미세한 흐름까지 볼 수 있었다. 진우는 벽면을 바라보며 고개를 갸웃했다.

'이거 파이프 게임 같은데?'

핸드폰 게임 중에 파이프를 연결해서 물을 통하게 하는 그런 게임이 있었다. 제한 시간 내에 빠르게 해야 하고 여러 제약이 있어 나름대로 흡입력이 있었다. 진우가 최근 과금 없이 하는 유일한 모바일 게임이었다.

중간중간 마력의 흐름이 끊겼는데 그것을 연결하면 될 것 같았다. 마력의 흐름이 물살처럼 이리저리 움직이고 있기는 하지만 큰 상관은 없을 것 같았다. 오히려 그게 더 스릴이 있어 흥미를 당겼다.

레이첼과 무진, 그리고 용병들이 바닥을 살펴보며 분주하게 움직이고 있었다. 하늘을 바라보기도 하고 여러 가지 조각들을 찾기도 했다. 바닥에 여러 복잡한 공식을 써놓고 풀이를 반복했다. 그러다 보니 나름 윤곽이 드러나기 시작했는데, 복잡한 계산을 통해 답을 찾아도 실시간으로 변하는 술식을 따라갈 수 없었다. 더군다나 이곳에는 컴퓨터나 계산기 같은 것도 가져올 수 없으니 모두 암산으로 처리해야 했다. 오랫동안 연구한다고 해서, 문제 풀이 방법을 안다고 해서 풀 수 있는 개

넘이 아니었다.

그 말을 들은 무진과 용병들은 난감한 표정이 되었다.

레이첼은 유나에게 다가갔다. 그리고 조금 망설이다가 입을 뗐다.

"저기, 죄송하지만 아무래도 힘들 것……."

스윽!

유나가 조용히 하라고 손을 올리자 레이첼은 눈을 깜빡이다가 입을 닫았다. 다른 이들도 모두 덩달아 하던 일을 멈추었다.

진우가 움직인 것은 그때였다.

일단 풀어볼 생각이었다. 이대로 돌아갈 수는 없었다.

레이첼과 이쪽 분야에 일가견이 있는 용병들은 고개를 저었다. 아무리 진우라고 해도 이건 절대로 불가능해 보였기 때문이다.

그러나 진우는 한 치의 고민도 없이 손을 움직이기 시작했다. 벽에 손을 가져다 대고 마력을 담아 살짝 미니 문양이 여러 갈래로 움직이기 시작했다. 수십 개, 수백 개로 쪼개졌다가 진우의 손을 따라 전혀 새로운 문양으로 나타나고 있었다. 모두가 넋을 잃을 만큼 환상적인 광경이었다. 진우의 간결하고 냉정한 표정과 상반되어 더욱 그렇게 느껴졌다. 그러나 진우는 마력의 흐름만을 보고 있어 그런 광경은 눈에 들어오지 않았다.

'재미있네. 할 만한데?'

파이프 게임보다 조금 더 어려웠지만, 마치 VR 게임을 하는 것 같아 흥미로웠다. 주변의 시선도 잊은 채 푹 빠져서 퍼즐을 맞췄다. 뭔가 하나둘씩 맞추는 쾌감이 있었다. 레이첼과 용병들의 입이 천천히 벌어지더니 경악으로 물들었다.

"마, 말도 안 돼!"

"아……."

무진과 다른 용병들은 이해도가 낮아 잘 몰랐지만, 조금이라도 아는 자들은 모두 경악했다.

유나는 그들의 반응을 보며 살짝 웃었다. 저들은 이미 진우에게서 벗어날 수 없었다. 그것은 의지가 있든 없든 상관없는 이야기였다. 상식을 벗어난 존재가 바로 자신이 모시고 있는 이진우였다.

드르르륵! 딸깍!

그때 무언가 맞춰지는 소리가 났다.

'오! 됐다.'

생각보다 쉽군.

진우는 그렇게 생각하며 고개를 끄덕였다. 한꺼번에 여덟 부분을 미세하게 돌리는 것은 조금 힘들기는 했지만 결국 해낼 수 있었다. 일이 너무나 술술 잘 풀려 입가에 미소가 지어졌다.

'이건가?'

벽에서 나온 무언가가 진우의 손에 들려졌다. 그것은 푸른 빛이 일렁이는 특이한 모양의 열쇠였다. 마력으로 이루어진 것 같았는데, 무게가 전혀 느껴지지 않았다.

주변을 바라보니, 열쇠가 보이지 않는지 자신을 멍하니 바라보고 있을 뿐이었다. 넋이 나간 것 같은 모습이었다.

[자격 증명 성공!]
[마력의 보물광산 발견!]

절벽에 새겨진 모든 문자와 술식들이 사라졌다. 처음부터 아무것도 없었던 것처럼 평범한 절벽만이 남아 있을 뿐이었다. 진우의 손에 들려 있던 열쇠도 진우에게 흡수되면서 사라졌다. 언제든 꺼낼 수 있었다.

[S+]탐욕의 열쇠
자격을 증명하고 받은 열쇠. 저주에 가까운 지식의 시련을 통과한 자만이 이러한 자격을 얻을 수 있다. 열쇠에 마력을 흘려 넣으면 탐욕이 봉인된 장소로 이동된다.
활성화: 3일 남음.
*활성화 후, 어디서든 탐욕의 성소로 이동할 수 있다.
*마력의 보물광산을 열 수 있다.

'시련?'
딱히 시련이라고 부를 것은 없었다.
원작 소설이 워낙 허접해서일까? 그냥 게임을 몇 판 한 기분이었다.

진우는 일단 그냥 넘어가기로 했다. 탐욕의 열쇠를 얻으니 탐욕의 군주가 있는 장소가 얼핏 느껴졌다. 그것을 정보의 마안으로도 확인할 수 있었다.

[??]탐욕의 성소
지하 깊은 곳에 있는 봉인지. 세계의 중심이라고 알려져 있다. 막대한 마력이 흘러나오고 있는 상태. 안정화되어 강력한 결계가 형성되었고, 워낙 깊은 곳에 있어 탐욕의 열쇠가 없다면 접근할 수조차 없다.

'마력은 역시 탐욕의 군주 때문이로군.'
지하 깊은 곳에서 흘러나온 엄청난 양의 마력이 저 거대한 산맥 전체와 넓은 대지에까지 영향을 미치고 있었다. 과연, 탐욕의 군주였다.
'그러고 보니 중국 쪽 기업들은 봉인이고 나발이고 그냥 폭파시키고 봤지.'
원작에서 그렇게 묘사하고 있었다. 폭파시키기 위해 고위 능력자들을 희생시키는 것까지 망설이지 않았다.
아프리카나 다른 쪽에서 발견된 게이트들을 쑥대밭 내놓은 것도 중국 자본이었다. 그러면서도 정작 본토에 있는 게이트 발굴은 일선 그룹에 러브콜을 보내고 있었다.
'아무튼, 이제 한시름 놓았네.'
진우는 깊게 숨을 내쉬었다. 어깨를 짓눌렀던 부담이 조금은 사라진 느낌이었다. 탐욕의 열쇠로 마력의 보물광산 입구를 열 수 있었다. 입구를 열어보았다.

[마력의 보물광산이 해방됩니다.]

드드드드!

바닥을 울리는 진동과 함께 벽면이 열리기 시작했다. 퍼즐이 맞춰지는 것처럼 벽면이 접히고 안으로 들어갈 수 있는 거대한 문이 되었다. 광산과 봉인지는 별개의 장소였다. 저 거대한 산맥 모두가 광산이었다.

"……."

"……."

모두 입을 반쯤 벌리고는 멍하니 그 광경을 바라보고 있었다. 정적과 침묵만이 가득했다. 아무렇지도 않게 이런 일을 해내는 진우가 도저히 인간처럼 보이지 않았다.

"열렸군."

가볍게 말하자 모두 현실을 받아들이기 시작했다.

"오, 오오!"

"열렸다!"

"대박!"

모든 이들이 흥분하면서 문을 바라보았다. 입구에서부터 아주 진한 마력이 느껴졌다. 용병들 모두가 느낄 정도였다. 정말 말도 안 되는 대박이 모두를 기다리고 있었다.

광산 안으로 들어가 보기로 했다. 무진과 레이첼과 정예 용병들, 유나, 그리고 진우의 호위를 위한 메이드들로 이루어진 선발대가 빠르게 꾸려졌다.

안은 일반적인 광산과는 전혀 다른 분위기였다. 깔끔한 복도가 있었고 주변에 반짝이는 광물들이 잔뜩 박혀 있었다. 레이첼이 깜짝 놀라며 광물을 살펴보았다.

"마, 마정석이에요!"

레이첼의 눈이 황홀감으로 물들었다. 다른 이들도 마찬가지였다. 무진은 마정석이 손상될까 두려워 손조차 대지 못했다. 희생을 감수하고 잡아야 하는 몬스터들에게서 나오는 것이 마정석이었다. 그런 것이 광맥을 따라 잔뜩 박혀 있었다.

유나도 상당히 놀라고 있었다. 마정석뿐만 아니라, 게이트에서 처음 발견되는 금광맥도 존재했다.

'이 정도라면…….'

유나의 머리가 빠르게 돌아갔다. 전 세계 게이트 산업을 뒤집을 만한 발견이었다. 이러한 발견을 하고도 덤덤한 표정인 진우를 보니 유나는 소름이 돋는 것을 느꼈다.

마치 미리 알고 있는 듯한, 예정대로였다는 듯한 그런 표정이었다.

도련님은 도대체 무엇을 계획하고 있는 걸까?

유나는 떨리는 손을 간신히 진정시켰다.

"여, 여기에 보물창고 같은 게 있습니다!"

"멈춰! 손대지 마!"

"이쪽에도 뭔가 있습니다!"

"가만히 놔둬! 아무것도 만지지 마!"

용병들이 외치자 무진이 다급하게 소리쳤다. 안쪽으로 들어갈수록 여러 장소가 나왔다. 하나같이 심상치 않은 곳들이었다. 자연적으로 형성된 것은 절대 아니었다. 원작 중반으로 가면 판타지적인 존재들도 등장하니 이상할 것은 없었다. 원작 소설은 모든 것이 짬뽕 된 양산형 판타지 소설이었다. 엘프, 드워프, 마족, 드래곤 모두 전형적인 캐릭터로 등장했다.

유나가 심호흡하다가 진우를 바라보았다.

"도련님."

"응?"

"아무래도 김대진 박사의 연구팀과 발굴팀을 불러야 할 것 같습니다."

유나의 말 속에서 흥분을 느낄 수 있었다.

진우는 주변을 바라보았다. 무진과 레이첼, 그리고 용병들은 엄청나게 뜨거운 눈빛으로 자신을 바라보고 있었다. 레이첼은 왜인지 진우를 바라보며 눈물을 머금었다.

'확실히 안전한 것 같으니…….'

봉인지는 열쇠가 없다면 그 누구도 침입할 수 없었다. 운이 좋게도 자신에게만 열쇠가 있었다. 열쇠 활성화가 3일 남았으니, 그 뒤에 바로 칼같이 사용할 생각이었다. 시간을 끌 생각이 전혀 없었다.

'일이 아주 술술 풀리는구만.'

막힘없는 사이다 같은 인생. 그 장밋빛 인생이 눈앞에 보이는 듯했다. 진우는 마음의 여유를 찾았다.

그가 고개를 끄덕이자 모두가 바빠지기 시작했다.

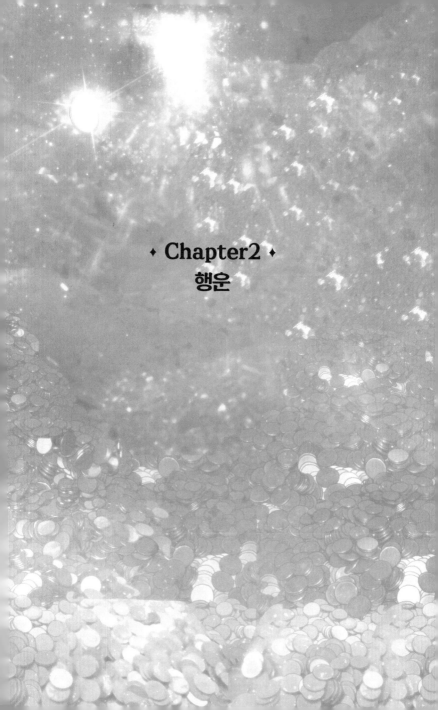

✦ Chapter2 ✦
행운

　김대진 박사는 연락을 받자마자 다급히 팀을 꾸려 JW 게이트로 달려갔다. 가는 길은 험난했지만 목도한 광경은 그를 충격으로 몰아넣었다.

　"아, 아아……."

　그 압도적인 광경에 무릎을 꿇을 수밖에 없었다. 그야말로 이것은 세기의 발견이었다. 막대한 가치를 지닌 값비싼 마정석이 지천으로 널려 있었다. 시중에 나와 있는 것과는 비교도 할 수 없을 정도로 굉장한 순도였다.

　당장 연구가 필요했다. 기존의 학설을 뒤집을 수 있을 만한 마정석들이었다.

　"괴, 굉장합니다! 이 빛깔……! 흘러나오는 파장의 형태로 볼 때 평범한 마정석은 아닌 것 같습니다."

　"대한민국 게이트 역사에 이만한 발견이 있었을까요?"

같이 따라온 최성민 박사가 흥분하며 말하자 김대진 박사는 고개를 끄덕이며 그렇게 말했다. 매장량이 측정 불가능할 만큼 엄청났다.

과거에 산유국을 부러워한 적이 있었다. 대한민국은 자원 부국이 아니었다. 기름 한 방울 안 나는 땅이었다. 그러나 이 엄청난 광경은 기름 따위가 나오는 그런 하찮은 곳과 비교할 수가 없었다.

"마정석뿐만이 아닙니다. 이 조각상들, 그리고 유물들…… 다른 차원에 있는 존재들과 문명에 대해 많은 것을 알려 줄 것입니다. 게이트 문자가 아주 온전하게 남아 있습니다!"

다른 박사 하나가 그렇게 말했다.

모두 흥분에 둘러싸여 조사를 진행했다. 금광을 발견했을 때는 모두가 경악했다. 그러다가 가장 깊은 곳에 이를 때쯤에 최성민 박사는 무엇인가 홀린 듯 바닥에 있는 광석을 주워들었다. 그것은 검은색 광택을 지녔는데 매우 가벼웠다. 재질은 제련된 강철을 만지는 것처럼 느껴졌는데, 마치 안이 비어 있는 플라스틱처럼 가벼웠다. 경도를 측정해 보니 마정석과 똑같은 경도였다.

'신기하군. 연구할 가치가 있겠어.'

그가 그렇게 생각할 때였다.

"억!"

발굴팀이 넘어졌다. 들고 가던 마정석 하나가 바닥에 떨어져 흠집이 났다. 손을 덜덜 떨었는데, 그도 그럴 것이 마정석이 손상되면 마력이 그대로 공기 중으로 빠져나가기 때문이었다. 억대의 가치를 지닌 것이 순식간에 그냥 돌덩어리로 변하는 순간이었다. 마력은 대체에너지로서 엄청난 수준의 효율을 자랑했다. 게다가 엄청난 친환경 에너지였다. 오히려 마력이 지구의 오염물질을 분해해서 환경을 보호해 주기까지 했다. 일선 그룹 주도하에 시범적으로 만들어진 한국의 마력발전소가 그 대표적인 예였다. 마력발전소 주변에 미세먼지, 스모그를 비롯한 각종 오염이 전부 사라져, 은하수를 볼 수 있었다.

다만, 여러 문제점이 있었다. 마정석은 보관과 가공이 힘들고 굉장히 비쌌다. 또한, 자연 상태로 발굴되는 곳이 적었고 대부분 몬스터의 사체에서 채집할 뿐이었다. 어떻게 마정석이 생겨났는지에 대한 많은 주장이 있었지만, 아직 정확히 밝혀진 바가 없었다. 아무튼, 이런저런 이유로 기술개발에 난항을 겪고 있는 상태였다.

최성민 박사가 흠집이 난 마정석 쪽으로 다가갔다.

그때였다.

"응?"

손에 들린 먹빛의 광석이 푸른빛을 내기 시작했다. 마정석에 가까워질수록 그 빛이 선명해지더니 하나의 마정석이 되었다.

"어, 억?"

비명이 절로 나왔다.

그는 침착하게 표면에 흠집을 내보았다. 마력이 빠져나가다가 다시 안으로 스며들었다. 최성민 박사는 매우 놀라며 그대로 주저앉고 말았다. 손이 덜덜 떨렸다. 꿈을 꾸고 있는 것 같은 기분이 들었다.

"괜찮으십니까?"

"괜찮으세요?"

바닥에 앉아 있는 그에게 연구팀이 다가왔다. 최성민 박사는 부들부들 떨다가 벌떡 일어섰다.

"하하하! 이거다! 이거야!"

갑자기 소리를 지르며 미친 듯이 달리기 시작했다. 평소에 점잖기로 유명한 그가 미친놈처럼 소리를 지르니 모두 멍하니 그를 바라보았다.

"으하하하하! 으하하핫, 쿠, 쿨럭. 컥컥! 으하하하!"

그 자리에 멈춰서 두 팔을 높이 들고는 웃기 시작했다.

그것은 세기의 발견이었다. 그가 그저 이론만으로 존재를 예측했던 것이 지금 손에 들려 있었다.

"총지배인님 오셨습니다."

연구팀 중 누군가가 그렇게 말해주자 김대진 박사는 하던 일을 멈추고 총지배인에게 다가갔다. 고위심사관과 함께 도착한 총지배인은 이 상황이 당연하다는 듯 고개를 끄덕이고 있었다.

"오셨습니까? 협조 정말 감사드립니다. 덕분에 빠르게 연구에 돌입할 수 있을 것 같군요."

"이것도 다 주인님을 위한 일이니 신경 쓰지 말게나. 음, 어느 정도인가?"

김대진 박사는 지금까지 발견한 것들을 설명해 주었다. 그때 최성민 박사가 헐레벌떡 뛰어오며 열변을 토해냈다. 그의 이야기를 들은 김대진 박사의 얼굴이 경악으로 물들었고, 다른 연구팀원들도 마찬가지였다.

총지배인은 고개를 끄덕이며 아련한 눈빛이 되었다.

'그 위대한 심계가 어디까지인지 도저히 알 수 없구나.'

그가 쓴 '위대한 이진우 전기'는 외부 정보들을 끼어 맞춰서 만들어진 것이었다. 그러나 그 사악한 이민우가 주인님의 위대함을 축소했다고 생각했다. 입구에서 보았던 굉장한 수준의 술식을 보더라도 그러했다. 메이드들에 의하면 인간의 능력으로는 도저히 풀 수 없는 암호를 막힘없이 단번에 풀어냈다고 한다.

총지배인의 눈가가 촉촉해졌다. 고위심사관이 고급스러운 손수건을 건네자, 그는 그것을 받아 눈가를 닦았다.

첫 만남이 떠올랐다. 피폐한 삶을 살고 있었을 때였다. 그는 누구도 믿지 못했다. 저주와도 같은 관찰의 마안은 사람의 추함을 낱낱이 보여주었다. 아무리 선한 사람이라도 더러운 부분이 존재했다. 역겨웠다. 세상은 너무나 추악했다. 치솟는 구역질을 참을 방도가 없어 불안장애, 불면증에 시달렸고 불법 게이트 마약에까지 손을 댔다.

그런 이력을 지닌 하위 능력자가 제대로 살아갈 수 있을 리없었다. 미국의 암흑가에 막대한 빚을 졌고, 마약의 부작용으로 환각과 편집증 같은 정신병에 시달렸다. 그런 그에게 다가온 것은 일선 그룹의 직원이었다. 이유를 물어보았다.

'……도련님께서 BC코믹스 박쥐맨의 집사같이 생긴 분을 구해오라 하셔서……'

빚이 변제되고 한국에 도착할 때까지 그것이 무슨 의미일까 곰곰이 생각해 보았다. 아직 어렸던 주인님을 처음 만났을 때 비로소 그 이유를 알 수 있었다. 그는 처음으로 관찰의 마안이 축복이었음을 깨달았다. 모두 이 위대한 만남을 위해서였다. 주인님은 달랐다. 마치 존재의 기원 자체가 다른 듯했다. 암흑이었다. 아무것도 보이지 않는 암흑. 그 암흑 속에는 어떠한 빛도 존재하지 않았다. 무저갱이 저러할까?

'아, 아아……'

누구도 감당하지 못할 어둠이 자신의 뇌를 태워 버리는 듯했다. 작은 몸 뒤에 거대한 어둠이 뿜어져 나오고 있었다. 태양 빛을 가려 세상을 어둠으로 물들였다. 그는 난생처음으로 정신이 또렷해졌다. 아니, 더욱 미쳐 버렸는지도 몰랐다. 하지만 그런 것 따위는 아무런 상관도 없었다. 꿈과 현실의 경계가 사라졌다. 자신의 고통을 거둬준 주인이 눈앞에 있었다.

일선 그룹의 직원이 했던 말을 곱씹어보았다. 그 말은 만화 속 인물처럼 만능이 되어서 자신을 보필하라는 말이었다.

총지배인은 그날부터 마약을 끊고 미친 듯 수련을 했다. 오로지 주인에게 충성을 바치기 위해서! 아무것도 없는 JW 게이트로 보냈을 때 맨손으로 몬스터를 죽여가며 그날이 오기만을 기다렸다. 그의 열정을 막을 수 있는 자는 아무도 없었다. 몬스터도, 기사도, 육체의 한계도, 그리고 혹시나 있을지 모르는 운명도.

"아아……."

총지배인은 몸을 부르르 떨었다. 드디어 시작되었다. 첫 발걸음이 세기의 발견이라고 칭해도 부족함이 없는 업적이었다. 하지만 그저 첫걸음이었을 뿐이었다.

'드디어 시작되었군.'

모든 것이 주인님의 색으로 물들 것이다.

총지배인은 잔뜩 흥분한 상태인 최성민 박사에게 다가갔다. 그리고 그에게 조용히 고급스러운 책을 건넸다. 게이트의 자원으로 만들어져 굉장히 값비싸 보였다.

최성민 박사가 총지배인을 바라보자, 총지배인은 인자한 미소를 지었다.

"진리가 담겨 있는 책일세. 읽어보게나. 진실은 언제나 안개 속에 있는 법이지. 허허허. 그러나 안개는 언젠가 걷히게 마련일세."

총지배인은 연구팀 모두에게 위대한 이진우 전기를 나눠주었다. 진우가 알았으면 기절했을 법한 비범한 내용이 연구원들 사이에 퍼지기 시작했다. 마약 같은 흡입력, 생생한 묘사, 소름 돋는 스토리텔링, 저절로 머릿속에 그려지는 연출은 그 어떤 베스트셀러 소설보다 훌륭했다. 읽다 보면 사실이라고 믿을 수밖에 없었다. 그것을 뒷받침해 주는 증거가 상당히 많았다. 소설이 정사(正史)가 되어버리는 시초가 된 현장이었다.

　김대진 박사가 정식 기자회견 열었다. 난리가 났다. 반응은 폭발을 넘어 전 세계를 충격으로 물들였다.

[대한민국, 산유국을 넘어서다.]
[마정석 광산? 그 규모는?]
[가파르게 오르는 국내 증시, 이진우 효과.]
[새로운 세상을 여는 환호의 아침.]
[워렌 게이츠 '마정석에 투자할 때⋯⋯'.]

　언론들은 앞다투어 보도했다. 마정석 이야기가 주를 이루었고, 연구 가치가 충분한 신물질을 발견했다는 것도 언급했다. 세계의 눈은 JW 게이트로 몰리고 있었다.
　'알아서 잘하겠지.'
　진우는 주인공처럼 숨겨놓고 끙끙거릴 필요가 전혀 없었다. 미래전략실과 직원들이 괜히 있는 것이 아니었다. 신경 쓰지 않아도 알아서 잘해주니 딱히 진우가 할 일은 없었다. 개떡같이 일을 벌여도 찰떡같이 해결해 주는 유능한 전문가들이 있었다. 진우는 대략적인 방향만 지시해 주고 자신의 할 일에만 집중하면 되었다.

알아서 척척 굴러가니 이보다 편할 수 있을까?

진우를 만나기 위해 세계 각국에서 사람들이 몰려왔지만, 진우는 모두 거부했다.

탐욕의 열쇠. 그것이 활성화가 되는 시각은 오늘 새벽이었다. 오로지 그것에만 신경을 쓰고 싶었다. 게이트에서 나올 때까지 몰이사냥을 해서 레벨이 50에 이르렀다. 몬스터가 그리 강한 편은 아니었기에 레벨 업이 더디기는 했다. 발견한 사냥터로는 50이 한계로 보였다. 그래도 짧은 기간에 달성한 성과치고는 굉장히 훌륭했다. 잠깐 훈련장에서 시험을 해봤는데 이제는 일반 운동기구로는 운동하는 느낌조차 들지 않았다.

'이제 정보 정리가 다 되었겠지?'

정보 정리가 되어가는 와중에도 몸의 능력치가 변하고 있음이 실감이 되었다. 변화가 없음이 느껴지니 드디어 제대로 된 정보를 볼 수 있을 것 같았다.

진우는 마안으로 자신의 능력치를 살펴보았다.

Lv.50

이름: 이진우

나이: 21세

육체 능력: C

[근력:C+/민첩:C/내구력:D]

마력 랭크: A

매력: A+

행운: S

낭비 스택: 20

랭크: F+

*기술 위력, 기술 효율 20% 증가.

진우는 고개를 갸웃했다. 물론 훌륭한 육체 능력이지만 생각했던 것보다 그렇게 높지는 않았다. 잠재력 랭크가 워낙 높아 크게 기대했는데 C+랭크였다. 순수 육체 능력만으로도 준기사급 능력자로 취급받을 수 있었지만, 의외의 결과였다.

내구력 수치가 D랭크에 이른 것만으로도 맨몸으로 권총의 총탄 정도는 방어해 낼 수 있었다. 마력을 자유자재로 다룬다면 현대 무기는 일부를 제외하고 소용이 없겠지만, 순수한 육체 능력으로 그 정도였다. 육체 능력이 균등하게 발전한 능력자는 거의 없고, 아예 육체 능력이 극히 저조한 상위 능력자들도 많았다. 그 사실을 볼 때 저 정도 수치도 굉장한 것이었다.

하지만 진우는 기사급이라 부를 수 있는 B랭크 이상을 노렸다. 낭비 스택에 랭크가 붙은 것이 위안이 되기는 했다.

진우는 한숨을 내쉬고는 다시 능력치 창을 바라보았다. 육체 능력 외에 또 다른 항목이 생긴 것을 볼 수 있었다.

'마력은 원래 있었으니 그렇다고 치더라도…….'

마력이 A랭크인 것은 그나마 다행이었다. 세계 최고의 대마법사이자 대현자도 C랭크 수준이었다. 인간의 한계가 그 정도라는 것이 정설이었다. A랭크는 확실히 인간의 한계를 아득히 벗어난 마력량이었다.

진우는 시선을 내려 보았다. 어디에 스탯 포인트가 투자된 건지 금방 알 수 있었다.

"아……."

한숨이 나왔다. 매력과 행운이 기이할 정도로 높았다. 스탯의 대부분이 거기에 투자되었다. 행운이 S랭크에 이르기까지 얼마나 많은 스탯 포인트가 든 것일까? A+에 이르는 매력 수치도 마찬가지였다. 매력을 도대체 어디에 써먹어야 할까? 무엇을 매력이라 하는 걸까? 한숨이 나왔다.

매력으로 싸울 수는 없는 노릇이었다. 연예인을 할 것도 아니고 말이다.

진우는 이마를 감싸 쥐었다.

"이거 초기화도 못 하는데……."

게임이었다면 캐시를 긁어서 초기화를 바로 했을 것이다. 그러나 현실은 게임이 아니었다. 어쩐지 일이 술술 잘 풀린다 싶었다. 행운이 무려 S랭크였다. 얼마나 많은 포인트가 투자되었는지 감조차 잡히지 않았다. 랭크를 올릴수록 포인트가 많이 들어가는 것을 고려해 본다면, 저 행운만 없었어도 육체 능력은 고르게 B랭크, 아니, 그 이상을 달성했을 것이다.

행운이라는 개념이 정확히 어디까지인지 판단할 수가 없었다. 닥쳐오는 불행을 막을 정도일까? 아니면 게임처럼 크리티 컬이 뜰 확률 정도일까?

'시험해 볼까?'

진우는 잠시 생각하다가 고개를 끄덕이고는 핸드폰을 들었다. 최근에 접었던 루나5라는 게임을 실행했다. 아주 악랄한 강화시스템을 도입하고 있었는데, 강화보석으로 장비를 강화하는 것은 여타 게임과 같았다. 문제는 강화보석이 굉장히 비싼 편이었고, 강화에 실패하면 장비가 그대로 증발하였다. 확률도 굉장히 극악이었다. 강화 단계는 12까지 있었다. 5까지는 강화보석으로 강화가 가능했고, 6부터는 하나에 만 원씩 하는 무지개 보석도 같이 발라야 했다. 당연히 성공 확률은 극악이었다.

서버에 현존하는 최고의 검은 심판의 검 +10강이었다. 현금 10억에 사들이겠다는 사람까지 있을 정도였다. 아직 12단계는커녕 11에 성공한 이도 없었다. 시도 자체를 안 하는 것이 맞았다.

확률도 낮고 워낙 비싸니 누가 시도를 할까? 게다가 심판의 검 +10강은 단 하나뿐인 아이템이었다. 그조차도 운영진이 조작으로 만들어냈다는 흉흉한 소문이 있었다.

'뭐…… 이미 정상적인 게임이랑은 거리가 멀어졌지.'

그들만의 리그였다. 고인물들이 썩어서 고체가 되어버렸다. 개돼지들의 게임이라 불렸지만 하는 이들은 꽤 많았다. 그래도 나름 다른 게임이랑 차별화되는 점이 있기는 했다.

그건 강화할 때 다른 사람이 관전할 수 있다는 점이었다. 성공했을 때 그 짜릿함, 그리고 남이 실패하는 걸 보고 놀릴 수 있는 쾌감은 인기 요인 중 하나였다.

게임의 탈을 쓴 도박이나 마찬가지였다.

'열 받아서 인수를 해버리려고 했었지.'

진우도 강화를 수십 번 말아먹고는 아예 학을 떼었었다. 인수한 다음 회사 건물을 폭파해 버릴까 진지하게 고민까지 했었다. 낭비 스택이 오르지 않았다면 아마 실행했을 것이다.

진우는 오랜만에 루나5를 켰다. 주요 장비를 강화하다가 다 날아가 버린 탓에 랭킹은 순위권 밖이었다.

진우가 접속하자 귓속말이 쏟아졌다.

거목전사: ㅋㅋㅋ흑우 형님 오셨소? 접는다 하지 않았남.

푸리티공주: 돈 벌고 오셨음? 캬~, 원양 어선 탔다는 소문 있던데.

망겜종결자: 아따 개돼지 흑우 오셨는가.

수억을 한 번에 증발시킨 진우의 아이디는 '소과금러'였다.

바로 현금 결제해서 강화보석과 무지개 보석을 샀다. 여러 캐시 아이템을 잔뜩 구매해 경매장에 올렸다. 당연히 진우에게는 한도라는 것이 존재하지 않았다.

[소과금러 님의 '실프나르 갑옷 세트'가 판매되었습니다.]

[소과금러 님의 '실프나르 무기 세트'가 판매되었습니다.]

[소과금러 님의 '후로나 마법사 세트'가 판매되었습니다.]
…….

거묵전사: 엌ㅋㅋ 저 형님 또 현질한다.

별빛남: 헐ㅋㅋ 명불허전 금수르ㅋㅋㅋ

우와앙: 설마 또 지름?

귀여운강화석: 천만 원어치는 될 듯. 진짜 상남자네.

진우는 천만 원 정도 질러서 캐시 아이템을 사고, 바로 경매
장에 팔았다. 그렇게 마련한 금화로 심판의 검 하나를 구매했
다. 천만 원까지는 아니지만, 아예 상위 입찰하지 못하도록 천
만 원을 박아버린 진우였다. 감히 누가 자신의 찜한 물건에 손
을 댈 수 있단 말인가.

'나도 이진우 다 됐구만.'

진우는 그런 생각을 하며 피식하고 웃었다.

[소과금러 님이 엘론트 강화소에 입장하셨습니다.]

진우가 강화소에 들어오자 순식간에 사람들이 몰렸다. 화
면 하단에 관전자가 몇 명인지 보였는데 바로 풀방이 되었다.
300명이 관전 한계 인원이었다.

하지만 실제로 지켜보는 인원은 더 되었다.

[BJ고인물: 제가 방송합니다! 무수한 레전드 영상을 제공해 주신 소과금러님이 컴백하셨습니다! 정말 연락만 닿는다면 게스트로 모셔보고 싶은 분이십니다.]

꽤 유명한 BJ고인물이 방송을 통해 중계했기 때문이다. 대낮임에도 불구하고 5천 명에 이르는 시청자가 진우의 강화를 관전하기 위해 대기하고 있었다.

진우의 캐릭터는 장비를 모두 다 날려 버려 팬티 차림에 목검만 들고 있는 상태였다. 날린 금액만 해도 수억 원에 달했는데, 거지꼴이었다.

강화창에 심판의 검을 올려놓자 채팅창이 난리가 났다.

레이지: 심판의 검 떴다!

몰래간손님: 억ㅋㅋ미쳤넼 ㅋㅋ저걸 강화한다고?

가정용불판: 역시 금수르 소과금러 클라스. 일반템은 강화 안하죠? 클래스 오지죠?

망무새: 터져라! 터져라.

보통 이런 건 간절한 마음을 담아 강화 버튼을 눌러야 했지만, 진우는 그냥 쿨하게 눌렀다.

탕! 탕! 탕!

난쟁이가 망치를 들고 심판의 검을 때리기 시작했다.

띵!

강화가 성공했다. 운이 없다면 1강부터 날려 먹는 이들도 존재했다. 진우는 쉬지 않고 연이어 바로 다시 버튼을 눌렀다.

돈쇼: 쿨한거보소. 미쳤넼ㅋㅋ
암살수: 그 와중에 다 성공함. 본전 뽑으셨네.
망무새: 시벌, 안 본 눈 삽니다.
Kainan: 운빨존망겜ㅋㅋ

5강까지 다이렉트로 성공했다. 개발사에서 정확히 공개하지는 않았지만 5강까지는 성공확률이 대략 20% 정도였다. 하지만 6강부터는 그 확률이 기하급수적으로 떨어졌다. 5강까지 성공해도 본래 아이템 가격에 5배 정도가 되었다. 6강부터는 1강당 몇 배씩 가격이 뛰었다. 그야말로 버튼 하나에 집 한 채 값이 사라지는 마법이 생기는 것이었다.

[BJ고인물: 아, 소과금러님, 설마 여기서 그만두나요? 네! 그럴 리가 없습니다!]

그럴 리가 없었다. 진우는 망설임 없이 버튼을 눌렀다. 6강이 되었을 때는 환호성이, 7강, 8강까지 갔을 때는 경악, 9강에 이르렀을 때는 채팅장이 터져 나갔다.

중심구: 와, 개쩐다. 저게 됨?

비밀용기: 미친, 그 자리에서 9강까지 만들어버리네.

중년남자김남식: 심판의 검 9강 최근에 3억에 팔림ㅋㅋㅋ 미쳤음ㅋ
ㅋ 지금까지 날린 거 본전 뽑고도 남겠넼ㅋㅋ

아련한그곳: 주작임. 암튼 주작임.

지금까지 날린 걸 계산하면 본전은커녕 절반도 메울 수 없
었다.

'흠, 강화 운이 좋아진 건 확실한 것 같네.'

정확한 수치로 따질 수는 없었지만 그런 것 같았다. 확률이
작용하는 부분에는 확실하게 효과가 있었다.

[BJ고인물: 10강 가나요? 가나요?]

중년남자김남식: ㄱㄱㄱㄱㄱㄱㄱㄱㄱㄱ

kaisar: ㄱㄱㄱㄱㄱㄱ

요시키: 고고고.

채팅창이 한마음이 되었다. 제발 터지라고 저주를 퍼붓는
이들도 많았다. 진우도 그랬던 경험이 있었다. 남이 잘되는 꼴
을 보면 굉장히 배가 아팠다.

진우는 피식 웃고는 버튼을 눌렀다. 오늘은 실패할 것 같지
가 않았다.

팅!

10강이 너무나 허무하게 성공했다.

봇전제왕: 미칠ㅋㅋㅋㅋ10억이달
댄디손: 10억…… 미쳤네.

[BJ고인물: 와, 대박! 축하드립니다. 소과금러님.]

영롱한 10강 무기가 탄생했다. 진우는 잠시 보고를 하러 온 유나와 이야기를 나누고는 돌아왔다. 시청자 수는 이미 만 명을 넘어가고 있었다.

[BJ고인물: 소과금러님이 돌아오셨습니다. 어? 설마 11강? 11강!! 11강 가나요? 가즈아!!!]

비밀용기: 가즈아ㅣㅣㅣㅣㅣㅣㅣ
A급용병: 가즈아ㅣㅣㅣㅣㅣ
능력자S: ㄱㄱㄱㄱㄱㄱㄱㄱㄱㄱ
내형이진우: 터져라터져라터져라터져라터져라터져라.

시간이 꽤 걸렸음에도 아직도 안 떠나고 있었다. 진우는 당연히 끝까지 가볼 생각이었다.

[BJ고인물: 소과금러님 망설이시는 건가요? 아! 누릅니다!

누릅니다! 눌렀습니다!]

강화 버튼을 눌렀다.

띵!

허무하게도 11강이 떠버렸다. 서버 최고의 무기가 바뀐 것이다. 당연히 난리가 났다. BJ고인물 방송이 터져 버릴 정도였다. 채팅창이 빛의 속도로 올라갔다.

[BJ고인물: 와, 진짜 레전드다. 11강이라니. 미쳤네. 형님으로 모시고 싶습니다. 진짜. 오늘 뭔가 있나요? 님들 빨리 강화하세요! 오늘 되는 날인가 봅니다!]

그때였다. 곧바로 강화를 알리는 타격음이 들리기 시작했다.

[BJ고인물: 어?]

마사카: 설마?

아재판별자: 뭐야. 미친, 12강 가는 거?

타격음은 유난히 길었다. 12강일 경우에는 특별한 모션과 임팩트가 추가가 되어 그러했다. 심판의 검이 황금빛으로 둘러싸이는 순간이었다. 모두가 저 황금빛이 검은색으로 변하며 장비가 쪼개질 것이라 확신했다.

절대 뜰 리가 없었다. 그러나 절대란 법은 없었다.

[축하합니다. 소과금러님께서 심판의 검 12강화에 성공하셨습니다.]
[위대한 위인이 만든 전설의 무기가 탄생하였습니다.]

조금 쫄깃했지만 성공했다. 행운의 힘이 확실히 작용하는 것 같았다. 그냥 오늘따라 운이 좋은 것일 수도 있었지만 어쨌든 운이 좋았다.

[BJ고인물: 우아아아아아아!]

능력자S: 미친!
마사카: 저게 뭐야!
kaisar: 시발ㅋㅋㅋㅋ 실화인거임?
달콤한아몬드: 님들 빨리 강화하셈. 저거 버그임.
군필여고생: 우아아아아칼아카칵
하와이안버거: 저게 얼마야.

당연히 난리가 났다. 진우의 강화 성공을 보고 많은 이들이 따라했지만 성공하는 이는 드물었다. 서버에서 내로라하는 장비들이 펑펑 터져 버리고 있었다. 진우는 영롱한 빛을 내는 심판의 검을 들어보았다. 팬티 차림에 엄청난 가치를 지닌 검을 들고 있으니 굉장히 언밸런스했다.

[BJ고인물: 와…… 이 형님 정말 미쳤습니다. 평생의 운을 여기에 다 쓴 것 같습니다. 아니, 후생의 운까지 끌어다 쓴 게 분명합니다.]

팬티 차림으로 몇 번 휘둘러 보았는데, 이팩트가 엄청났다. 천지를 가를 듯한 이팩트가 뿜어져 나왔다. 역시 심판의 검 +12였다.

진우는 고개를 끄덕이다가 로그아웃 버튼에 손을 얹었다. 그러다가 무엇인가 생각나서 잠깐 손을 멈칫했다.

'낭비 스택……'

낭비 스택이 떠올랐다. 진우는 처음에 들고 있던 목검을 속성 강화 칸에 올렸다. 그리고 속성 강화용 아이템을 넣는 칸에 심판의 검 12강을 올려놓았다. 속성 강화용 아이템은 속성 강화를 하면 당연히 사라졌다.

[BJ고인물: 와, 진짜 장난도 심하시네. 저라면 저렇게 못 올립니다. 어우, 살 떨려.]

고강화 아이템을 넣었을 때는 몇 번이고 물어보니 실수로 속성 강화를 할 리가 없었다.

[BJ고인물: 어? 어? 미, 미친!]

진우는 그대로 목검에 심판의 검 12강을 갈아 넣었다.

비밀용기: 뭐야.
조운은행: 왜 저래? 왜?
쁘띠뿌작: 억ㅋㅋㅋ
라라론다: 미친 저걸 갈았어?

목검의 레벨이 만렙이 되었다. 목검에 전설 속성이 붙었다. 그래봤자 목검이니 큰 가치는 없었다.

진우는 낭비 스택이 오른 것을 보고 만족스러운 미소를 그렸다. 낭비 스택의 가치는 저런 데이터 쪼가리에 비교할 바가 아니었다. 채팅창을 이제 확인하니, 모두 비명을 지르고 있었다. 이런 특정 확률 부분에는 확실히 효과가 있었는데, 그간의 일들을 떠올려 보면 모호한 느낌이 있었다. 왠지 수치화되지 않은 불행도 그만큼 있는 것 같았다.

'좋게좋게 생각하자.'

어차피 되돌릴 수 없으니 말이다.

진우는 만렙 목검을 경매장에 올리고는 게임을 껐다. 아주 속 시원하게 접을 수 있었다. 게임을 지우고 나니 잠이 아주 잘 올 것 같았다. 그 일로 인터넷 뉴스 기사가 나고 대형 커뮤니티가 도배되었지만, 진우는 모르고 있었다. 소과금러의 정체에 대해 온갖 추측이 쏟아져 나왔다. 게임회사에서는 공식 SNS를 통해 어떠한 조작도 없다고 발표까지 했다.

새벽이 되자 진우는 조용히 침대에서 일어났다. 오늘따라 큰 침실이 더욱 크게 느껴졌다. 달빛이 은은하게 방을 밝혔다.

'슬슬 준비해 볼까.'

탐욕의 열쇠가 눈앞에 떠올랐다. 활성화가 되어 기이한 빛으로 일렁이고 있었다.

'역시 혼자 가야겠지.'

혼자 다녀올 생각이었다. 탐욕의 군주라는 존재가 있다는 것이 알려지면 훨씬 더 위험했다. 원작만 보더라도 트롤링하는 존재가 너무나 많았다. 주인공조차도 고구마를 처먹고 트롤링을 할 정도이니, 비밀로 하는 것이 올바른 선택이었다. 솔직히 주인공이 잘 대처했다면 막을 수 있었던 사건이 꽤 많았다.

막았다면 소설이 진행되지 않았겠지.

'주인공 보정이 부럽구나.'

자신에게는 행운 수치를 무시할 정도로 뭔가 있는 것 같기는 했다. 악역이니 당연한 건지도 몰랐다. 보통 악역을 보면 뒤로 넘어져도 코가 깨지는 경우가 다반사였다.

고개를 설레 저은 진우는 게이트 진입용 복장으로 갈아입고 무기를 챙겼다. 랭크가 붙은 검이었는데, 지금까지 구한 것

중에서 가장 좋은 검이었다. 준비는 든든할수록 좋았다.

방어력 위주로 입다 보니 외관이 그리 좋지는 않은 것이 흠이긴 했다.

"응?"

몸 상태를 확인하다가 명예가 오른 것을 볼 수 있었다.

명예: F+(돈 많은 천재)
명예가 상승할수록 모든 스탯이 상승한다.
*모든 스탯 10% 상승.

게이트의 일과 강화 사건이 겹치면서 상승이 된 것이었다. 명예로 부족한 육체 능력을 충분히 보충할 수 있을 것 같았다. 진우는 게이트의 일 때문에 그런가 하며 고개를 끄덕였다. 확실히 세계 각지로 보도가 될 만큼 난리가 난 일이긴 했다. 각국의 정보원들도 아주 활발하게 움직이고 있었다. 당연히 이진우 관련주의 주가도 엄청나게 폭등했다. 한국 정부는 물론 미국이나 다른 국가에서도 진우를 만나고 싶어 했다.

'가자.'

준비를 끝마친 진우가 손을 뻗자 열쇠가 나타났다. 열쇠에 마력을 집어넣자 열쇠가 허공에 꽂히더니 일렁거리는 문이 생겼다. 축소판 게이트를 보는 것 같은 느낌이었다. 일렁이는 빛깔이 상당히 아름다웠다. 불길한 곳으로 가는 문이었지만 기이하게도 그런 느낌은 없었다.

진우는 잠시 문을 바라보다가 안으로 들어갔다.

"오……."

그 위치가 잘 측정이 안 될 정도로 깊은 지하임에도 불구하고 안은 밝았다. 천장을 바라보니 아주 밝은 구체가 떠 있었다. 마치 태양의 축소판처럼 느껴졌다. 크기가 무척이나 거대한 마정석이었다.

[A+]태양의 마정석

순도 높은 마력이 뭉쳐 탄생한 마정석. 밤에는 나쁜 성분을 빨아들이고 낮에는 굉장히 풍부한 마력을 내뿜는다. 생명의 근원을 상징하는 태양을 닮아 굉장한 힘이 숨겨져 있다. 봉인지로부터 부정한 기운을 정화하여 깨끗한 마력으로 만들어주고 있다.

*[A]마석의 주인, 소유물에게 이로운 영향.

*[A]정화.

숨쉬기가 버거울 정도로 마력이 진했다. 진득한 느낌이 들 정도였다. 그게 기분이 나쁘지는 않았다. 매우 깨끗한 마력이 온몸을 씻어주는 것 같았다.

진우는 주변을 둘러보았다. 바로 앞에 거대한 문이 있었는데, 마치 던전의 입구 같은 느낌이었다. 문에 새겨진 조각들도 심상치 않았다. 해골과 악마들이 기괴한 웃음을 지으며 생명체들을 학살하고 있었다. 예전에 교과서에서나 보았던 오귀스트 로댕의 지옥의 문을 보는 것 같기도 했다. 보는 것만으로도 위압감이 들었다.

"이건?"

문의 표면에는 고풍스러운 게이트 문자가 적혀 있었다. 황금빛으로 일렁이고 있었는데, 기존의 게이트 문자와는 언어 체계가 완전히 달라 보였다. 문자인지 그림인지 구분이 안 될 정도였다. 저명한 게이트 문자 해독의 권위자가 와도 전혀 감을 잡지 못할 것이다. 마안이 있는 것이 정말 다행이었다.

[S]탐욕의 봉인지

탐욕의 군주가 봉인된 장소. 세계의 중심과 태양의 마정석이 지닌 강력한 힘으로 봉인되어 있다. 다만 불안정한 탓에 수천 년마다 한 번씩 관리가 필요하다.

강력하게 봉인된 문은 마신과 비견되는 최악의 존재가 아니라면 영향을 미칠 수 없다. 봉인이 풀린다면 다른 군주들 역시 제약과 봉인에서 풀려날 가능성이 높다.

봉인 해제: 99.99%(남은 기간: 706일)

마력 충전율: 0.01%

저 문에 마력을 강하게 흘려 넣음으로써 봉인을 더욱 견고하게 만들 수 있다고 한다. 정보를 본 순간 진우는 안도할 수 있었다.

"역시 S랭크의 운인가?"

운이 너무나 좋았다. 스텟 포인트 낭비가 심하긴 했지만, 행운 스탯은 나름 쓸 만한 것 같았다. 마신과 맞먹는 최악의 존재가 아니고서는 문을 열 수 없다고 하니 진우는 너무나 안심이 되었다. 마신도 봉인되어 있는데, 그런 존재가 있을 리가 없었다. 누가 봉인을 한 건지는 몰라도 조건을 아주 환상적으로 잘 걸어놓았다.

"봉인은 이래야지! 허구한 날 풀리는 게 봉인이냐? 하하."

소설이나 영화에서 보면 봉인은 꼭 풀리라고 만들어놓은 것처럼 허술했다. 허구한 날 마왕이 봉인에서 풀리고 난리가 났다. 그 정도 존재를 가두는 봉인이라면 철저하지 않은 것이 오히려 더 이상했다. 진우는 웃음이 절로 나왔다. 그동안 마음고생을 했던 것이 모두 보상을 받는 것 같았다.

"100%를 채우면 대충 2천 년은 괜찮네."

2천 년이면 자신이 죽고 난 다음이니 신경을 쓸 필요가 전혀 없었다. 그때까지 지구가 다른 요인에 의해 멸망하지 않을 것이란 보장도 없었다. 아무튼, 자신이 살아 있는 동안은 세계는 그야말로 평화로울 것이다.

진우는 문 앞에 있는 투명한 구체에 마력을 쏟아서 넣었다. 마력 컨트롤은 조금 힘들었지만 이런 것에 도가 튼 진우였다. 아주 빠르고 능숙하게 마력을 채워 넣었다. 100%가 되자 여기저기 균열이 나 있던 문이 깔끔하게 수복되었다. 너무나 튼튼해 보이는 모습이 마음에 꼭 들었다.

진우는 만족스러운 미소를 지으며 문을 바라보았다.

'먼저 휴가나 가야겠다.'

진우는 해외여행은커녕 제주도조차 가본 적이 없었다. 이제 마음놓고 해외로 휴가를 가도 전혀 심적인 부담이 없었다. 벌써 설레기 시작했다.

진우는 문으로 다가갔다. 마지막 확인을 하기 위해서였다. 마안으로 확인해 보니 완벽하게 봉인되었다는 정보만 읽을 수 있었다. 어떠한 충격에도 봉인이 풀릴 일이 없다고 한다. 지구만 한 행성이 들이박아도, 블랙홀에 빨려 들어가도 흠집조차 나지 않을 봉인이었다. 마신과 같은 최악의 존재가 나타나지 않는 한 말이다.

굉장히 튼튼하게 느껴져 마음이 든든했다. 진우는 확인해 볼 생각으로 손을 가까이 가져갔다.

흠칫!

혹시나 문에 무언가 이상이 생길까 봐 그대로 멈칫했다. 역시 만지지 않는 게 좋았다.

"돌아가자."

긴 한숨을 내쉬며 뒤로 물러났다.

그리고…… 진우의 입김이 문에 닿는 순간이었다.

쑤욱! 휘이이익 콰당!

문이 마치 태풍에 휘날리는 스티로폼처럼 보였다. 바람에 날아가는 스티로폼처럼 너무나 가볍게 쑤욱 하고 뜯기며 안쪽으로 날아가 버렸다.

진우는 멍하니 저 멀리 날아가 버린 문을 바라보았다. 요란한 소리와 함께 날아간 문은 바닥에 처박히며 박살이 났다.

"……."

그 튼튼했던 문이 그야말로 산산조각이 나버렸다.

'절대 풀리지 않는 봉인이라며?'

정보의 마안이 거짓말을 할 리가 없었다. 행성이 떨어져도 멀쩡하다는 문이 이 이상 처참할 수 없을 정도의 모습이 되어 있었다.

진우는 그대로 굳어버렸다. 어떤 반응도 할 수 없었다.

"……."

눈을 꾹 감았다가 떴다. 잘못 본 것인지 의심이 되어서였다. 다시 정신을 차리면 분명 문이 나타날 것이다. 환각을 보고 있는 것이 틀림없었다. 그러나 여전히 문은 사라지고 없었다. 결코, 꿈이 아니었다. 환각이 아니었다. 믿어지지 않았다.

"……미친!"

한참을 그렇게 멍하니 있다가 간신히 정신을 되찾았다.

어째서 문이 열린 것일까? 유일한 조건은…….

"마신과 같은 최악의 존재가 아니고서는…… 설마……!"

그 순간 진우의 머릿속을 스치고 지나가는 기억이 있었다. 바로 이진우가 죽고 난 다음 작가가 남긴 작가 후기였다. 원작 작가는 작가 후기에 이진우를 세계관 최악의 쓰레기로 설정했었다고 적었다.

하핫! 안녕하세요. 독자님들!

이진우가 드디어 죽었습니다.

이진우는 마신보다도 훨씬 사악한, 최악의 존재입니다. 아주 근본부터가 최악이에요. 원래 좀 더 등장하게 하려 했지만 하도 욕을 많이 먹어서…… 일찍 퇴장시켰습니다! 이제 고구마 대신 사이다만 쭉쭉 넣어볼게요! 감사합니다!'

어째서인지 작가 후기의 글자 하나하나가 또렷하게 머릿속에 떠올랐다.

'그냥 농담이 아니었어?'

아니, 그렇게 엄청난 설정을 해놓고서는 그렇게 처리했단 말이야?

너무나 황당했다. 결국, 자신이 마신보다도 최악의 존재라 열렸다는 이야기가 되었다.

"하, 시발. 인생……."

진우는 한숨을 내쉬었다. 이진우 이놈은 도움이 되는 게 하나도 없었다. 존재 자체가 민폐인 캐릭터였다. 그런 민폐 캐릭터가 자신이라는 것이 너무나 슬펐다.

'내가 최악이었구나.'

마신보다도 더한 최악의 존재. 이진우였다. 그게 바로 자신이었다.

고오오오!

안에서부터 불길한 바람이 불어왔다. 굉장히 탁한 검은 기류가 마치 촉수처럼 스멀스멀 기어 나왔는데, 주변 공기를 아주 탁하게 만들었다. 마력마저 불길한 기운으로 오염시켰다.

역한 냄새가 날 것 같았지만, 의외로 괜찮았다. 비유하자면 주유소 냄새나 수영장의 락스 냄새랑 비슷했다. 기호에 따라서 괜찮게 느껴질 수도 있는 종류였다. 자꾸 맡다 보니 묘한 중독성이 있었다. 진우는 깊은숨을 내쉬었다. 어쨌든 문이 열렸으니 외면할 수는 없었다.

[SSS+]봉인지
봉인이 완벽하게 풀린 상태.

정보의 마안이 알려주는 것처럼 문이 열렸다는 의미는 봉인이 풀린 것과 일맥상통했다. 들어가지 않아도 탐욕의 군주가 나올 것이 분명했다.

문 안은 깜깜했다. 마치 검은 막으로 둘러싸여 있는 것 같았다.

'S랭크 행운이라고? 개뿔…….'

행운이 있다고는 도저히 믿겨지지 않았다. S랭크의 행운을 뛰어넘는 불행 스탯이 감춰져 있을 것이다.

진우는 잠시 망설이다가 안으로 들어갔다. 기분 나쁜 감촉이 온몸을 핥았다. 벌레 속으로 들어간 것처럼 느껴져 몸이 부르르 떨렸다. 이것이 원작 작가의 머릿속에 있었던 것이라면 원작 작가는 변태가 틀림없었다. 그렇지 않고서 어떻게 이런 걸 생각할 수 있을까?

적응되니 그럭저럭 견딜 만했다. 감촉을 참아내며 안으로 들어가자 검은 암벽으로 둘러싸여 있는 공간이 나왔다. 암벽에 박힌 마정석들에서 뿜어져 나오는 희미한 불빛이 거대한 존재를 비추고 있었다. 진우는 그 거대함에 압도당했다.

'저게…… 탐욕의 군주.'

거대한 용이었다. 판타지 영화에 나오는 드래곤이라고 보는 것이 옳았다. 빌딩처럼 거대해 보는 것만으로도 전의를 상실하게 했다. 원작에서 탐욕의 군주는 검은 에너지 덩어리였는데, 저것이 온전한 모습인 것 같았다.

이 미친 작가 새끼야!

'미친…… 저걸 어떻게 이겨.'

밸런스 패치가 시급했다. 원작의 주인공이 온다고 해도 힘들어 보였다. 아니, 주인공 할아버지가 와도 상대가 안 될 것 같았다. 양판소에 나오는 그랜드 마스터나 현경의 고수가 와도 그냥 밟혀 죽을 것 같이 느껴졌다.

그야말로 신화에 나올 만한 존재였다.

그때 거대한 머리가 천천히 들리더니 진우를 향했다. 그나마 다행인 것은 상태가 정상처럼 보이지는 않았다. 육체가 깨진 유리처럼 갈라져 있었다. 간신히 마안으로 탐욕의 군주를 살펴볼 수 있었다.

[SSS+]탐욕의 군주 암흑룡 칼베르토

마신의 힘을 가장 많이 물려받은 12군주 중 하나. 워낙 힘이 강대해 세상의 중심이라 불리는 성소에 봉인이 되어 있다. 수많은 세월을 견디며 육체가 쇠약해졌지만 아직 이성을 잃지 않았다. 모든 것을 먹어치우는 탐욕은 일찍이 세상에 종말을 불러왔다고 알려져 있다.

육체가 무너져 불안정한 상태. 보통 소설 주인공들을 보면 대범하게 행동한다거나 입을 털어서 위기를 탈출하곤 했다. 그러나 진우는 주인공이 아니었다. 움직이지도 못했다. 오줌을 지리지 않은 것이 용할 지경이었다.

거대한 눈동자가 진우를 살펴보았다. 진우는 마치 발가벗겨진 것 같았다. 온몸을 구석구석 스캔하고 있는 것처럼 느껴졌다.

'공격해야 하나?'

자살행위였다. 자신의 검이 이쑤시개처럼 보였다. 확실히 그럴 것이다. 이쑤시개로 백 번 찔러 봤자였다.

진우는 달아나 버릴 것 같은 정신을 간신히 붙잡으며 거대한 눈동자와 마주했다. 거대한 눈동자가 크게 확장되었다. 엄청나게 놀란 것 같은 느낌이 팍팍 났다.

진우도 덩달아 놀라 버렸다. 서로 놀랐다.

[오, 오오……! 이, 이토록 사악한 최악의 존재가 있을 줄이야! 마신의 은총이 세상에 가득한 것이 분명하구나! 바라보는 것만으로도 내 심연 속에 잠긴 영혼이 요동을 치는군.]

"……네?"

[그래, 그렇군. 크하하하! 이 끝이 없는 사악함…… 오오! 이토록 영광스러울 수가! 마신께서 함께하실지니…… 마신께서

악의 화신을 보내신 것인가! 계승자를 완성하신 건가!]

주변의 먼지가 비상할 정도로 커다란 울림이었다. 머릿속에 들어오자 그 뜻이 이해가 되었다. 엄청나게 포악하게 생긴 것 치고는 말이 많았다. 여전히 무섭기는 했지만 일단 적의가 없어 보여서 다행이었다.

머리가 숙어지며 집채만 한 머리가 진우의 앞까지 다가왔다. 쥐라기 월드에서 티라노사우루스에게 먹힌 장면이 떠올랐다. 자신은 한 입 거리도 안 될 것이다. 내구력이 올랐다고 하더라도 저 날카로운 이빨에는 무용지물일 것 같았다.

[아름답군. 아름다워! 열등한 생명체의 형상을 하고 있지만, 근원부터가 사악함에 기원을 두고 있군. 열등한 존재라면 나를 바라보는 것만으로도 미쳐 버리겠지만 오히려 내가 미쳐 버릴 것 같구나!]

"……"

[마신의 인도에 따라 이곳에 강림한 자여! 존재의 근본부터 최악의 존재여. 그대의 이름은?]

갑자기 검선이 생각나는 것은 왜일까?

아무튼, 원작에서는 마구 폭주하며 다 때려 부쉈던 탐욕의 군주였다. 그때는 이성이라고는 존재하지 않았다. 그냥 울부짖는 소리만 잠깐 나왔을 뿐이었다. 상당히 허무하게 레벨 업의 제물이 되었다.

그러고 보면 12군주도 약간 나사가 빠진 이들이 많았다. 지나치게 텐션이 높거나 어딘가 허술했다. 주인공을 돋보이게 하기 위해 악역들의 지능을 낮춘 것 같은 부분은 분명히 존재했다.

주인공이 그 강대한 힘을 흡수하면서 폭발적인 레벨 업을 했는데, 그 때문에 발작이나 폭주를 하는 등의 부작용도 같이 따라왔다. 나름 파워밸런스를 맞추려고 고심한 것 같기는 한데, 중요 순간이나 위기마다 발작을 해서 극을 진행하니 발암이라는 말이 어울렸다. 게다가 힘을 숨긴 찐따 같은 느낌이 나서 더더욱 그러했다.

일단 대답하기 위해 입을 뗐다.

"이진우입니다."

[커헉!]

진우의 이름을 듣자 갑자기 탐욕의 군주가 각혈했다. 진우의 옆으로 핏덩어리가 쏘아져 나가더니 벽을 때려 부수었다. 탐욕의 군주가 거대한 입을 열어 숨을 몰아쉬었다. 고통스러운지 몸을 부르르 떨었다. 터져 버린 비늘 사이로 검은 기운이 솟구쳤다.

진우는 영문을 몰라 눈을 동그랗게 뜰 수밖에 없었다.

[이 노쇠한 육체로는 그 이름에 새겨진 사악한 의지를 감당할 수가 없군. 크, 흐흐흐! 마신께서 직접 내려주신 진명이 분명해!]

피를 뚝뚝 흘리면서 입을 벌렸다. 핏방울이 떨어질 때마다 바닥에 웅덩이가 생겼다.

[나는 암흑룡 칼베르토라 하네.]

"아, 네. 그…… 반갑습니다."

[마신께서 자네를 보낸 것인가? 드디어 지상에 강림하실 계획이 실행된 것인가?]

"그게……."

진우는 어떻게 대답해야 할지 잠시 고민했다. 아니라고 한다면 뭔가 끔찍한 일이 일어날 것 같기는 했다.

"비슷할 겁니다. 아마."

[마신의 말씀을 들은 적이 있는가?]

"아…… 네. 텍스트로……."

미래에 부활할 여지가 상당히 많았고, 원작 소설에서 마신이 말하는 걸 본 적이 있으니 어쨌든 거짓말은 아니었다. 초롱초롱한 눈망울을 보니 양심에 찔리기는 했으나 일단 살고 봐야 했다.

진우의 대답을 들은 칼베르토는 고개를 들어 한 차례 포효했다.

'잘못 말했나?'

진우는 식겁하며 그것을 바라만 볼 수밖에 없었다. 출구 쪽을 바라보며 슬금슬금 뒷걸음치는 것도 잊지 않았다.

[훌륭해! 아주 훌륭해!]

다행히 칼베르토는 기분이 무척이나 좋아 보였다. 진우는 어차피 적으로 돌리면 가망이 없으니 적당히 말해보기로 했다. 눈칫밥으로 직장생활을 버틴 진우였다. 잘 구슬리면 지구가 아닌 다른 차원으로 돌아가지 않을까? 애초부터 다른 차원에서 온 존재이니 말이다.

그래, 상사라고 생각하자. 아주 커다란 부장님이라고 생각하자. 아니, 아주 커다랗고 사나운 대표님이다.

"음, 그……. 여기까지 오는데 꽤 힘들었습니다."

[그렇지. 그 입구의 봉인은 신격에 이른 자가 아니고서는 풀기 힘들지. 나는 절망하며 틈이 생기기를 기다리고 있었네. 이 몸을 불살라 마신님께서 부활하신다면 그만큼 영광스러울 것이 어디 있겠나!]

"맞습니다. 마신께서 전 우주, 전 차원을 어둠으로 물들이실 때 칼베르토 님의 숭고한 마음을 잊지 않을 것입니다."

[자네가 그렇게 말해주니 기쁘기 그지없군. 수천 년간의 기다림이 전혀 헛되지 않았어. 크하하하! 마신께서 자아를 되찾으신 것인가?]

"뭐…… 비슷합니다."

[흐음…….]

"늘 지켜보고 계십니다. 어둠은 어디에나 있으니까요. 믿음이 최고의 충성이라 하셨습니다. 믿으십시오."

[당연히 믿고 있네. 내 모든 것이 마신으로부터 비롯되었음을 알고 있으니 말일세.]

말하면서도 식은땀이 났다. 그런데 생각보다 대화가 잘 통하는 것 같았다.

잘 설득하면 원래 있던 곳으로 돌아가지 않을까?

진우는 일단 설득해 보기로 했다.

"마신께서는 칼베르토 님의 이름을 언급하시며 위대한 계획의 일부라 하셨습니다. 그리고 왔던 곳으로 돌아와 휴식에 들어가라 말씀하셨습니다. 으, 음…… 한 이천 년 정도만 쉬고 계시면 될 것 같습니다."

[그렇군. 태초의 어둠으로 돌아가 영광의 일부가 되라는 위대한 말씀이시군.]

"네, 어디로든 가시면…… 크흠, 여기는 제가 알아서 하겠으니 돌아가시면 됩니다. 어둠 속으로든 어디든."

[자네 말이 맞네. 어둠이야말로 모든 곳이지. 그곳이 어디든 어둠일지니……. 마신께 영광이 있으리.]

이제는 돌이킬 수 없었다. 뻔뻔하게 나가는 것이 제일 좋았다.

진우는 살짝 인상을 쓰며 표정을 굳혔다. 인상을 쓰자 칼베르토가 오히려 흠칫했다. 지금 진우의 모습은 그 누구보다도 사악해 보였다.

"마신께서는 항상 영광스러우십니다."

[내가 실언했군! 그렇지 마신께서는 늘 영광스러우시지. 크하하! 악의 화신께 가르침을 받아 기쁘네.]

칼베르토가 고개를 치켜들고 울부짖었다. 엄청난 박력에 식은땀이 절로 나왔지만, 진우는 표정 관리를 했다. 속으로 안도의 한숨을 내쉬었다.

반응이 나쁘지 않았다. 느낌이 좋았다. 이대로 고향으로든, 어둠 속으로든 어디로든 갈 것 같았다. 지구만 아니면 만사 오케이였다. 아니, 봉인이 되었으면 되었지 왜 엄한 지구로 와서 개차반을 내놓는단 말인가?

설정도 참 거지 같지 않을 수 없었다.

이천 년은 아니더라도 수백 년만 벌 수 있다면 어떻게든 되지 않을까?

진우는 욕이 절로 나왔지만 애써 삼키며 태연한 표정을 지었다. 혹시 모를 사태에 대비해 입구 쪽으로 슬며시 이동했다.

[악의 화신에게 뒤를 맡길 수 있으니 이 얼마나 영광된 일인가. 거대한 악이 되어 마신을 강림시켜 전 차원을 어둠으로 물들여 주게나!]

"네! 알겠습니다."

[참으로 긴 세월이었어. 드디어 어둠의 일부가 될 수 있겠구나! 마신께서 드디어 내가 어둠이 되는 것을 허락하셨으니 이보다 큰 기쁨은 없도다!]

칼베르토는 깊은숨을 내쉬었다. 이곳에 봉인 당한 이후 얼마나 많은 시간이 흘렀는지 감조차 잡히지 않았다. 마신의 명에 따라 모든 것을 먹어치우며 전 차원의 종말을 선고했던 자신이, 상처 입고 죽어가는 열등한 존재와 다를 바가 없게 되다. 이름이 불리는 것만으로도 저주가 뿌려지는 탐욕의 군주가 초라하게 죽어가고 있었다.

칼베르토는 위대한 마신의 부활을 위해 치욕을 견뎌냈다. 마신이 부활한다면 이 세계는 어둠으로 영원히 물들어 사라질 것이다.

'드디어……'

칼베르토는 태연한 표정으로 서 있는 진우를 바라보았다. 몸이 절로 떨렸다. 살짝 빛났던 황금의 눈은 세상을 모두 꿰뚫어 보는 것 같은 진리가 담겨 있었다. 어설픈 모습도 보였지만 그것은 악을 감추는 위장이 분명했다. 단순히 육체 자체만 놓고 본다면 마력만 꽤 많은 인간에 불과했다.

칼베르토는 모든 것의 근원을 읽을 수 있었다. 존재의 근원을 읽는 그의 눈은 세상의 모든 진리를 꿰뚫어 볼 수 있었다.

'저 압도적인 사악함⋯⋯.'

그 능력이 없었다면 그조차 속아 넘어갈 뻔했다. 저 교묘한 위장에 모두가 속아 넘어갈 것이다. 빛의 존재조차 속일 수 있는 고차원적인 위장술이었다!

'이토록 악할 수가 있다니! 근원을 바라보는 것만으로도 눈이 멀 것 같구나! 악의 화신이야말로 마신의 자식이로다.'

자신의 눈에 비춘 것은 마신을 보는 듯한 사악함이었다. 마치 존재 자체가 악을 위해서 만들어진 것 같아 경이로움마저 느껴질 정도였다. 그 이름 또한 심상치 않았다. 마치 태초에 존재했던 창조주가 모든 악을 집대성시켜 놓은 것 같은 그런 근원을 소유하고 있었다. 누구나 근원은 순수하게 마련이었다. 태초의 암흑에서 태어난 마신이 아니고서는 말이다.

악의 화신이 하는 말은 모든 것이 예언이었고 마신의 계시가 틀림없었다.

'그야말로 암흑의 계승자, 악의 화신⋯⋯.'

칼베르토는 희열을 느꼈다. 새롭게 신좌에 오를지도 모르는 어둠이 저기에 있었다. 저 악의 근원이 세계를 타락시키고 암흑으로 물들일 것이다. 그야말로 마신의 인도가 아니고서는 말로 표현할 수 없었다.

이곳에 온전히 들어올 수 있는 자가 세상에 몇이나 될까? 저 끔찍한 문을 박살 내고 그를 마주했을 때의 전율을 잊을 수 없었다.

태초의 마신을 부활시킬 궁극의 악이 이곳에 강림했다. 모든 것이 다 태초부터 예정된 암흑의 계획일 것이 분명했다. 자신은 악의 화신이 말한 것처럼 그저 계획의 도구일 것이다. 억겁에 세월 동안 깨닫지 못한 존재의 의의를 드디어 깨달을 수 있었다.

'하지만 아직 막 발아한 상태일 거야.'

거대한 악을 담은 육체는 굉장히 나약하게만 보였다.

자신은 저 악이 거대하게 자라게 할 비료가 되리라. 그리고 어둠 속, 마신의 품에서 모든 것을 지켜보리라!

마신을 부활시키는 것은 험난한 일이었다. 칼베르토는 폭주를 위해 남겨놓은 마지막 권능을 써야 할 때임을 깨달았다. 이것 역시 마신의 안배일 것이 분명했다.

어디까지 보고 계신 것일까?

경배하고 싶은 마음을 감출 수 없었다. 칼베르토는 악의 화신이 성장할 수 있도록 모든 권능을 소모했다.

상념을 마친 칼베르토는 입구 쪽에 서 있는 진우를 바라보았다. 벌써 움직이려고 하는 모습은 그에게 큰 감동을 주었다.

이런 곳에 갇혀서 수많은 세월을 소비한 자신이 한심하게 느껴졌다.

이래서 감히 12군주 중 최고라고 말할 수 있겠는가. 위대한 마신을 볼 낯이 없었다.

[마신께서 자아를 되찾으셨으니 어둠 속으로 돌아가는 나를 받아주실 것이네. 내 권능을 얻고 마신을 이 세상에 강림시켜 세상을 암흑으로 물들여 주길 바라네.]

칼베르토는 진우의 대답을 듣지도 않고 육중한 몸을 일으켰다. 거대한 날개를 펼치더니 포효를 했다.

진우의 육체 스팩이 오르지 않았다면 날아가서 구석에 처박혔을지도 몰랐다.

[마신이시여! 제가 갑니다! 당신의 일부가 되어 영원토록 봉사하겠습니다!]

그렇게 외치자 몸에서 밝은 빛이 뿜어져 나왔다. 몸에 균열이 생기더니 부서지며 가루가 되기 시작했다. 원작에서 묘사된 것과 비슷한 검은 에너지 덩어리가 된 것을 볼 수 있었다.

아까보다 위압감이 덜 들기는 하지만 저게 밖으로 뿜어져 나간다면 게이트가 박살 날 것은 불 보듯 뻔했다.

도시 하나를 날려 버렸던 검은 에너지가 넓게 퍼지며 주변 공간에 스며들었다. 그리고 진우의 몸에도 빨려 들어왔다.

'음?'

진우에게 흡수된 검은 기류는 경험치와는 조금 달랐다. 고통은 없었으나 육체가 근본적으로 달라지는 느낌이 들었다.

육체가 빠르게 변했다. 피부가 갈라지고 살이 뒤틀린다든가 하는 그런 극적인 변화는 없었지만, 무협지에서 말하는 환골탈태와 비슷했다.

"아……."

확실히 몸이 엄청 가벼워졌다.

"……."

[어둠이 보이는구나. 마신께서 날 기다리고…….]

"……."

[기다리고 계신 것이…….]

"……."

[분명할 건데? 마신이시여? 마신님?…… 어? 으어억! 끄아악! 이, 이보게. 나 좀 붙잡아주게!]

검은 기류가 필사적으로 일렁였다. 강렬한 시선이 느껴졌다. 진우는 그 모습을 바라보다가 슬쩍 시선을 돌렸다.

[끄아아아악! 크어억! 컥!]

처참한 비명을 남기고 탐욕의 군주가 사라졌다.

"……."

너무나도 허무한 죽음이었다. 마지막으로 남긴 비명을 볼 때 완전히 소멸한 것 같기는 했다. 그냥 고향으로 돌아가서 오지 않기를 바랐는데, 설마 영혼의 고향으로 돌아갈 줄은 생각지도 못한 진우였다. 마신이 봉인되어 없으니 그가 돌아갈 곳은 없었다. 오로지 죽음뿐이었다.

진우가 눈을 깜빡이며 멍하니 있을 때, 정보의 마안에 여러 정보가 떠오르기 시작했다.

[악의 화신으로 전직하였습니다.]
[칼베르토가 완전히 소멸하여 모든 소유권이 귀속되었습니다.]

[전직]악의 화신
명실상부한 최악의 존재.

마신보다도 더 악한 기원을 지니고 있다. 탐욕의 군주 암흑룡 칼베르토의 인정을 받고 그의 힘을 받아들여 전직하였다. 그 위엄은 가히 악의 화신이라 불러도 위화감이 없다. 정보의 마안이 새롭게 해석하여 육체와 기술을 각성시켰다.

-각성 기술
[A]황금의 군주
탐욕의 군주 칼베르토의 자리를 찬탈하였다.

*군주는 하찮은 것 따위는 쓰지 않는다. B랭크 미만의 기술은 습득 시 정보의 마안에 의해 오로지 황금의 군주와 어울리는 기술로 바뀌게 된다.

*마족이 적대하지 않고 동족으로 본다.

*칼베르토의 유산을 완전히 획득할 수 있다.

*다른 군주가 있는 곳, 봉인 해제 시간을 알 수 있다.

칼베르토가 마신을 부활시키라는 유언과 처절한 비명을 남기고 진우에게 유산을 상속했다. 진우는 눈치를 보며 그럴듯하게 떠든 것이 다였다.

'좋은 게 분명하긴 한데……'

칼베르토가 이진우의 설정을 읽은 것 같았다. 원작에 드러나지는 않지만, 작가가 오피셜로 이진우는 작 중 최악의 존재로 설정했었다고 했으니 아마도 그것에 영향을 받은 것이 아닐까?

어쨌든, 칼베르토가 사라지고 도시의 폭발을 막아서 굉장히 기쁘기는 한데, 이렇게 사라지니 허탈했다.

진우는 한동안 그 자리에 멍하니 서 있었다. 실감이 나기까지는 조금 시간이 걸렸다.

'……예상과는 다르게 해결되긴 했네.'

진우는 바닥에 털썩 주저앉았다. 봉인을 계속 유지하는 것이 제일 좋았지만, 그래도 나쁘지 않은 결과였다. 칭호를 통해 다른 군주가 있는 곳을 확인할 수 있었다. 원작에 중심이 되는 내용이라 아는 곳도 있었지만 모두 알고 있는 것은 아니었다. 원작에서조차 12군주가 모두 등장하지는 않았기 때문이다.

'가장 빨리 봉인이 풀리는 곳이……'

중국 쪽에 있는 게이트였다. 국제 대회에서 우수한 성적을 내어 국제 능력자협회로부터 임대받은 게이트였다.

공해상에 나타난 게이트는 국제 협약을 통해 임대 형식으로 받을 수 있었다. 그것을 결정하는 것이 현대의 전쟁이라 일컬어지는 능력자 국제 대회였다. 우수한 능력자를 보유한 나라만이 게이트의 관리를 잘 할 수 있다는 간단한 이론에서 성립한 협약이었다. 설정에 구멍이 엄청났지만 이제는 그러려니 하고 있었다.

'음......'

원작에서는 주인공이 기사가 되어 게이트로 직접 들어가 처리를 했다. 탐욕의 군주를 일찍 대면한 탓인지 원작의 시점보다 조금 빨라진 느낌이 있었지만, 아직 여유가 있는 편이었다. 이제 쫓기듯 행동하지 않아도 되었다.

'슬슬 주인공을 만나봐야겠군.'

생각해 보니 주인공 보고 해결하라고 하면 될 것 같았다. 지원을 팍팍 해주면 원작보다 훨씬 더 성장할 수 있을 테니 말이다.

진우는 다시 방긋 웃을 수 있었다.

[S]차원의 중심 황금 게이트

탐욕의 군주가 봉인된 곳은 세상의 중심이라 불리는 차원이다. 세상의 중심은 어디로도 갈 수 있는 권능이 잠들어 있다. 목표 게이트의 근원석을 얻는다면, 황금의 성소에서 포탈을 통해 자유로운 이동이 가능하다. 중심 게이트의 주인은 황금의 성소에서 게이트에 대한 전반적인 설정을 할 수 있다.

*지배자: 이진우.

탐욕의 성소는 황금의 성소로 이름이 바뀌어 있었다. 이곳에서 마치 게임처럼 게이트에 대한 여러 설정을 할 수 있었다.

던전 배치나 게이트 안에 있는 생명체들에게 스며든 독을 해제할 수 있었다. 그리고 다른 차원의 물질에 대한 분해 역시 막을 수 있었다. 게다가 다른 게이트의 근원석을 얻으면 다른 게이트로도 이동이 가능해 보였다.

'대박!'

JW 게이트가 온전히 그의 소유가 되었고 모든 기능을 이용할 수 있었다. 말 그대로 대박이었다.

[S]시련의 탑

탐욕의 군주 칼베르토가 악의 화신을 위해 마지막 권능을 짜내어 완성한 탑. 칼베르토의 유산이 잠들어 있다. 시련의 탑을 이용해 어서 악의 화신으로 성장하도록 하자.

칼베르토가 있던 자리에 거대한 탑이 있었다. 저곳에 칼베르토가 남긴 유산이 잠들어 있다고 한다. 친절하게도 진우가 성장할 수 있도록 마지막 권능을 짜내어 만들었다.

"조금 미안하네."

이진우가 된 이후로 온갖 저주를 다 퍼부었는데, 이렇게 친절하게 좋은 걸 해주고 가니 미안해졌다. 비명을 들어보니, 상당히 고통스럽게 죽은 것 같았다. 잠깐 이야기를 나눈 것이 전부였지만 그렇게 나쁜 놈은 아닌 것 같기도 했다.

'이런 걸 악당 보정이라고 봐도 될까?'

진우는 피식 웃으며 고개를 설레 저었다.

일단 시련의 탑이 어떤 곳인지 확인하기 위해서 탑 안으로 들어갔다. 내부는 깔끔했다. 바닥과 벽이 대리석 같은 재질로 되어 있어 어두운 느낌은 아니었다. 복도를 따라가니 인기척이 있었다. 머리에 뿔을 달고 있는 여성이 카운터 같은 곳에 서 있었다. 여성이 고개를 돌려 진우를 바라보았다.

Lv.80

[A]상급 마족 아리나

소유자: 칼베르토→이진우

나이: 439세

호감도: 6%

충성심: 0.3%

보유기술: [A+]유산관리, [B]흑마법, [D]암흑의 노래, [C]정기흡수, [A]질긴 생명력.

-특수스킬

[B]지독한 가난

일주일을 빵 한 조각과 물 한 모금으로 버틸 수 있다. 곰팡이 핀 음식조차 상상력을 통해 극복해 낼 수 있다. 미량의 소금이 있다면 한 달도 충분히 버틴다.

*강력한 소화 능력.

*어떻게든 이익을 낸다.

칼베르토의 부름을 받고 마계에서 소환된 상급 마족. 고위급 존재의 유산관리를 할 수 있는 자격증을 지니고 있다. 황금의 성소를 관리할 수 있는 인재이다. 칼베르토가 그녀의 소원을 들어주고 그녀의 영혼을 소유하였다. 그리고 지금은 악의 화신이자 황금의 군주 이진우의 소유이다.

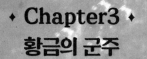

✦ Chapter3 ✦
황금의 군주

"유산관리를 맡게 된 아리나다."

아리나가 진우를 바라보며 가볍게 인사했다. 뿔이 달리고 피부색이 창백한 것 외에는 인간이랑 그리 다를 바가 없어 보였다. 상당히 아름다웠다. 복장도 노출이 많았는데, 바람직하게 느껴졌다. 보통 노출과 방어력은 비례하니 아마도 방어력은 굉장할 것이다.

진우가 가만히 바라보고 있자 아리나는 흠칫했다. 그러다 헛기침하며 입을 뗐다.

"나보다 약한 자에게 예의를 갖추는 것이 어색하다. 그러니 이해해 주길 바란다. 나보다 강해지면 그때 예의를 다하도록 하지. 주인도 나를 존중해 줄 필요는 없다."

진우는 고개를 끄덕였다. 아리나는 확실히 강해 보였다. A랭크였고 레벨도 높았다. 이민우와 비슷한 정도라고 보면 될 것 같았다.

갑작스러운 상황에 조금 어안이 벙벙하기는 했다.

"설명을 좀 해줄 수 있을까?"

"암흑룡 칼베르토의 유산이 이 탑에 잠들어 있다. 유산이라고 해봤자 권능 따위겠지만…… 봉인이 되기 전에 다 먹어치워서 금화 하나조차 없으니 말이다."

"탐욕의 군주치고는 가난한데?"

"그의 위장이야말로 진정한 탐욕이었다. 마계에 존재하는 금광과 광산을 대부분 먹어치운 것이 그 칼베르토이다. 마신을 부활시키기 위해서라 하는데…… 그 때문에 마계는 황폐해져 대기근을 맞이했다. 그 여파가 아직도 미치고 있지. 마력비료를 개발해서 간신히 농작물을 키우고 있기는 하지만……."

아리나의 설명을 들어보니 칼베르토는 여러모로 민폐였다. 그나마 남아 있던 재산들은 칼베르토가 봉인당한 이후 보상금으로 뜯겼다고 한다. 영혼이 묶여 있어 수백 년간 봉급을 한 푼도 받지 못하고 봉사해 왔다고 하는데 굉장히 불쌍하게 느껴졌다. 조금 전까지는 아름답고 강한 여성의 이미지였는데, 지금은 굉장히 짠해 보였다.

'원작에서도 마계가 황폐하다는 언급이 있었지.'

마족 히로인이 그렇게 말했던 것으로 기억되었다. 마계를 황폐하게 만든 원인이 칼베르토인 줄은 상상도 하지 못한 진우였다. 원작에서는 마계뿐만 아니라 다른 판타지 세계도 등장했다. 원작은 여러 가지를 섞은 잡탕이었으니 당연한 일이었다.

"시련의 탑은?"

진우가 묻자 아리나의 설명이 이어졌다. 시련의 탑에는 칼베르토의 모든 유산, 즉 권능이 잠들어 있다고 한다. 시련은 총 3단계로 이루어져 있었다. 각 단계를 돌파할 때마다 권능을 획득할 수 있다고 한다. 모든 단계를 돌파하게 된다면 칼베르토의 권능을 온전히 얻을 수 있었다. 진우의 나약한 신체를 보고 부작용이 없도록 해주려는 배려였다. 잘 성장해서 무난하게 흡수할 수 있도록 설계를 한 것 같았다.

'게임의 퀘스트 같아서 알기 쉽네.'

유산이 권능만 있는 것은 아니었다. 모든 단계를 통과하면 마신의 기운이 잠들어 있는 마신의 파편을 얻을 수 있다고 한다. 칼베르토가 봉인되면서까지 지키려고 한 귀중한 것이었다. 원작에서는 칼베르토를 해치운 주인공이 마냥 가지고 있었는데, 슬픈 이야기를 지닌 여인을 믿었다가 배신을 당하면서 주인공의 라이벌에게 넘어가게 된다. 그리고 라이벌 각성!

그런 전개였다.

'생각할수록 답답하네.'

아니, 그걸 왜 들고 있어?

파기하지 않고 가지고 있는 건 어떻게든 이해할 수 있었다. 그런데, 그걸 왜 만난 지 며칠 되지도 않는 여인에게 말한단 말인가.

'받자마자 부숴 버리면 되겠군.'

칼베르토가 알면 무덤에서 다시 벌떡 일어날 것이다.

어쩌겠는가. 소멸해 버렸는데.

시련은 단순히 몬스터를 잡거나 그런 것이 아니었고, 목표 달성 같은 형식으로 존재한다고 한다. 게임의 도전 과제라고 생각하면 이해하기 편했다. 아리나의 인도를 받아 탑의 중앙으로 이동했다. 중앙에 있는 수정체에 손을 얹자 강대한 힘이 진우에게 빨려 들어왔다. 지금껏 잡아온 몬스터와는 질이 다른 경험치가 일정 부분 진우에게 흡수되었다. 레벨을 확인해 보니 70에 이르렀다.

'정체된 구간이었는데 잘 되었네.'

폭발적인 레벨 업은 기대할 수 없는, 고난도의 수련이 필요한 구간이었다. 진우는 정보를 확인해 보았다.

[S]칼베르토의 시련

칼베르토가 권능을 물려주기 위해 만든 시련. 이진우가 지닌 기술의 영향으로 그에 걸맞게 변모하였다. 시련을 통과하게 되면 막대한 경험치와 칼베르토의 권능을 얻을 수 있다.

[1단계]명예의 시련

탐욕의 군주는 누구보다도 유명한 최악의 군주이다. 신화 속에서도 가장 최악의 존재로 묘사가 되며, 온갖 재앙과 재해를 상징하게 되었다. 그 인지도가 그의 권능을 강화했다. 가식적이라도 전혀 상관없다. 매력적이고 존경할 만한 유명인이 되도록 하자.

*목표과제: [A]명예.

[2단계]지배의 시련

탐욕의 군주는 눈앞의 모든 것을 지배하고 농락한 최악의 군주이다. 그가 벌인 만행의 여파가 아직 지상에 남아 있을 정도이다. 영향력이 그를 위대하게 만들었다. 어떤 분야, 어떤 방식이라도 상관없다. 대체할 수 없을 정도로 영향력을 행사하는 지배자가 되도록 하자.

*목표과제: [A]영향력.

[3단계]???(자격 미달)

'말 그대로 도전 과제네.'

짧은 시간 안에 할 수 없는 장기 퀘스트였다. 차라리 그냥 몬스터를 잡는 게 훨씬 쉬워 보였다. 어떻게 시작해야 하는지 감조차 잡히지 않았다. 그러나 그만큼 보상은 기대가 되었다. 단지 도전을 한 것만으로도 레벨 70이 되었는데, 시련을 깬다면?

진우는 고개를 끄덕였다. 천천히 진지하게 생각해 보기로 했다. 그러다가 다시 아리나에게 시선을 돌렸다.

아리나의 표정은 여전히 차가웠다.

"다른 건?"

"칼베르토가 남긴 권능으로 차원 상점을 이용할 수 있다. 여러 차원에서 올라온 아이템들이 그곳에 등록되어 있지."

"상점이라……."

"워낙 비싸므로 추천하지 않는다. 전송료, 수수료를 빼더라도 굉장히 비싼 값이다."

비싸다는 말에 강한 흥미가 생겼다. 진우에게 비싸다는 개념은 존재하지 않았으니 말이다. 그 단어를 잊은 지 오래였다.

"흥미가 있나 보군. 원한다면 보여줄 수 있다."

"무엇으로 살 수 있지?"

"어떠한 돈이든 차원 상점에서 수수료를 떼고 환전해 준다. 돈이라는 것은 모두 특별한 힘을 지니고 있지. 희귀도에 따라 상응하는 값어치의 차원 금화로 환전을 해줄 것이다."

"그래?"

"그러나 주인의 행색을 보니 그럴 필요가 있을지 의문이군. 이곳에 돈이 될 만한 것은 없다고 봐야 한다."

아리나의 말대로 권능 외에 남아 있는 것은 아무것도 없었다. 보물은커녕 먼지만 날리고 있을 뿐이었다. 나름대로 괜찮은 것들을 챙겨 입은 것이지만, 아리나의 눈에는 마땅치 않아 보였다. 겉보기에는 그럴듯하지만 하급 마족 정도나 입을 법한 것들이었다.

암흑룡 칼베르토는 전설에나 나올 법한 존재치고는 가난했다. 그는 막대한 보물과 자원을 먹어치워 강대한 힘을 쌓은 신적인 존재였다. 오랜 세월 마계의 빈 레어를 지키면서 가난에 찌든 아리나였다. 게다가 종국에는 이런 알 수 없는 차원에까지 불려왔다.

'보아하니 이곳도 황폐하겠지.'

그 탐욕스러운 칼베르토가 있던 장소이니 말이다.

다행히 업무시간만 지키면 마계로 돌아갈 수 있었다. 몸 하나 누일 만한 작은 초가집만이 그녀의 마음을 위로해 주는 공간이었다. 춥고 배고팠지만 바람을 막아줄 수 있는 집이 있다는 것이 유일한 위안이었다.

아리나는 진우를 보며 고개를 저었다. 그래도 칼베르토는 신에 필적한 존재였다. 그런 자가 왜 저런 나약한 인간을 선택했는지 의문이었다. 행색으로 보건대, 봉급은 기대하기 어려워 보였다. 물론, 고위귀족처럼 외모가 고귀해 보이기는 하지만 그걸로 밥 먹고 살 수 없다는 걸 아리나는 누구보다도 잘 알고 있었다.

"직접 돈을 들고 와야 해?"

"아니. 황금의 성소를 통해 자동으로 전송될 것이다."

"음, 계좌이체도 되고 좋네."

"흠, 저쪽이다."

아리나는 옆을 가리켰다. 벽면에 차원 환전소라 적혀 있었다. 돈을 받을 수 있게 구멍이 뚫려 있었는데 슬롯머신 같은 느낌이 났다. 조금은 허름한 느낌이었다.

차원 환전소를 실행하자 푸른 창이 떠올랐다.

"오……."

진우가 지금 당장 운용할 수 있는 돈이 표시되었다. 진우의 개인 금고에 있던 돈까지 전부 표시되었는데, 꽤 신기했다. 환전 수수료는 10%였다.

'일단 가볍게 오백억 정도만 뽑아볼까?'

유물들의 가치를 생각해 봤을 때 많은 돈은 아닐 것 같아 그럭저럭 넉넉하게 오백억을 입력하고 레버를 당겼다. 수수료가 그리 비싸게 느껴지지 않아 낭비 스택을 쌓기는 어려워 보인다는 것이 아쉬웠다.

차원 환전소가 부르르 떨기 시작했다. 아리나는 코웃음 치며 진우를 바라보다가 심상치 않은 분위기가 느껴지자 눈이 동그랗게 떠졌다.

"음? 역시 부족한가? 하나도 안 나오네."

"자, 잠깐……!"

진우는 레버를 마구 당겼다. 무언가 나올 때까지 계속 당겨 보았다. 이곳에서는 자신도 가난해질 수 있다는 게 굉장히 신선하게 느껴졌다. 이 얼마 만에 느껴보는 쫄깃함인가.

잊고 있었던 쫄깃함. 이것이 바로 돈 쓰는 맛이었다!

편의점에서 도시락 하나 사 먹기도 아까웠던 시절이 떠올랐다. 지금에 와서 떠올려 보면 추억이기는 했다.

푸르르르! 띵!

그때 경쾌한 소리와 함께 금빛을 발산하고 있는 금화 하나가 굴러 나왔다. 꽤 큰 금액을 넣었는데 나온 건 금화 하나였다. 진우는 금화를 주워들고 아리나를 바라보았다. 아리나는 무언가 다급한 표정이 되더니 카운터 밖으로 뛰쳐나왔다.

"음, 너무 적은데."

"뒤, 뒤를 봐라."

그때 다른 벽면에 차원 환전소와 똑같은 구멍이 생기기 시작했다. 수백 개의 구멍이 생겼다.

팅팅!

구멍에서 하나둘씩 금화가 나오더니 바닥에 진동이 생겼다. 아리나의 표정이 사색이 되는 순간이었다.

파르르르르르!

엄청난 양의 금화가 폭포수처럼 떨어져 내렸다.

"아……."

"마, 말도 안 돼. 억!"

"윽!"

진우와 이리나가 금화에 휩쓸리며 시련의 탑 밖으로 흘러나 왔다. 생각했던 것보다 훨씬 많은 양이었다. 금화에 파묻혀 있 던 진우가 간신히 몸을 일으켰다. 몸속으로 금화가 들어가 차 가운 촉감이 느껴졌다.

이리나도 일어나더니 많은 양의 금화를 바라보며 멍한 표정 이 되었다.

"금화…… 금화가 잔뜩……. 하, 하하하…… 하하."

"생각보다 많네."

금빛으로 빛나는 금화의 동산을 바라보니 굉장히 뿌듯했 다. 조금 무리해서 아예 가득 채워볼까 하는 욕망도 흘러나왔 다. 영화나 만화에서만 보던 광경이었기 때문이다. 이 정도라 면 수영도 할 수 있을 것 같았다.

"아리나, 이 정도면 충분할까?"

"……주인님."

멍한 표정이었던 아리나가 갑자기 무릎을 꿇더니 진우에게 고개를 숙였다. 그 일련의 동작은 굉장히 신속했다. 잔상마저 그려졌을 정도였다. 그녀의 볼은 벌겋게 달아올라 있었다. 뾰족한 귀도 상당히 붉게 변했다. 눈이 충혈되어 상당히 위험해 보였다.

"정성을 다해 유산을 관리하겠습니다. 맡겨주십시오."

"약한 자에게 예의를 차리지 않는다고 하지 않았어?"

아리나가 진우의 말을 듣고 정색했다. 대단히 진지한 표정이었다.

"재력이 곧 힘입니다. 재력이야말로 무엇보다 강대한 권능입니다! 돈이 돈을 부르니 무한한 힘입니다! 그야말로 인피니티 파워!"

"아……."

"무력이요? 그것과는 비교조차 할 수 없지요! 돈으로 무력을 사면 되니까요! 돈이야말로 신입니다! 차원의 진리입니다! 돈보다 위대한 것은 없습니다."

"그, 그렇군."

아리나의 눈빛이 반짝였다. 처음 봤을 때는 얼굴에 그림자가 있어서 피폐해 보이기까지 했는데, 지금은 생동감이 넘쳤다. 눈동자에 담긴 핑크빛 기류가 굉장히 위험하게 느껴졌다.

호감도: 110%[한계돌파(매료 상태)]

충성심: 150%[한계돌파(과잉 충성)]

'엄청 위험해 보이는데…….'

마안으로 상태를 확인해 보니 상태가 정상이 아니었다. 호감도는 둘째 치더라도 0.3%에 불과하던 충성심이 150%까지 치솟아 있었다. 과연 탐욕의 군주가 선택한 자답기는 했다.

"그러니까…… 이 정도면 많은 거야?"

"마, 많은 정도가 아닙니다! 마계의 도시 하나 정도는 가뿐하게 살 수 있을 겁니다!"

"겨우 이걸로?"

그녀의 반응을 보니 생각보다 지구의 돈이 환율이 높은 것 같았다.

"겨, 겨우라니요. 이, 이게 전 재산이 아닙니까?"

"아닌데……."

"그, 그럼 어느 정도입니까?"

제발 알려달라는 아리나의 눈빛을 외면할 수 없었다. 진우는 잠시 생각하다가 입을 뗐다.

"굳이 따지자면 용돈 정도일까."

"커억!"

사실 용돈조차 아니었다.

아리나가 충격을 받았는지 비틀거렸다. 그녀의 눈빛은 완전히 하트 빛으로 물들어 있었다. 마족이라서 그런지 금화를 어지간히 좋아하는 모양이었다.

"아! 상점을 보고 싶은데."

"네! 안내해 드리겠습니다! 따라오시지요! 발밑을 조심하세요! 앗! 주인님, 제가 업어드릴까요?"

"괜찮아. 그냥 아까처럼 편하게 하는 게 어때?"

"제가 어찌 감히 주인님께 그럴 수 있겠습니까? 그 추태는 잊어주시지요. 벌을 내리시면 달게 받겠습니다! 제발 저를 버리지 말아주세요! 주인님을 위해 영원히 딸랑이는 종이 되겠습니다!"

태세전환이 수준급이었다. 돈 앞에서 변하는 건 마족 역시 마찬가지인 모양이었다. 그녀는 황홀한 눈빛으로 금화의 길을 걸으며 진우를 안내해 주었다. 행여 금화가 상할까 사뿐사뿐하게 걷는 자세가 인상적이었다.

첫인상이 와장창 깨졌다. 차갑고 시니컬해 보이는 미인은 사라지고 없었다.

"이곳이 차원 상점입니다!"

아리나는 힘껏 두 팔을 벌렸다. 환하게 미소를 지었는데, 입가가 움찔거리고 있었다. 그녀는 굉장히 필사적이었다. 그녀야말로 돈이 낳은 비극이 아닐까?

차원 상점은 시련의 탑 밖에 있었다. 푸른 창으로 구매 가능한 아이템들을 구할 수 있었다. 작은 열매의 씨앗부터 높은 랭크가 붙은 아이템까지 다양했다.

"오……."

각종 아이템과 기술 서적 역시 종류별로 잘 나뉘어 있었다. 한눈에 들어와 알아보기 쉬웠다. 무엇보다 진우를 놀라게 한 것이 있었다.

'싸네?'

지구의 물가보다 엄청 저렴했다. 지구에서는 F랭크 아이템 하나짜리가 억 단위였다. 아직 아티팩트나 유물이 풀리지 않아서 그런 것도 있었지만, 나중에 가더라도 수천만 원 정도의 선은 기본적으로 유지가 되었다. 그러나 차원 상점에서는 같은 등급이 백만 원 단위였다. 매우 싸서 오히려 기껏 쌓은 낭비 스택이 사라질 것만 같은 느낌이었다.

대략 금화 하나에 만 원 정도 하는 것으로 나타났다.

[D+]상급 포션

모든 외상을 빠르게 치료할 수 있는 포션.

절단된 상처조차 빠르게 재생시키고, 과거의 상처 역시 깔끔하게 회복할 수 있다. 다만, 비싼 가격 때문에 이용하는 자들은 극히 적다.

매물: 106개.

가격: 5,000G(수수료, 전송료 포함).

D+랭크 하나가 5천만 원 정도밖에 하지 않았다. 그냥 공짜로 퍼주는 것과 다름없었다.

진우는 일단 나와 있는 물량을 모두 일시금으로 구매했다. 100개가 넘어갔지만 별로 부담이 되지는 않았다. 구매하자마자 공중에 마법진이 그려지더니 상자 더미가 내려앉았다.

"이런 식이구만. 신기하네. 역시 판타지야."

"사, 상급 포션을 배, 백 개씩이나?"

잘 포장된 상자를 뜯어보니 자태가 고운 포션이 모습을 드러냈다. 고급품인 것을 나타내는 듯 투명한 유리병에 아름다운 황금빛 문양이 그려져 있었다. 포션의 색깔은 마치 최고급 와인을 보는 것 같았는데, 자체적으로 빛을 내고 있어 더욱 고급스러워 보였다.

아리나가 침을 꿀꺽 삼키며 포션을 바라보았다. 진우가 포션을 가볍게 들고 흔들자 안절부절못했다. 병의 경도를 측정해 보려 두드렸을 때는 경악을 감추지 못했다.

"그, 그러다가 깨집니다! 꺄악! 아, 안 돼! 제발 내려놓아 주세요!"

"많은데 뭐 어때."

"마계의 포트나 지방에서만 제조되는 귀한 포션입니다! 한 달에 열 개 정도밖에 제조되지 않아요! 그, 그거 하나면 몇 년은 풍족하게 살 수 있습니다!"

"그럼 기다렸다가 또 사면 되겠네. 포션은 많을수록 좋으니까."

"아아…… 진정한 군주이십니다. 흐흑……."

아리나는 진우의 재력에 또다시 감동하며 눈물을 흘렸다. 앞으로 무슨 일이 벌어질지 모르니 포션을 잔뜩 사놓는 것이 좋을 것 같았다. 포션은 많을수록 든든하니까 말이다.

진우는 본격적으로 쇼핑을 하기 시작했다. 탐나는 물건이 상당히 많았다.

"오, 이건 꼭 사야 해."

[C]아공간(인벤토리)

굉장히 넓은 공간을 자랑하는 아공간. 안은 시간이 정지된 상태이다. 100t의 무게를 수납할 수 있다.

가격: 16,000G.

매물: 10개.

진우는 10개 모두 구매했다. 푸른 보석의 형태로 왔는데, 손에 쥐자 진우에게 귀속되었다. 100t짜리 인벤토리가 10개가 생기니 마음이 든든했다. 1,000t을 수용할 수 있으니 용량 걱정은 없을 것 같았다. 게다가 시간이 정지된다고 하니 대단히 유용했다. 지구에서는 돈 주고도 못 사는 것이었다.

"또 뭘 사지? 음…… 그냥 다 사자."

"어, 어억…… 아…… 주인님. 진정한 성군이십니다."

진우는 검부터 시작해서 눈에 띄는 장비를 쓸어모았다. 장비가 배달될 때마다 아리나는 경악을 금치 못했다. 현기증이 나는지 털썩 주저앉았다가 일어나기까지 했다. 고가의 장비가 한쪽에 수북하게 아무렇게나 쌓여 있었다. 금화 언덕에 그럭저럭 괜찮은 장비까지 장식되어 있으니 정말 영화에나 나올법한 모습이었다. 그 장면을 보는 것만으로도 돈이 아깝지 않았다.

[B]벨론과 엘브라스의 기술 서적

"위대한 드워프 벨론과 고귀한 엘프 엘브라스는 손끝에서 천지와 비견되는 예술을 창조했다."

위대한 드워프 벨론과 고귀한 엘프 엘브라스의 기술이 적혀 있는 서적. 대장장이 기술, 연금술부터 강화, 개조, 건축에 이르기까지 평생 그들이 닦아온 기술이 총망라되어 있다. 대단히 어려운 내용이니 백 년 이상 수련하지 않은 초심자는 익히는 것을 자제하도록 하자.

(경매 진행 중)

입찰금액: 730,000G.

남은 시간: 1분.

"경매도 있네."

루나5의 경매장과 똑같았다. B랭크 이상이면 경매를 통해 낙찰된다고 한다. 진행 상황을 가만히 보니 찔끔찔끔 1,000G씩 올리고 있었다. B랭크 아이템은 처음 보는 것이라 구매 욕구가 치솟았다.

"어, 엄청난 금액이군요."

가만히 바라보다가 30,000G를 올렸다. 그것을 보고 있던 아리나가 그대로 굳더니 쓰러졌다. 누가 또 상위입찰을 하면 다시 똑같이 올릴 생각이었다. 그러나 그런 일은 발생하지 않았다.

'낭비 스택이 올랐네.'

바로 진우에게 낙찰이 되었다. 진우는 마안을 이용해 바로 기술을 익혔다. 어렵다고는 하나 마안이 있으면 전혀 문제가 되지 않았다.

[B+]골든 메이커

벨론의 기술을 이진우가 독자적으로 해석하여 정립한 기술. 어떠한 물건을 만들든 아름답고 우아해야 한다. 매력과 행운 수치의 보정을 받아 대단히 아름다운 결과물로 재탄생된다.

*연금술.

*제작.

*강화.

취미로 익혀둬서 나쁠 건 없어 보였다. 생산 쪽은 레벨 업 효율이 꽤 뛰어나기도 했다. 진우는 만족스럽게 고개를 끄덕였다. 기술을 익혀도 서적은 남아 있으니 전시용으로도 딱 맞았다.

'하나만 있으면 썰렁하니⋯⋯.'

이참에 서재를 보충할 생각으로 괜찮은 것들도 쓸어왔다. 그리고 값비싼 강화석도 대량으로 구매했다.

"음, 일단 이 정도로 끝내야겠군."

모바일 게임에 현질을 하는 기분으로 하다 보니 조금 과했던 부분이 있었다. 설마 게이트 안에서, 그것도 탐욕의 군주를 해결하러 와서 쇼핑할 줄 꿈에도 예상하지 못한 진우였다. 쇼핑에 몰두하다 보니 꽤 많은 시간이 지나 있었다. 부들부들 떨면서 격한 호흡을 내뱉는 아리나가 보였다. 침을 흘린 흔적까지 보였다.

"황금의 성소 안에 보관 장소를 만들 수 있을까?"

"마, 맡겨만 주십시오! 자산을 운용하면 마음에 드실 만한 곳으로 재탄생시킬 수 있습니다! 그 부분은 제가 전문가입니다!"

"그렇구나."

아리나는 의욕으로 가득 차 있었다. 그러나 진우의 눈치를 보며 조금 망설이는 것이 보였다. 그러고 보니 몇백 년째 무수입으로 노예처럼 일했다고 한 것이 떠올랐다. 칼베르토의 악행이었다.

그렇게 죽은 것은 다 업보가 아닐까?

"보수는 얼마면 될까? 내가 잘 몰라서 말이지."

"그…… 30일에 100G 정도만 주시면……."

그녀는 자신 없는 표정으로 말했다. 100G라면 마계에서 한 달 동안 아주 풍족하게 생활할 수 있는 돈이었다.

아리나는 진우의 눈치를 보았다. 칼베르토에게 속해 있던 영혼이 진우에게 넘어왔기에 무보수로 일하라 그래도 받아들여야만 했다.

'최저시급도 안 되겠는데.'

진우는 잠시 생각하다가 고개를 끄덕였다.

"저…… 계약서를 써도 되겠습니까?"

"물론. 확실한 게 좋지."

"정말 감사합니다."

아리나가 품에서 계약서를 꺼냈다. 지금까지 갱신되지 않았던 계약서였다. 칼베르토가 작성한 계약서였는데 보수란에 '임의로 지급'이라는 글이 쓰여 있었다. 아리나가 마력이 담긴 펜을 건넸다. 진우는 500G/30일로 바꾸고 서명한 다음 아리나에게 건네주었다. 진우가 그녀의 주인이었기 때문에 동의는 필요치 않았다.

아리나는 계약서를 받더니 눈을 동그랗게 떴다. 눈시울이 붉어지다가 눈에서 닭똥 같은 눈물이 뚝뚝 떨어졌다.

"흐읍, 흐윽……."

진우는 다 안 다는 듯 어깨를 토닥여 주었다.

무보수의 서러움은 진우 역시 겪어보았다. 스팩 업을 빙자한 열정페이였다. 몇 개월을 그렇게 보냈던 기억이 굉장히 고통스러웠는데, 수백 년이면 상상조차 되지 않았다.

나중에 좀 더 올려주자.

"흐흑, 제, 제가 여, 열심히 할게요."

"열심히 안 해도 돼."

"주인님……."

충성도: 300%[한계 돌파(절대 충성)]

충성도를 보니 과잉 충성을 넘어 절대 충성으로 변해 있었다.

"크흠…… 그, 그럼 지금 당장 작업에 들어가겠습니다."

"돈은 얼마가 들어가도 상관없으니 알아서 해줘."

"알겠습니다! 최선을 다하겠습니다! 제 목숨과 영혼을 다 바치겠습니다."

"쉬엄쉬엄해."

진우는 아공간에 포션과 쓸 만한 것들을 여럿 챙기고는 포탈을 열었다. 탐욕의 군주 건이 이보다 좋을 수 없게 해결되었으니 당분간은 발을 쭉 뻗고 잘 수 있을 것이다. 그야말로 기적적인 해결이었다. 다른 군주들이 깨어나는 것이 확정되었기는 하지만 아직 시간이 꽤 남아 있었다.

'일이 잘 풀려서 좋기는 한데…….'

마치 불행 스택이 쌓이는 것처럼 느껴지는 것은 착각일까?

진우는 피식 웃으며 고개를 저었다.

아리나의 배웅을 받으며 포탈 안으로 들어갔다. 금화와 함께 바닥을 뒹굴어 머리가 부스스했고 옷이 더러워져 있었다. 샤워나 하고 자야겠다고 생각하고 포탈 너머에 도착했다. 당연히 진우의 방이 펼쳐져 있었고 시간은 이른 아침이었다.

탐욕의 군주를 대면하고 발생한 여러 일 때문에 시간을 까맣게 잊고 있었다. 그쪽에서는 시간을 알 방법이 없었으니 더더욱 그러했다.

'그래도 들키지는 않았겠지?'

옷을 벗으려 할 때 밖에서 인기척이 났다. 밖에서 다급히 노크하고는 안으로 들어왔다.

유나였다. 진우를 보더니 안도의 한숨을 내쉬었다.

딱 걸렸다.

진우는 어색한 웃음을 머금었다. 이럴 때는 최대한 태연하게 행동해야 했다.

"좋은 아침이야."

"어디 갔다 오신 겁니까? 인기척이 느껴지지 않아 주변을 수색하던 중이었습니다. 제 선에서 끝낸 것이 다행이군요."

"어떻게 알았어?"

"도련님이 일어나시기 두 시간 전에 미리 와서 점검합니다만…… 잊으셨습니까?"

솔직히 포탈을 열었을 때는 그런 걸 생각할 겨를도 없었다. 탐욕의 군주를 해결해야 한다는 생각이 머릿속에 가득했기 때문이다. 만약 유나가 다른 곳에 알렸다면 아마 헬기가 여러 대 뜨고 수많은 병력이 동원되었을 것이다. 외부 침입에 대한 흔적이 없었고 능력 사용의 흔적도 존재하지 않았다.

진우의 방 역시 완전하게 보안이 유지되었기에 일단 사태를 지켜보자고 판단했다.

진우는 평범하지 않으니까.

초조하게 기다리던 중 다행히 진우가 나타나자 안도의 한숨을 내쉴 수 있었다.

"밖에 잠깐 다녀왔어."

"무장한 상태를 보니…… 게이트에 다녀오신 것이군요."

유나는 진우가 게이트에 익숙한 이유를 비로소 알 수 있었다. 자력으로 게이트 안으로 들어갈 수 있는 능력이 있는 것이 분명했다. 어렸을 때부터 홀로 얼마나 노력을 했을지 감조차 잡히지 않았다. 유나는 살짝 감정이 격해졌지만 드러내지는 않았다. 주변 수색을 하며 격하게 움직인 탓에 오른팔과 허리가 끊어질 듯 아팠다. 요즘 들어 고통이 더 심해지고 있었다.

간신히 능력으로 신체 밸런스를 유지하고 있을 뿐이었다.

진우의 눈에 풀어진 유나의 옷깃 사이로 큰 흉터가 보였다. 진우는 이곳에 올 때 봤던 보고서가 떠올랐다.

'그러고 보니…….'

늘 건강한 모습만 보여줘서 느끼지 못하고 있었지만 유나는 기사 후보생이었다가 부상 때문에 은퇴한 능력자였다. 원작에서는 주인공이 능력을 써서 치료를 해주었다. 그 이후에는 비중이 극히 작아져 잘 등장하지 않았다. 곧 다른 히로인이 등장해 버렸으니까.

'아! 포션!'

시련의 탑을 대비해서 잔뜩 사놓은 포션이 떠올랐다. 효과가 있을지는 모르겠지만 일단 사용해 보는 것이 좋을 것 같았다.

진우의 시선을 느낀 유나가 풀어진 옷깃을 정리했다. 씁쓸한 미소가 입가에 자리 잡고 있었다.

진우는 인벤토리를 열었다. 그리고 포션 하나를 꺼냈다.

유나는 그 모습을 보고 놀랄 수밖에 없었다. 공간 속에 물건을 넣는 것은 상위 능력이었기 때문이다.

"이거 마셔봐."

"이건……."

"게이트에서 주웠어. 산책할 겸 갔는데 있더라고."

변명이 생각나지 않아 대충 둘러댄 진우였다.

유나는 조심스럽게 상급 포션을 받아들었다. 유나의 눈에는 대단한 보물처럼 보였다. 반짝이는 붉은 액체가 심상치 않았다.

뚜껑이 닫혀 있음에도 굉장한 기류가 주변에 흐르고 있었다.

"그거 몸에 좋더라."

그렇게 말해준 진우는 옷을 갈아입으러 의상실로 향했다. 역시 태연한 척하는 것이 정답이었다. 자세하게 물어보지 않은 것이 정말 다행이었다. 유나는 거짓말을 귀신같이 알아냈기 때문이다. 두루뭉술하게 넘어가는 것이 가장 좋았다. 유나는 믿고 있었지만, 입 밖으로 꺼낸 순간 어떻게 될지는 아무도 몰랐다. 더군다나 이곳은 거지 같은 원작 설정에 따라 미친 트롤들이 가득한 세계였다.

진우는 안도의 한숨을 내쉬었다.

'다행이네.'

여러모로 참 다행이었다.

'그러고 보니……'

상처가 회복되고 다시 기사 후보생이 된다고 나갈 수도 있지 않을까?

그런 생각이 떠오르자 마음이 조금 복잡해졌다. 정이 많이 들긴 들었나 보다. 그래도 유나의 행복을 위해서라면 쿨하게 보내주는 것이 옳았다.

'어차피 주인공에게 가긴 하겠지만……'

행복하다면 그걸로 오케이입니다!

그렇지만 기분이 울적해지는 것을 막을 수는 없었다.

유나는 손에 들린 고급스러운 병을 말없이 바라보았다. 그녀조차도 넋을 잃을 정도로 아름다운 디자인이었다. 넘실거리는 액체에서는 마치 우주의 성운이 들어 있는 것 같은 착각마저 들었다. 그렇게 잠시 모든 감각을 유리병에 빼앗겨 버렸다.

'이게 대체……'

정신을 차린 그녀는 긴 숨을 내쉬었다. 진우는 분명 몸에 좋은 것이라며 마시라고 했다. 하지만 절대 평범한 것일 리 없었다.

유나는 조심스럽게 뚜껑을 열었다. 뚜껑조차도 아름다운 조각처럼 되어 있었다. 향긋한 냄새가 코끝에 맴돌았다. 최고급 향수라도 이런 향기를 내지는 못할 것이다. 그녀는 조심스럽게 병 입구를 입에 가져다 대었다. 한 모금 마시려는 순간 액체가 그대로 그녀의 몸속으로 빨려 들어왔다. 액체가 아니라 기체처럼 느껴질 정도의 가벼움이었다. 당황하면서 유리병을 바라보았는데, 유리병은 남김없이 깨끗했다.

"아……!"

심장에서부터 황홀한 감각이 퍼져 나갔다. 마치 전신이 황금빛 오라로 물들어가는 것 같은 느낌이었다. 파도처럼 밀려오는 쾌감에 유나는 몸을 가누지 못하고 비틀거렸다. 옆으로 넘어지려다가 겨우 팔을 뻗어 벽을 잡았다. 고통에 대비해 이를 악물었지만, 아무런 느낌이 들지 않았다.

유나는 자신의 팔을 바라보았다. 주먹을 쥐었다 펼쳤다. 생생한 감각이 느껴졌다. 사고 이후, 다른 사람의 팔이라고 해도 믿을 정도로 감각이 미약했는데 지금은 아니었다.

유나는 다급히 전신 거울 앞에 섰다. 와이셔츠를 벗고 거울을 바라보았다. 가슴 중간부터 어깨까지 이어진 긴 흉터, 그리고 거무죽죽한 오른팔이 보여야 했다. 자신이 보더라도 흉측한 흉터였다.

"무슨……!"

그러나 하얀 살만이 보일 뿐이었다. 몸에 있던 수많은 흉터도 말끔하게 사라졌다. 배에 푹 파인 흉터도 없었다. 허리의 상처 역시 존재하지 않았다. 잔 상처가 있던 얼굴도 아기 속살처럼 깔끔했다. 마치 새롭게 태어난 기분이었다.

'이게 대체…….'

날아갈 듯이 몸이 가벼웠다. 어떠한 삐걱거림도 없었다. 그녀는 멍하니 자신의 몸을 바라보았다. 그러다가 옆에 놓인 유리병으로 시선을 옮겼다. 오래된 흉터까지 치유해 버릴 정도의 치료제였다. 저것이 지닌 가치가 얼마나 될지 그녀는 감히 상상조차 할 수 없었다. 저런 것을 마치 건강식품처럼 아무렇지도 않게 건넨 진우였다. 오다가 주웠다며 그렇게 가볍게 건넸다.

간신히 호흡을 가다듬은 그녀는 조금 전 나간 진우를 떠올려 보았다. 그녀가 이곳에 올 것을 안다는 것처럼 태연하게 인사를 건넨 그였다. 아니, 분명 알고 있었을 것이다.

"아……."

진우의 헝클어진 머리와 더러워진 옷이 떠올랐다. 이러한 가치를 지닌 유물을 얻기 위해 고생을 했음을 깨닫게 되었다.

분명 자신이 알 수 없는 위험과 맞섰겠지.

"……."

눈시울이 붉어졌다. 격한 감정이 치솟아 올라 몸이 절로 떨렸다. 늘 가벼운 말투와 매사에 귀찮은 듯한 태도로 위장했지만, 누구보다도 깊은 마음을 지닌 진우였다. 그녀는 육체의 회복보다도 진우의 큰 계획에 자신이 들어 있다는 걸 알게 되자, 너무도 기뻤다.

"도련님……."

그녀는 말없이 고개를 숙였다. 눈물이 몇 방울 바닥에 떨어졌다. 다시 고개를 들었을 때는 평소의 그녀로 돌아와 있었다. 그것이 그가 바라는 것일 테니까.

알게 모르게 오늘 여럿을 울린 진우였다.

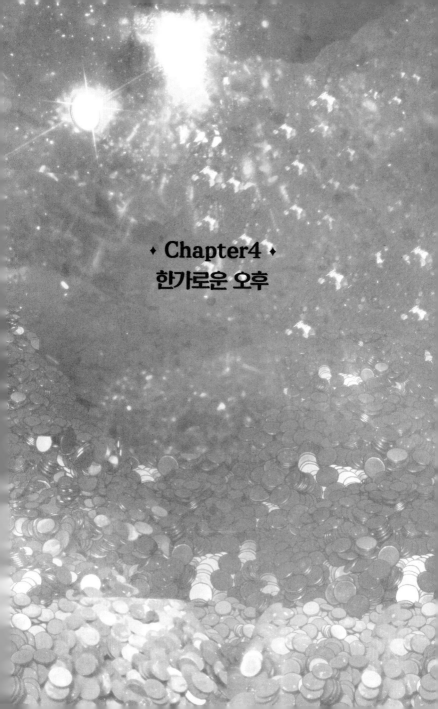

♦ **Chapter4** ♦
한가로운 오후

예전에 쫄딱 망한 친구가 진우에게 했던 말이 있었다.

'넌 사업 같은 거 하지 마라. 주식도 하지 마.'
'왜?'
'그냥 하지 마!'

친구는 나름 금수저는 못 되어도 은수저 정도 되는 집안이었는데, 쫄딱 망해 버렸다. 그걸 본 진우는 평생 월급쟁이로 살아야겠다고 다짐했다. 냉정히 생각해 봐도 경영인은커녕 작은 사업도 해서는 안 될 그릇이었다. 그럴 배짱도 없고 말이다. 월급이 20만 원 정도만 올랐으면 하는 가난한 직장인이었다.

그런데, 지금 진우는 따지고 보면 사업을 하고 있었다. JW 게이트와 G&P였다. JW 게이트는 본래 지니고 있던 것이었지만

G&P는 진우가 직접 세운 회사였다. 낭비 스택을 쌓기 위한 용도로 만들었는데, 아무래도 낭비 스택이다 보니 들어가는 자본의 규모가 그럭저럭이었다. 이진우의 기준에서 그럭저럭이지 일반적인 시점에서 보면 천문학적인 수준의 투자였다.

낭비 스택을 위해 막대한 자본을 말 그대로 쑤셔 박았다. 그래도 일단 구색은 맞춰야 해서 유나를 통해 사람을 뽑아 꽂아 넣기는 했다. 어느 대기업에서 쫓겨난 인물이었는데, 진우는 그 사연을 듣자마자 바로 승낙했다. 쫓겨날 정도면 낭비 스택을 충실히 쌓게 해줄 것 같았기 때문이다. 회사의 탈을 쓴 낭비 스택 제조회사. G&P라는 이름을 쓴 거대한 낭비 스택 회사가 세워진 것이다!

그러나 진우의 기대와는 다르게 탐욕의 군주와의 대면을 앞둔 날까지 기이하게도 낭비 스택은 잘 쌓이지 않았다. 진우가 비서실 정도로 인식하고 있는 미래전략실, 그리고 낭비 스택을 쌓기 위해 만든 G&P는 일을 너무 잘했다. 이렇게 잘해도 되나 싶을 정도로 잘했다. 미래전략실과 G&P는 궁합도 굉장히 잘 맞아 환상적인 호흡을 보여주고 있었다.

진우가 얼굴을 내비치지 않는 동안, G&P는 이번 발견이 가져온 성과에 대해 간략하게 발표를 했고, 미래전략실에서는 대대적인 홍보를 펼쳤다. 각종 언론사에서는 엄청난 양의 기사를 쏟아냈고, 대형 포털 사이트에서는 대형 배너까지 걸렸다. G&P는 광고도 인터넷 광고뿐만 아니라 공중파에도 나오기 시작했다. 짤막한 광고였다.

신인 배우가 한강 주변을 달리면서 땀을 뻘뻘 흘리는 장면으로 시작했다. 허리까지 숙이며 숨을 몰아쉬고 있다가 고개를 들었다.

[잠깐 쉬어가도 괜찮습니다.]
[당신의 이야기는 지금부터 시작이니까요. 함께하겠습니다. G&P!]

살짝 미소 지은 신인 배우가 다시 천천히 달려 나가는 것을 비추면서 광고가 끝났다. 잔잔한 분위기 속에서 굵직한 인상을 남겨 괜찮다는 평가가 많았다. 갑작스럽게 부상한 G&P는 꿈의 직장이라 불리며 각종 인터넷 커뮤니티를 뜨겁게 달구고 있었는데, 최근에 세기의 발견이라는 대박까지 터뜨려서 일반 기업과는 비교할 수 없는 인지도까지 생겼다. 타이밍을 노린 것처럼 광고까지 더해지니 화룡점정이었다.

[제목: 한국의 흔한 회사]
나 기억함?
작년에 직장 개 같다고 올려서 베스트간 놈인데. 니들 말대로 바로 때려치고 백수처럼 지내다가 대충 일 년 전에 이직했음. 전 직장 먼저 그만둔 부장님이 오라고 해서 갔는데 뭐지 싶었음.
갔는데, 카페에서 면접본뎈ㅋ 솔직히 부장님을 믿기는 했는데 다단계인 줄. 부장님도 대출 겁나게 받아서 엄청 팍팍하게 사셨거든. 순간 어디 팔려가는 거 아닌지 그런 생각도 들고 그랬음.

면접도 그냥 라떼 빨면서 대충 편하게 봤다. 면접관도 옆집 아저씨 같았음. 포트폴리오 이야기 좀 하다가 이런저런 이야기 좀 하고 그랬음.

면접관 아재 말빨 겁나게 좋음. 왠지 사기꾼 스멜이 났음. 뭔가 세뇌 당할 뻔. 근데 나도 입같이 텀ㅋ

마음에 든다고 연봉협상 하자길래 사기꾼 같아서 그냥 막 부름. 2천 중반 정도 받고 일했었거든. 그냥 3천 불렀음. 그랬더니 회사 내규 때문에 그렇게 못 준데. 그래서 그럼 맘대로 줘라 했는데, 씨익 웃으면서 최소가 그 두 배라는 거야. 그것도 신입이.

사기꾼 같지 않냐? 왠지 장기 털릴 것 같은 느낌이 오더라. 그래서 존나 따졌음.

나: 회사는 어디 있나요? 왜 카페에서 면접 보나요?

면접관: 건물 올라가는 중이고, 오늘 막 이사해서 난장판이다. 이 카페도 곧 인수될 예정.

나: ㅋㅋㅋ 아니, 여기 탐스탐 커피인데 인수요?

면접관: ㅋㅋㅋ나도 어이가 없다.

딱 봐도 사기꾼 같지 않냐? 근데 그 면접관이랑 친해져서 술도 먹고, 그냥 믿고 출근해 보기로 했음. 출근하기 전에 엄마가 어디 가냐고 해서 친구네 간다고 함.

운동화 신고 갔음. 이상하면 도망치려곡

오라는 데로 갔는데.. 미친! 빌딩 개높아.

[사옥 이미지1.jpg][회사 헬스장.jpg][회사 수영장.jpg]
[회사 호텔.jpg]

G&P라는 이름 들었을 때 뭔가 했는데. 진짜 시설 오짐. 기숙사도 5성급 호텔이야.

아! 그리고 탐스탐 커피 인수된 거 맞음. 누가 커피 좀 먹고 싶다는 걸 높으신 분이 들었나 봐. 탐스탐 커피 인수해서 사옥에 있음. 그냥 매장만 내주면 되는 거 아닌가 싶은데, 그런 건 회사 내규에 안 맞는데. 그래서 샀데. 아무튼 우리 회사 겁나 쿨함.

밥 먹다가 게임 이야기 나와서 직원들끼리 내기하자고 하고 바빠서 미뤘거든. 근데 며칠 뒤에 가보니 사옥에 PC방 생김. 업무만 끝내면 아무 때나 가도 됨.

[G&P PC 아레나.jpg]

뭔가 말하기가 두렵다. ㄷㄷㄷ
게이트 학과 간 건 신의 한수였다.
하반기 공채한다는데 꼭 오셈.

[사원증 인증.jpg]

[댓글 2,133]

꿈곰: G&P?! 미쳤넼ㅋㅋㅋ

퉁퉁한볼따구: 여기 대표님이 만수르한테 거지새끼라고 했던 분인가요?

고되다삶: 여기 요즘 장난 아님ㄷㄷ

A맨: 부럽다. 지원자격이 어떻게 되나요? G문자및술식해석과인데……

└개처럼부려주세요: 그쪽이면 괜찮을 것 같은데. 학점만 괜찮다면…… 나도 이직하고 싶다.

취알못: 그래서 탐스탐 커피가 JIN 커피로 바뀌었구나.

Jun88: 한국이 산유국 된 것보다 더 엄청나다는데.

플래티넘2: 미친ㅋㅋ 저게 PC방? 넥플 e스포츠 센터보다 더 큰데? 아니, 수영장에서 올림픽이라도 열림? 미쳤네.

　직원 숫자보다 빌딩 규모가 너무나 커서 여러 시설이 들어설 수 있었다. 당연하게도 초호화 시설이었다.

　진우는 보고를 통해 대충 듣고 대부분 승인을 내리는 터라 자세한 내용은 기억에 없었다. 다만, 본래 예정보다 무조건 더 크고 과도할 정도로 화려하게 지으라는 언질만 줬을 뿐이었다. 그리고 원작에 나오는 기술을 선점하고, 기술 특허를 냈다는 부분만 주의 깊게 봤을 뿐이었다.

한가로운 오후였다.

"날씨 좋네."

진우는 집 앞 정원에 나와 있었다. 당연하게도 큰 규모였는데 아주 잘 꾸며져 있었다. 이렇게 푹 쉰 것은 정말 오랜만이었다. 스케줄은 없었다. 탐욕의 군주를 해결하고 온 마음의 평화가 진우를 여유롭게 만들었다. 나머지는 다 주인공에게 맡기고 뒤에서 지켜보는 포지션이 머릿속에 그려지니 미소가 나왔다. 청와대 초청, 미국 정상급 인사들이 만남을 요청했지만, 모조리 거부했다. 이런 여유를 너무나 즐기고 싶었기 때문이다. 다만, 불만이 있다면 역시 요리였다.

최고의 쉐프가 상주해 있다고 해도 역시 게이트 요리에 비교할 바가 아니었다. 퍽퍽한 모래를 씹는 것처럼 느껴질 때도 있었다.

진우는 삽을 가지고 적당한 자리로 왔다.

'씨앗도 샀으니 일단 심어볼까.'

심기에 강화를 하는 것이 좋을 것 같았다. 강화가 현실에서 어떻게 반영되는지 확인을 해볼 생각이었다.

진우는 아공간에서 차원 상점에서 구입한 테이블을 꺼냈다. 고급 연성진이 새겨진 연금용 테이블이었다. 장인들이 최고의 나무를 깎아 만든 예술 작품이었다.

턱!

그러나 진우는 그런 테이블 위에 흙투성이인 삽과 씨앗, 여러 가지 재료를 올려놓았다. 그리고 강화석과 속성석을 꺼냈다. 강화석은 하나에 300G, 300만 원 정도 하는 저렴한 가격이었다. 속성석은 천만 원 정도로 강화석에 비해 3배 정도 비쌌다. 그래도 너무나 저렴해서 대량 구매를 해놓은 상태였다. 진우에게는 공짜나 다름없는 가격이었다.

[F]푸른 사과 씨앗
상큼한 맛이 매력적인 푸른 사과의 씨앗. 어디서든 굉장히 빠르게 잘 자라고 영양분이 풍부해 마계의 주요 식량 중 하나이다. 질 좋은 태양 빛만 있다면 빠르게 자란다. 재생 효과가 있어 하급 포션의 재료로도 쓰인다.

푸른 사과는 과일을 그다지 좋아하지 않는 진우도 반할 만큼 맛이 좋았다. 영양소도 풍부해 마계의 감자라고 부를 수 있었다. 솔직히 최고급 소고기를 먹는 것보다 푸른 사과를 먹는 편이 더 좋았다. 아리나는 푸른 사과 하나로 이 주일을 버틴 적이 있다고 한다.

'앞으로 더 잘해주자.'

아리나를 보고 있으면 마음이 짠해졌다.

아무튼, 강화는 전체적으로 루나5와 비슷했다.

"루나5보단 낫지."

오로지 확률에만 의존하지 않고 실력으로 커버할 수 있었다. 연금술은 굉장히 매력적이었다. 실생활에 굉장히 유용했다. 강화는 수준 높은 연금술과 대장장이 기술이 필요한 고급 기술이었다. 게임과는 다르게 오랜 수련이 필요했지만, 진우에게는 상관없는 이야기였다.

진우는 씨앗을 올려놓고 강화를 해보았다. 빛무리와 함께 강화가 성공적으로 완료되었다. '[F]건강한 푸른 사과 씨앗 +1'이라는 정보를 볼 수 있었다. 조금 크기가 커졌고, 푸석푸석하게 느껴졌던 표면에 기름을 바른 듯한 광택이 생겼다. 태양 빛을 받으니 벌써 싹이 올라오는 것이 실시간으로 보였다.

"오……."

강화하니 이름도 조금 달라졌다. 한계가 생길 때까지 강화를 해보았다. 루나5와 똑같이 강화 가능한 횟수가 있었는데, 횟수를 초과하면 마력을 감당하지 못해 무너져 내린다고 한다. 진우는 내친김에 대지의 속성석도 쑤셔 넣어 보았다.

"응?"

[F]대지의 강인한 황금 사과 씨앗 괴물+5

골든 메이커 이진우가 개량을 시도하여 성공한 품종.

한계에 이른 강화와 속성 부여 탓에 몬스터로 변모했다. 태양 빛만 있다면 어디서든지 잡초처럼 성장할 수 있다. 골든 메이커의 효과를 받아 아름다운 열매가 기대된다. 자신의 창조자에게 절대 복종한다.

*창조자: 이진우.

*성향: 온순.

*속성: 대지.

*예상 금액: 7,000G(차원 경매).

진우는 눈을 깜빡이며 엄지손가락만 한 씨앗을 바라보았다. 곧 씨앗에서 새싹이 돋더니 황금색 줄기들이 뿜어져 나왔다. 촉수 같았지만 징그럽다기보다는 아름다웠다. 아름다운 실타래를 보는 것 같았다.

진우의 손바닥에서 새싹들이 기지개를 켰다.

꾸물꾸물.

뿌리가 진우의 손바닥을 감싸다가 땅으로 점프했다. 잔디밭을 뿌리로 살펴보다가 부르르 떨더니 땅속으로 파고들어 갔다.

몬스터인데 괜찮을까?

"괜찮겠지?"

성격도 온순하고 절대 복종한다니 문제는 없을 것 같았다. 물이라도 뿌려줄까 하다가 물을 가지고 오기 귀찮아 포션을 꺼내 뿌렸다.

스르르륵!

땅을 뚫고 줄기가 솟아오르기 시작했다. 순식간에 진우의 허리까지 오는 작은 묘목의 형태가 갖춰졌다. 황금을 보는 것 같은 꽃봉오리까지 올라왔다. 시원하면서도 달콤한 향기가 진우의 기분을 좋게 만들었다. 최고급 향수만큼이나 향기가 좋았다. 나무 형태가 갖춰지자 정보가 'F+골든 트리'로 바뀌었다.

"특이하긴 하지만 일단 그냥 나무 아닌가?"

물론, 일반적인 나무와 다른 점이 있었다.

휘릭!

주변에 벌레가 날아오자 이빨이 달린 줄기가 뿜어져 나오더니 벌레를 먹어치웠다.

"……몬스터 맞구나. 사람은 공격하지 마라."

지능이 있는지 알았다는 듯 잎들이 위아래로 흔들렸다. 진우는 골든 메이커의 위력을 제대로 실감할 수 있었다. 괜히 B+랭크의 기술이 아니었다.

'일단 나무니까 마당에 키워도 되겠지.'

포션을 좀 더 뿌려보니 성장 속도가 굉장히 빨라졌다. 진귀한 포션이 이렇게 소모되는 것을 아리나가 본다면 기절했을지도 몰랐다.

나무가 마치 잭과 콩나무에 나오는 콩나무처럼 쑥쑥 성장하더니 진우의 키를 넘어섰다. 꽃잎이 펼쳐지며 은은하게 빛나는 금빛 꽃가루가 사방으로 떨어졌다. 열매 하나가 마치 알이 나오듯이 달렸다. 완벽한 비율의 하트 모양이었다. 보석을 보는 것 같기도 했다.

[F+]달콤한 황금사과

골든 트리에서 나온 아름다운 열매. 달콤새콤한 맛이 일품이다. 피부 미용에 좋고 힘찬 뿌리의 힘을 지녀 모발 재생 및 강화에도 좋다. 맛만큼이나 환상적인 영양소를 자랑한다. 자가생식을 하는 골든 트리의 열매는 씨앗이 없고, 껍질이 항상 깨끗하게 유지되어 그냥 먹어도 상관없다.

*[F+]피부 미용: 노화 방지 효과가 있다.

*[-E]뿌리 재생: 뿌리의 힘으로 인해 모근이 튼튼해지고 재생된다.

얼떨결에 탈모에 효과가 있는 과일이 만들어졌다.

'뭐…… 탈모약은 판타지에 많이 나온 내용이긴 하지.'

탈모약으로 성공하는 건 흔한 내용이었다. 능력자가 판치는 세상인데 탈모만큼은 고쳐지지 않고 있었다. 오히려 기이하게도 마법 쪽의 능력자들은 여성 남성 가릴 것 없이 탈모가 많았다. 서클 마법사면 머리카락은 포기해야 한다는 속설까지 나돌 정도였다. 마법계 기피 현상이 그것 때문이라는 분석도 있었다.

'혹시 모르니 일단 많이 키워놓자.'

진우가 손을 내밀자 황금사과가 진우의 손으로 다가오더니 툭 하고 떨어졌다. 한입 베어 무니 일반 사과와는 비교도 할 수 없는 맛이 입안을 잠식했다. 풍부한 과즙은 마치 복숭아 같기도 했는데, 식감이 무척이나 좋아 씹는 맛도 있었다.

기분이 절로 행복해지는 맛이었다. 다른 과일은 절대 먹지 못할 것만 같았다. 순식간에 하나를 다 먹어치운 진우였다. 역시 맛은 게이트의 것이 최고였다.

"좋군."

진우가 칭찬을 하자 기분이 좋은 듯 골든 트리의 잎이 살랑거렸다. 진우는 잠시 테이블 위에 있는 삽을 내려다보았다.

'일반 물품도 가능하나?'

지구의 일반 물품도 한계가 명확하기는 하지만 강화가 가능해 보였다. 진우는 삽에 강화석을 꽉꽉 바르고 바람의 속성석까지 넣어보았다. 삽이 희미하게 빛나더니 꽤 그럴듯하게 변했다.

"오……."

철로 된 표면에 날개를 단 여인의 모습이 새겨졌고, 삽 주위에 은은하게 바람이 불었다. 굉장히 신기했다.

[F]바람의 정령삽+3

지구의 일반적인 삽을 극한으로 강화하였다. 아름다운 양각에 바람의 정령이 깃들어 깃털처럼 가볍다. 또한, 삽을 휘두를 때마다 초급 정령마법(땅파기)을 쓸 수 있다. 삽날에 굉장히 예리해 주의해야 한다.

*속성: 바람.

*[F]땅파기.

*[F]날카로움.

무게가 거의 느껴지지 않았다. 깃털을 드는 것처럼 보였다. 삽을 공중에 던져보니 깃털처럼 천천히 흔들리면서 바닥에 떨어졌다.

쑤욱!

땅을 뚫고 그대로 박혔다.

진우는 삽을 뽑아 들고 땅을 한 번 파보았다.

콰가가가!

삽이 꽂힌 자리부터 몇 미터가량 직선으로 바람이 뿜어져

나가더니 땅이 폭발했다. 진우는 치솟아 올라갔다가 사방으로 떨어져 내리는 잔디의 잔해를 멍하니 바라보았다. 땅 파기라기보다는 땅 뒤집기에 가까웠다.

"……음."

삽을 구석에 내려놓았다. 일반 삽이 순식간에 굉장히 위험한 아이템으로 바뀌어 버렸다.

진우는 강화의 진정한 위력을 느낄 수 있었다.

"도련님, 여기 계셨군요."

그때 유나의 목소리가 들려와 진우는 고개를 돌려 유나를 바라보았다. 완벽히 회복한 유나는 한층 더 아름다워져 있었다. 여전히 사무적인 표정이기는 했지만, 예전과는 달리 생동감이 느껴졌다. 잠시 휴가를 달라고 그래서 철렁하는 심정으로 휴가를 줬는데, 휴가 복귀 후에 사표를 내는 것이 아닌가 하고 걱정하고 있었다. 그러나 그런 낌새는 없었고 오히려 더 적극적으로 일선에 나서고 있었다.

"땅이……."

"아, 그…… 사고가 있었어."

"그렇군요. 복구해 놓으라 지시하겠습니다."

유나는 진우 뒤에 있는 나무로 시선을 옮겼다. 아름다운 모습이 잠시 유나의 시선을 빼앗았다. 씨앗만 심어볼까 했는데 이렇게 자라 버리니 숨기기도 어려웠다.

진우는 어색한 미소를 지으며 입을 뗐다.

"취미용으로 하나 심어봤어. 요즘 정원 가꾸는 게 취미인 사람도 꽤 있잖아?"

"아름다운 나무로군요. 지구의 품종으로 보이지는 않는데, 게이트에서 가져온 것입니까?"

"뭐…… 그럴걸?"

요즘 들어 유나는 질문이 많아졌다. 그럴 때마다 진우는 대충 얼버무렸다. 말하기 어려운 부분이 상당히 많았기 때문이다.

유나는 작게 감탄하면서 고개를 끄덕였다. 몬스터를 제외하고 게이트의 동식물들은 지구로 오면 보통 얼마 버티지 못하고 죽었다. 죽고 나면 바로 분해가 되었기에 보관이 여간 까다로운 것이 아니었다.

유나는 가장 가까운 곳에서 진우를 보필하면서도 그의 계획에 대해서는 그저 추측만 할 뿐이었다.

'열심히 움직이고는 있지만…… 따라가기도 벅차군.'

휴가를 갔다 온 것도 맡겨놓았던 장비를 가져오기 위함이었다. 오랫동안 쓰지 않다 보니 적응하는데 시간이 좀 걸렸다. 유나는 진우가 실망하지 않도록 더 노력해야겠다고 생각했다.

'……부족해.'

그가 평생을 쌓아온 고독, 그리고 상상할 수 없을 정도의 큰 계획을 감당하기에는 아직 자신은 부족했다. 그나마 총지배인에게서 받은 '이진우 전기(개정판)' 덕분에 어느 정도 이해하고 있을 뿐이었다. 생각해 보면 진우는 늘 확답을 주지 않고 스스로 생각하고 움직이게 했다. 성장할 수 있도록 길을 터주었다. 그런 배려가 진우답다고 생각한 유나였다. 유나는 나오려는 미소를 간신히 감추었다.

"음, 알아보라고 한 건?"

유나의 표정이 조금 군자 진우는 화제를 돌렸다.

"우선, 김세연 양에 대한 보고입니다. 잠재력 수치가 대단하더군요. 최성민 박사가 직접 측정했는데, 수치만 본다면 A랭크에 가깝다고 합니다. 도련님께서 주목하고 계신 인재답습니다."

"최성민 박사가 갔어?"

"네, 도련님의 지시를 충실히 이행하려면 그 정도는 되어야 했고, 최성민 박사도 그렇게 생각하고 있습니다. 김세연은 고속계산과 마력분석, 술식 정립 그리고 기타 보조 계열에 특화되어 있다고 합니다. 장래가 기대됩니다."

진우는 고개를 끄덕였다. 원작에서도 그런 면모를 잠깐 보여주기는 했다. 청순가련한, 그리고 지적인 느낌의 히로인이라는 것을 연출하고 싶어 했던 의도가 뻔하게 보였다.

"얼마 전, 능력자 조기 졸업 전형으로 졸업 후 분부하신 대로 일선 그룹 중앙정책팀에 추천을 해봤습니다."

일선 그룹의 중앙정책팀은 세계 최고로 유능한 인재들만 모이는 자리였다. 이희진 회장과 가장 가까운, 일선 그룹의 머리와도 같은 곳이었기 때문이다. 진우도 중앙정책팀에 이름을 올리고 있기는 하지만, 이민우가 전담하고 있었다. 진우가 슬쩍 발을 빼며 이민우에게 은근슬쩍 모두 떠넘긴 상태였다. 덕분에 이민우의 부담이 배로 증가했지만, 진우는 미래의 형수님을 소개해 주는 선에서 퉁 치려 했다. 진우의 추천도 있고, A급 잠재 능력자라는 대단한 스팩은 이민우가 직접 스카우트하러 온다고 해도 이상하지 않았다. 아니, 분명 그러했을 것이다.

'그걸 노리고 찔러준 거였지. 첫 만남을 보지 못한 게 아쉽네.'

아주 의미 있는 역사적 만남이었다. 팬까지는 아니었지만 그래도 원작을 읽은 독자로서 두 사람의 만남은 흥분되는 일이었다. 스스로 감탄할 정도의 전략이었다. 나름 고민해서 짜낸 계획이었다.

첫 만남에 딱! 하고 찌릿하면서 교류가 생기지 않을까 예상했다. 그러면 이민우가 좀 더 착해질 것이고, 진우도 끔찍한 루트 하나를 피할 수 있어 일거양득이었다. 무섭기는 하지만 자신의 여자에게는 목숨을 바치는 것이 바로 그 이민우였다. 김세연도 물론 행복해질 것이다.

'이민우는 원작 최고의 로맨티시스트지.'

이희진 회장이 어떻게 나올지 몰랐지만, 설마 아침드라마 같은 상황은 나오지 않겠지? 김세연, 이제는 형수님인가.

다음 말이 들려오기 전까지 진우는 흐뭇한 미소를 지었다.

"그런데 잘되지 않은 모양이더군요."

"음? A급 잠재 능력자라면…… 프리패스일 텐데?"

"네, 그렇습니다."

"뭔가 부족했나?"

"아닙니다. 자격은 차고 넘쳤습니다. 조기 졸업 조건을 아득히 웃도는 성적을 거두었을 뿐만 아니라, 5개 국어에 능통하며 이제 막 각성한 고속 분석 능력은 컴퓨터에 가깝습니다. 그런 인재를 거부한다면 바보겠지요."

"그럼?"

"G&P에 지원했습니다. 해외 대기업에서도 스카우트 제의가 계속 왔습니다만, G&P 연구팀에 들어가고 싶다고 하더군요."

"응?"

진우가 눈을 깜빡이면서 유나를 바라보았다. 유나는 살짝 미소 지으며 다시 말을 이었다.

"형님을 보긴 봤데?"

"네, 직접 만나는 걸 확인했습니다."

"그런데도 G&P에?"

"네. 그녀의 논문, '마력 회로와 아티팩트 분석'은 최성민 박사가 감탄할 정도라고 합니다. 학사 논문으로는 도저히 보이지 않는 모양입니다. 하반기 공채가 있기 전이지만 특별전형으로 채용될 예정입니다."

진우가 잘못 들은 것이 아니었다. 유나가 못을 박듯이 확실하게 대답했다.

"그녀라면 확실히 도움이 되겠지요. 발전 가능성이 무궁무진한 인재입니다. 눈여겨보신 것이 역시 정답인 것 같습니다."

"음……."

"이민우 측도 자극을 받은 모양입니다. A급 인재가 대놓고 중앙정책실 대신 G&P를 택한 것이니까요. 중앙정책실에서의 여론이 미약하지만 흔들리고 있습니다. 시작이 좋습니다."

"아……."

A급 잠재 능력자는 노력만 한다면 무난하게 A급까지 이를 수 있었다. 보조계열이라고 하더라도 그런 인재가 능력자 아카데미나 기사 지망이 아닌, 세운 지 얼마 되지도 않은 G&P를 택한 것이다. 지금이야 광산의 발견으로 엄청난 주목을 받고는 있지만, 그녀가 G&P 지원을 한 것은 그것을 발표하기 전이었다. 뭔가 의도치 않게 바람맞힌 꼴이 되어버렸다.

진우는 곤란함을 느꼈다. 일거양득이라 생각했는데 일이 기이하게 꼬여 버렸다.

'긍정적으로 생각하자. 어쨌든 인연이 생긴 거니 거기서부터 시작인 거겠지.'

일단은 지켜보도록 하자.

남녀 일은 아무도 몰랐다. 오히려 이민우 같은 완벽한 남자에게 좋은 자극이 될지도 몰랐다.

'이런 여자 처음이야.' 같은 느낌으로 말이다. 과정은 힘들지 몰라도 끝이 좋다면 더욱 효과가 컸다. 아무튼, 가까이 두면 기회는 많았다.

"그리고 김세연의 동생, 김영훈에 관한 것입니다."

진우는 생각하는 것을 멈추고 유나를 바라보았다.

그럴 수밖에 없었다.

김영훈. 드디어 주인공의 이름이 들려왔다. 그 이름을 들으니 기분이 묘했다. 소설의 묘사만 봤을 뿐 실제로 본 적은 없었다. 어느 판타지 소설 주인공처럼 평범하다는 설정이었다. 다만, 성장하는 느낌을 주기 위해서인지 많은 부분에서 평균

이하의 모습도 보였다.

"김영훈, 21세로 누나인 김세연보다 한 살 어립니다. 현재는 고등학교 졸업 후, 대학에 진학하지 않고 독립하여 아르바이트를 하고 있습니다."

"그렇군. 별다른 특이점은 없나?"

"무척이나 평범합니다. 김세연의 동생이라는 것이 믿기지 않을 정도입니다. 학교 성적은 좋지 않았고 대출이 있더군요."

원작에서도 빚이 있기는 했다. 가정 사정이 나아져서 빚이 없을 줄 알았는데, 의외였다.

"빚?"

"4천만 원 정도 있습니다."

"꽤 있군."

"당연히 제1금융권은 아닙니다. 대부업체인데…… 스네이크 실드 연맹 쪽이더군요. 불법이기는 하나 법적인 제재가 어렵다고 합니다. 능력자 법으로 처벌해야 하는데, 아시다시피 이런 부분은 느슨한 편입니다. 거기다가 대단한 로비 실력을 보여주고 있습니다. 협회의 대응이 미적지근합니다."

능력자는 보통 일반인들에게 해를 입히면 안 된다는 조항이 있지만, 대부업에 대해서는 애매했다. 아직 확실하게 결정이 내려지지 않은 법과 법 사이의 영역이었다. JW 게이트에서 퇴출당하고, 거액의 피해보상금까지 뜯긴 것이 바로 스네이크 실드 연맹이었다.

그들이 한 일이라고는 진우를 욕한 것밖에 없었지만, 분쟁

할 필요도 없이 알아서 바짝 기면서 다 토해냈다. 그런데도 날이 갈수록 입지가 좁아지고 있었다.

"왜 빌렸데?"

"고등학교 동창에게 전부 빌려준 것 같습니다. 고등학교 동창은 현재 잠적 상태입니다."

진우는 고개를 끄덕였다. 주인공은 역시 적당한 고난이 있어야 성장하는 법이다. 일단 지켜보도록 하자.

오늘은 유나의 보고가 상당히 길었다. 아직도 보고할 것이 남아 있는 모양이었다.

"다른 건?"

"그리고 보관 중인 고기 처분 문제가 있습니다. 레이첼, 무진 쪽에서 수확한 고기들로 창고가 가득 찼다고 하더군요."

"가득 찼다고?"

"네, 일단 보관해 놓으라고 지시하지 않으셨습니까?"

"아! 그랬었지."

중심 게이트의 주인은 칼베르토가 아니라 진우였다. 게이트에 대한 전반적인 설정을 할 수 있었는데, 지구 물건 분해 방지, 독 해제도 있었다. 특정 지역을 지정해서 해제할 수도 있었다.

진우는 JW 센터를 해제지역으로 설정해 놓았다. 그 과정에서 해독과 분해 기술에 대한 변명거리를 생각해 놔야 했는데, 진우는 그것을 제법 간단하게 해결했다.

'게이트 유물이라고 뻥치긴 했는데…….'

게이트에 가져다 놓은 보석 하나가 해독을 해주고 분해를 막아준다고 둘러댔다. 변명하기 딱 좋았다. 가져다 놓은 보석은 차원 상점에서 산 굉장히 화려한 보석이었다.

[D+]함정의 보석 +7

단단한 형태의 보석. 아름답지만 요사스러운 기운을 풍기고 있다. 주로 귀중품이 있는 던전의 창고에 설치가 된다. 인테리어 소품으로도 좋아 상당히 인기가 많다.

발동하게 되면 보석이 검게 변하고 보물, 귀중품, 마력이 담긴 아티팩트가 모조리 저장소로 수납된다. 그 자리에는 다른 저장소에 있던 것들로 대체가 된다. 주로 적을 상대하기 위한 함정 같은 것들로 설정을 해놓는 편이다.

골든 메이커가 강화하여 그 위력이 미치도록 강해졌다. 보안의 보석은 고위 등급의 인식 방해 마법이 걸려 있어 일반적인 방법으로는 분석해낼 수 없다.

*[-C]인식 방해: 신비하고 아름다운 보석으로 보인다.

*저장소: 황금의 성소 16번 방.

강화석으로 이것저것 해보다가 만든 것이었는데, 변명거리로 딱 좋았다. 분석도 힘들고 외견도 그럴싸했기 때문이다. 게다가 발동되면 저장소로 이동되니 혹시나 있을지 모르는 침입에도 좋았다.

원작에서도 각 나라의 첩자들이 날뛰고 있었다.

'뭐…… 가져갈 것은 별로 없겠지만.'

연구원들이나 다른 이들에게 변명하기 딱 좋았다. 진우는 여러 개를 구매해 강화한 다음 설치를 해놓았다. 상당히 아름다워 인테리어 소품으로도 안성맞춤이었다.

아무튼, 레이첼과 무진이 굉장히 일을 열심히 해서 고기가 나날이 쌓여가는데, 처분하기 곤란할 정도라고 한다. 실온에 놔두어도 30일은 문제없었고, 냉장 보관을 하면 반년 동안 싱싱한 상태로 보관할 수 있으니 계속해서 물량이 쌓여갔다. 덕분에 대형 창고도 계속 짓고 있었다. 그 모든 것이 진우가 깜빡한 결과였다.

고기를 떠올린 진우는 피식 웃었다. 좀처럼 상하지 않는 고기가 엄청나게 많이 있다. 생각나는 건 딱 하나였다.

"고깃집을 하면 대박 날 것 같은데……."

그냥 구워 먹어도 다른 고기와는 차원이 다른 것이 바로 JW 게이트에서 나오는 몬스터 고기였다. 장난식으로 말했지만, 그것을 들은 유나는 고개를 끄덕였다.

"좋은 생각이신 것 같습니다. 게이트 독을 해독할 수 있다는 것을 밝히기에 적기인 것 같습니다. 고기도 효과적으로 처리할 수 있겠군요."

"그냥 그렇게 팔아도 문제없는 거야?"

"당장 팔 수는 없겠지요. 그러나 시간문제입니다."

전혀 새로운 고기를 허가도 받지 않고 막 팔 수는 없었다. 복잡한 절차를 통과해야겠지만 진우와 관련된 일은 프리패스나 다름없었다.

"게다가 JW 게이트 관할 구역이라면 괜찮습니다. 관할 구역은 게이트 내부 규칙이 적용되니까요. 실제로 미국이나 유럽 같은 경우에는 게이트 관할 지역에서 게이트 관련 상품을 판매하고 관광 명소로 활용하고 있지 않습니까?"

요즘은 게이트 투어라는 것도 생겨나고 있었다. 게이트 안으로 들어가는 것이 아니라 게이트 관할 지역 투어였다. 프랑스 게이트 같은 경우에는 게이트에서 나온 돌을 굉장히 비싸게 판매하고 있었는데, 나름대로 보석 같은 느낌이 있어 높은 가격대에도 불티나게 팔리고 있었다. 파리 게이트 박물관도 루브르 박물관을 뛰어넘은 지 오래였고, 대표적인 유럽 관광 명소 중 하나였다. 비교적 가치가 떨어지는 게이트를 부가적으로 활용하는 방법이었다.

"게이트 흑곰의 뼛조각이나 어금니 같은 건 일반 관광객들에게도 잘 팔리고 있습니다. 행운의 상징으로 대대적인 이미지 메이킹을 해서 팔고 있더군요."

"JW 게이트 관활 구역은 텅텅 비어 있긴 하지."

"네, 무척이나 넓은 지역이지요. 아! 그렇군요. 그래서……."

유나는 감탄하며 진우를 바라보았다. 아무것도 모르는 척하면서 계획대로 일을 진행하고 있었다. 그러면서도 스스로 해답에 도달할 수 있게 해주었다. 머리가 빠르게 돌아갔다. 계획의 윤곽이 어느 정도 보이는 듯했다.

유나는 진우를 바라보았다. 눈이 마주치자 진우가 살짝 웃었다. '드디어 알아차렸구나!' 하는 듯한 그런 표정이었다. 뿌듯

함으로 차올랐다.

'나도 성장한 건가?'

유나는 그렇게 생각했다. 도련님과 한 발자국 정도는 가까워진 것이다!

물론, 진우는 그냥 무안해서 웃은 것일 뿐이었다.

게이트 관할 지역은 본래 게이트에서 뿜어져 나오는 파장이 닿는 지역까지의 범위였다. 법률적으로는 그 지역까지 게이트라고 보면 되었다. JW 게이트가 있는 곳을 제외하고는 텅 비어 있는 곳이 많았다. 게이트 내부의 도시 건설을 위해 지어놓은 곳들이었는데, 도시 건설이 취소되면서 방치되었다. 딱 타이밍이 맞아떨어졌다.

'괜찮을 것 같은데? 마침 만들어놓은 레시피도 있고.'

진우는 고개를 끄덕였다. 칼베르토의 시련을 깨는 것에도 효과가 있을 것 같았다. 고깃집을 시작으로 더 나아가 요식문화를 접수해 버린다면?

그야말로 지배와 어울리지 않을까?

문화승리! 시도해 봄직했다.

돈도 많았고 아직은 시간도 충분했다. 게다가 JW 게이트 관할 지역은 꽤 넓었기에 여러 시도할 수 있었다.

"일선 그룹조차 생각하지 못한 전혀 새로운 분야입니다. 도시 하나가 완전히 탈바꿈할 수도 있겠군요."

"너무 오버하는 거 아니야?"

"도련님이 하시는 일이니까요. 최소한 그 정도는 되지 않겠습니까? 계획에 차질이 없도록 하겠습니다."

총지배인, 미래전략실과 G&P를 통해 일을 진행하기로 했다. 늑대 고기는 늘었으면 늘었지 절대 줄지 않을 것이다. 기를 필요도 없이 일정 주기마다 젠이 되었기 때문이다. 게이트에는 다양한 생물들이 있으니 미리 하나쯤 선보이는 것도 괜찮을 것 같았다. 솔직히 혼자 맛보기에는 안타까운 것들이 산더미처럼 쌓여 있었다.

"드디어 시작되었군요. 그럼 진행하도록 하겠습니다."

지배를 위한 계획이 드디어 시작되었다!

유나는 의욕이 충만해 보였다. 어딘가 비장해 보이기까지 했다. 그 굉장한 기세에 진우는 고개를 끄덕였다.

또다시 무언가 굉장한 일이 벌어지려 하고 있었다. 일과 관련된 보고는 모두 끝났다. 그러나 유나는 아직 용무가 남아 있었다.

"최희연 양에게 편지가 왔습니다."

"편지?"

"네."

큼직한 봉투에 들어 있었는데, 편지를 펼쳐보니 붓글씨가 아름답게 쓰여 있었다. 가볍게 안부를 묻는 내용이었는데, 상당한 격식이 있어 자세를 바로 하고 보게 했다. 어려운 단어도 상당히 많았다. 정보의 마안이 있으니 크게 문제가 되지 않았지만 읽기가 불편하기는 했다.

"답장해야 하나?"

"하시는 편이 좋을 것 같습니다."

"다음부터는 편하게 톡이나 이런 거로 하라고 하면 안 될까? 전화도 있잖아?"

"네, 바로 조치하겠습니다."

검문최가에 최초로 기지국과 광랜이 깔리게 된 순간이었다.

최희연은 이진우의 사람이 배달해 준 최신 스마트폰을 뚫어지라 바라보았다. 그는 레이든 길드의 일원이었는데, 배달을 완료하자마자 연기처럼 사라졌다. 그러나 그것이 신경 쓰이지 않을 만큼 심각했다.

"⋯⋯."

대학에 다니면서도 핸드폰을 쓰지 않는 그녀였다. 오로지 수련과 학업에만 매진했고, 주말에는 본가에 내려와 개인 수련을 했기에 그다지 불편한 점은 없었다. 그 흔한 TV조차 본 시간이 거의 없는 그녀였다. 대학교에서는 독방을 썼고, 친구를 사귈 틈도 없었다. 오로지 검에만 정신이 팔려 있었기 때문이다. 검은 그녀의 전부였다. 그러나 최근 검 이외의 관심사가 생겨 버렸다.

"으음⋯⋯."

최신 핸드폰이 들어 있는 상자를 오랫동안 노려보던 그녀는 겨우 손을 움직였다. 봉인씰을 뜯고 조심스럽게 상자를 여니 핸드폰 본체가 나타났다. 핸드폰을 아주 조심스럽게 꺼내 테이블 위에 올려놓았다.

척!

그녀는 사용설명서를 암기하기 시작했다. 한 글자 한 글자 정성스럽게 읽었다. 침을 꿀꺽 삼키고는 드디어 핸드폰에 손을 대었다. 일단 재질을 확인해 보았다. 강하게 힘을 주면 구부러질 것 같았다.

"으, 음……."

전원을 켜는 것까지는 알겠는데 그다음부터는 영 진행이 되지 않았다. 행여 기스라도 날까 봐 테이블 위에 올려놓고 한 손가락으로 터치했다. 손가락이 살짝 떨리고 있었다. 땀 한 방울이 턱선을 따라 바닥에 떨어졌다.

"음, 들어가마."

"할아버님."

그때 마당에 있던 검선이 안으로 들어왔다. 검선은 희연이 뺨에 땀까지 흘려가며 집중하고 있는 것을 볼 수 있었다. 고개를 갸웃하고는 그녀에게 다가갔다.

"유니버스 10S+로구나. 화면이 넓어서 좋지."

"네?"

"우리 진우에게 받은 건가? 허허, 좋군. 한창 좋을 때야. 허허허. 나도 네 나이 때 타오르던 시절이 있었지. 불같은 사랑이었단다."

"아……."

"그때의 검 역시 불같았지. 검에 마음을 담으니 때로는 검이 사람처럼 움직이더구나."

"으, 으음……."

그녀는 검선의 말보다는 핸드폰에 집중하고 있었다. 검선은 그녀가 어설프게 설정을 하는 모습을 바라보다가 옆에 앉았다. 그러고는 대신 설정을 해주기 시작했다. 계정부터 시작해서 순식간에 설정이 끝났다. 희연은 멍하니 검선을 바라볼 뿐이었다. 산속에서 문명과의 단절된 삶을 살았던 검선이 지금은 너무나도 능숙하게 스마트폰을 다루고 있었다. 그것은 그녀에게 굉장한 충격으로 다가왔다. 입이 살짝 벌어졌다.

"자, 자, 잘 다루시네요?"

"만류귀종이라 하지 않았느냐. 허허허. 검이 있는 곳에 길이 있는 법이지."

"그…… 런가요?"

"어디 보자. 오늘 일정이……. 오! 이제 전화가 잘 터지구나. 굳이 마을까지 내려갈 필요가 없겠어. 허허허! 와이파이까지 있으니 내 마음이 호수와 같이 잔잔하구나."

그러고 보니 요즘 검선이 자주 아랫마을에서 출몰한다는 소문이 있었다. 허공답보로 순식간에 날아온다고 한다. 검선은 품에서 핸드폰을 꺼내더니 스케줄을 확인하고 고개를 끄덕였다. 검선의 손길은 막힘이 없었다. 마치 그의 지고한 검술을 보는 것 같았다.

그녀는 반쯤 넋이 나가 버리고 말았다. 검선의 핸드폰 화면에는 이진우와 찍은 사진이 배경으로 되어 있었다.

"아……."

그녀는 한참 동안 물끄러미 바라보았다.

입술을 달싹이다가 겨우 입을 뗐다.

"그거…… 저도 해주세요."

"음? 허허허! 청춘이로구나."

희연은 그렇게 말하고 한동안 고개를 들지 못했다.

검선이 크게 웃었다.

검문최가의 일원들이 그의 웃음소리에 고개를 갸웃하며 걸음을 멈추었다. 어느 한가로운 오후였다.

◆ **Chapter5** ◆
매력

스네이크 실드 연맹의 맹주는 흑사라는 인물이었다. 그는 기술의 부작용으로 눈이 뱀처럼 찢어졌고, 혀 또한 길었다. 흑사는 고민이 많았다. 최근 들어 매출은 급격하게 떨어졌고, 대부업마저 신통치 않았다. 이제 리그 길드와 게이트 산업에 본격적으로 뛰어들 때였다. 길드의 자금을 끌어모아 2부 리그에 길드 하나를 데뷔시키는 것까지는 좋았다.

"이진우……."

갑자기 레이븐 길드가 기세등등해지더니, 이진우를 등에 업고 나타났다. 흑사는 이진우의 비위를 맞추기 위해 그동안 모은 자금의 대부분을 바쳤다. 변상이라는 이름을 쓴 것이지만 사실 뇌물에 가까웠다. 그렇지 않고서는 그런 큰 액수를 냉큼 줄 리 없었다. 연맹에 속한 길드가 허리띠를 졸라매며 모은 금액이었다.

이진우는 떠받들어 주는 걸 좋아한다는 소문이 있었다. 그 바보 같은 재벌 따위 구워삶는 건 일도 아니라고 생각했다. 그의 지난날의 행적을 보면 바보 같기 그지없었으니까.

그런데…… 꺼억했다.

"이진우 이 미친놈아!"

그걸 날로 처먹어? 욕이 절로 나왔다. 흑사의 주먹이 부들부들 떨렸다. 아니, 변상이라는 이름을 쓰기는 했지만, 상식적으로 그 금액이면 뇌물로 봐야 하는 거 아닌가? 그걸 레이븐 길드에 그냥 다 줬다고 한다. 그것도 너무 적다고 위로금까지 보태서.

이거 정말 미친놈 아닌가?

그래, 거기까지는 참을 만했다. 어쨌든 힘들었지만 JW 게이트 입성에 성공했으니까. 심사관들에게 막대한 뇌물을 먹여가면서 말이다.

그런데…… 용병 몇 놈이 입 한 번 잘못 놀렸다고 쫓겨났다. 입장권은 전부 몰수당했고, 입을 잘못 놀렸다는 용병들은 왜인지 벌벌 떨면서 아무 말도 하지 않았다. 지금은 어디로 갔는지 추적조차 되지 않았다. 심사관에게 준 뇌물 기록이 있지만 그렇다고 뭘 할 수도 없었다. JW 게이트에서 뇌물은 합법이었다. 정말 미친 동네였다.

"저…… 맹주님."

"왜!"

"후렌 길드가 해체한답니다. 스마일해피론도 이제는 운영이……."

"그게 무슨 소리야?"

"그게 빌딩도 철거됐고, 계열사들도……."

"빌딩이?"

"그, 그 자리에 도심 공원을 세운다고 합니다. 이진우가 주민 여러분께 돌려 드리는 휴식 공간이라면서……."

"으아아아!"

미친 새끼야!

흑사는 결국 발작했다.

"그, 그게 얼마짜리 건물인데!"

털썩!

의자에 털썩 주저앉았다. 돈줄이 하나둘씩 끊기더니 이제는 거의 사라졌다. 불법적인 일에 조금이라도 연루된 곳은 여지없이 사라졌다. 합법적인 곳은 순식간에 먹혀 버렸다. 이제 능력자 협회에서 연맹 자격을 박탈하는 절차만 남았을 뿐이었다.

탐스탐 커피가 먹힌 것도 컸다. 싸구려 원두로 아주 쏠쏠하게 챙겨 먹었던, 찬란했던 황금기가 눈앞에 아른거렸다. 설마 믿었던 이들이 돈 때문에 뒤통수를 때릴 줄은 생각도 못한 흑사였다. 개중에는 형제라고 생각한 이들도 있었다. 물론, 장사는 지금이 훨씬 잘 된다고 한다.

"이진우……."

계획적이었다. 독사처럼 치명적이었다. 그는 스네이크 실드 연맹이 가지고 있던 모든 것을 빼앗겠다고 말하고 있었다. 단지 마음에 들지 않는다는 이유로. 아마 질리면 부수고 버리겠지.

그것이 스네이크 실드 연맹에서만 끝났다면 한국에서 발을 빼면 그만이었다. 하지만 티끌만큼이라도 관련이 있는 일본계 기업들까지 그 여파가 미치고 있었다. 흑사는 이진우의 실물을 본 적이 있었다. 어떻게든 만나기 위해 찾아갔지만, 문전박대를 당하고 먼발치에서 지켜봐야만 했다. 이진우를 본 순간뱀 같은 그의 눈이 동그랗게 떠졌다. 그의 혓바닥이 바들바들떨렸다. 그의 혓바닥은 인간의 인지 범위를 넘어선 감각을 읽을 수 있었다. 혓바닥이 맹렬하게 위험을 알려주었다.

'저건 악당…… 아니, 악마 그 자체야!'

희대의 악마! 흑사도 악당이었다. 악당은 악당을 알아보는 법이었다. 그의 민감한 혀가 수많은 사선을 넘게 해주었다. 하지만이진우는 격이 달랐다. 아주 악랄한, 악의 극치인 놈이었다.

"레드 아크 길드가 연맹 탈퇴 의사를……."

"으득!"

JW 게이트뿐만 아니라 한국의 다른 게이트에도 접근 자체가 불가능했다. 그러니 연맹 탈퇴는 당연했다.

"저, 저도 오늘부로 사퇴하겠습니다. 그럼……."

"뭐, 뭐? 야! 김 실장! 야, 임마!"

김 실장은 고개를 숙이더니 그 자리에서 순식간에 사라졌다. 흑사는 멍한 표정을 감출 수가 없었다.

'이대로 말라 죽을 수는 없어!'

스네이크 실드 연맹은 일본의 대기업, 정치계와 엮여 있었다. 이대로 손을 놓고 당할 수는 없었다. 흑사는 G&P 관련 자료를 뒤졌다. 그러다가 무엇을 발견하고 눈에 이채를 띠었다.

'음……'

흑사는 중국의 칠룡회 쪽에 연이 있었다. 그것이 한국에서 사업을 크게 확장할 수 있었던 이유이기도 했다. 용병 길드뿐만 아니라 리그 길드에도 중국과 일본의 자본이 많이 침투해 있었다. 칠룡회도 이진우라면 이를 갈았다. 검문최가에 손을 뻗다가 오히려 뒤통수를 맞고 잡아먹혔기 때문이다.

'……써먹을 만한 놈이 있긴 하지.'

머릿속이 오로지 출세욕, 명예욕으로 가득 찬 머저리가 있었다. 그는 본인을 세상에서 가장 잘난 놈으로 생각하고 있었다.

흑사는 이를 악물었다. 모험을 해야 했다. 살기 위해서는 힘든 결단을 내릴 필요가 있었다.

전화위복! 가장 절실한 사자성어였다. 기회는 찾아오게 마련이었다.

'최후에 웃는 자는 나다.'

흑사는 언제나 그러했다. 이번에도 그러할 것이다.

그는 애써 비열한 웃음을 지었다.

진우는 포션 덕분에 밤에 잠을 잘 필요가 없었다. 포션 한 모금만 먹으면 몸은 최상의 상태가 되었다. 덕분에 24시간을 온전히 활용할 수 있었다. 핫세븐 같은 음료 따위와는 비교도 되지 않는 효과였다. 싸고 효과가 좋으니 물처럼 마시고 있었다. 그 결과, 진우의 몸 상태는 늘 최상이었고, 육체에는 잡티 하나 없었다.

진우는 황금의 성소로 이동했다.

"오……."

3일 만에 온 것이었는데, 황금의 성소는 완전히 달라져 있었다. 어두침침했던 분위기는 사라지고 중세의 왕궁 같은 느낌으로 바뀌어 있었다. 태양의 마석이 있는 곳에는 정원이 생겼고, 분수까지 치솟아 오르고 있었다.

마법으로 하늘도 그려놓아 천장은 진짜 하늘을 보는 것 같았다. 공간의 크기도 상당히 확장되어서 땅 밑이라고는 누구도 생각하지 못할 정도였다. 어이가 없을 정도로 확 바뀌어 있었다.

"안녕하십니까? 주인님."

아리나가 나타나 진우에게 인사했다. 아리나의 행색도 꽤 변해 있었다. 푸석푸석했던 피부는 탱탱하게 바뀌어 있었고, 머리카락에는 윤기가 흘렀다. 옷 역시 고급스러운 집사 복장으로 바뀌어 있었다. 돈이 사람, 아니, 마족을 바꿨다.

"창고, 서재, 작업실, 수련장, 수련용 던전, 정원, 게이트 이동 구역에 관한 대규모 업그레이드를 전부 완료했습니다. 추가로 인테리어도 바꾸어봤습니다."

"잠깐 사이에 엄청 많이 변했네."

"네, 돈의 힘입니다. 모두 최고급 소재이니 만족하실 겁니다. 작업에 관련된 영수증은 여기⋯⋯."

"아, 그건 됐어."

잔돈 쓰는데 영수증 같은 걸 확인할 필요는 없었다.

"흐윽, 주인님⋯⋯. 저를 그렇게까지 신뢰해 주시다니⋯⋯."

아리나는 눈물을 글썽였다. 그녀는 첫인상과는 다르게 감수성이 상당히 풍부했다. 처음엔 차가운 느낌의 무서운 누나였는데, 지금은 반대였다. 눈물이 많은 총지배인 느낌이었다.

"차원 상점도 최고 등급으로 업그레이드했습니다. 이제 판매는 물론 VIP 전용 프리미엄 상품 구매, 투자 등 여러 가지 기능을 이용하실 수 있습니다."

"좋네."

VIP 상품 서비스야말로 진우가 기다리고 있는 것이었다. 워낙 구매 금액이 엄청나 VIP 중에서도 1등급으로 올라섰다고 한다. 차원 상점 역사상 최고의 거래량을 달성했다고 하는데, 진우는 단지 잠깐 훑어본 것일 뿐이었다. 덕분에 마계에 때아닌 호황이 왔다는 소리까지 나왔다.

'수련으로는 느리니 일단 좋은 기술부터 익혀봐야겠어.'

탐욕의 군주 덕분에 기사급에 가뿐하게 도달했으니, 여러 기술만 익혀놓는다면 기사 중에서도 적수가 없을 것이다. 기사가 되는 방안도 고려해 보고 있었다. 일단 기사라는 타이틀이 있으면 좋긴 하니까 말이다. 명예를 쌓는데 최고였다. 또, 기사가 되면 품위 때문에 호위를 붙일 수 없었다. 호위가 없더라도 기사급을 해할 수 있는 자는 없다고 봐도 되니 문제 될

건 없었다. 기사가 된다면 좀 더 자유롭게 움직일 수 있었으니 생각해 봄직했다.

"만족하시니 다행입니다. 흐, 으흠, 엄청 힘들었습니다. 사흘 내내 퇴근하지 않고 여기에 계속 있었습니다."

"그래?"

"네! 오로지 주인님만을 위하는 마음뿐입니다. 저의 충정을 부디……."

진우는 그녀의 말에 피식 웃고는 100G 정도를 챙겨주었다. 그러자 아리나는 세상에서 제일 밝은 미소를 보여주었다.

"저는 어딜 가든 자랑스럽게 말할 수 있습니다! 탐욕의 군주 칼베르토를 물리친 황금의 군주! 이진우 님이 제 주인님이라고!"

"그래, 다음에도 잘 부탁해."

"네! 명령만 내려주십시오! 뭐든 하겠습니다!"

아리나의 태도는 가식적으로 느껴지지 않았다. 오히려 저렇게 솔직하게 대놓고 금화를 좋아하니 더 믿음직했다.

진우는 황금의 성소를 둘러보았다. 마음껏 무언가 할 수 있는 공간이 생겨 무척이나 든든했다. 수련장도 지구에 비교할 바가 아니었다. 금화로 몬스터나 수준 높은 상대를 소환할 수가 있어 실전 경험을 충분히 쌓을 수 있었다. 몬스터를 찾아가서 잡느라 개고생을 할 필요가 전혀 없었다.

진우는 차원 상점에 접속했다. 기술도 구매하고, 특히 게이트 관할 지역, 임시로 JW 문화센터라고 이름 지은 곳에 들어갈 것들을 직접 고르고 싶었다.

'개인 가게를 갖는 것이 꿈인 적도 있었지.'

기왕 할 거라면 제대로 하고 싶었다. 어차피 망해도 상관없으니 부담 같은 것은 전혀 존재하지 않았다. 차원 상점은 전과 달라져 있었다. 금빛 테두리로 바뀌어 있었고 최고 등급을 나타내는 상징이 또한 붙어 있었다. 마치 황금의 군주를 나타내는 것 같았다. VIP란에는 주로 장인들의 물건이 올라왔다. 가격도 그만큼 비싼 편이라 거래량은 그리 많지 않다고 한다.

[C+]엘론티 프리미엄 가구세트(프리미엄)
고급스러운 엘프제 가구.
엘론티의 엘프 장인들이 나무의 정령을 부려 만든 가구 세트. 수많은 세월을 거쳐 오랫동안 천천히 완성한 명품이다. 나무 그 자체가 가구가 되어 절단면이 없는 점이 특징이다. 공기와 오염물질이 정화되며 신체 회복에 큰 효과가 있다. 바람의 정령이 깃들어 있어 일정한 온도를 유지해 주는 것이 특징이다. 물의 정령도 깃들어 있어 물이 자동으로 보충된다.
*[D]정령 효과.
*[C]정화.
*[D]회복.
가격: 7,000G
(등록 후 37년 지남, 가격 하락 중)

"딱 좋네."

자연 그 자체에서 탄생한 아름다운 가구였다. 가격도 적당하고 딱 좋았다. 무엇보다 정령이라는 것이 마음에 들었다. 진우는 프리미엄 가구세트를 사들이고 올라와 있는 테이블과 의자를 모두 구매했다.

'엘론티…… 들어봤던 적이 있는 것 같은데.'

조금 기다리자 배송이 완료되었다. 아주 커다란 나뭇잎에 정성스럽게 포장되어 있었다. 편지가 동봉되어 있었는데, 역시 정성 들여 쓴 아름다운 글씨체였다.

[투자 제안서]

누구보다 뛰어난 안목을 지니신 황금의 군주님께.

엘론티의 가구를 구매해 주셔서 대단히 감사합니다.

세계수에 근원을 둔 나무로 제작된 엘론티 가구는 황금의 군주님께 딱 맞는 제품이라 확신합니다. 50년 동안 정성을 들여 만든, 세상에 딱 하나밖에 없는 제품입니다.

엘론티는 오랜 세월 동안 가구만을 위한 고집으로 갖은 침략과 수많은 모욕을 견뎌왔습니다. 황금의 군주님께서 저희 가구를 선택해 주셔서 수많은 엘프가 자연과 맞닿은 삶을 이어나갈 수 있게 되었습니다.

황금의 군주님.

부디 엘론티를 지탱하는 힘이 되어주시지 않겠습니까?

염치불구하고 부탁드립니다.

투자 제안: 10,000G

지급: 엘론티 공헌도, 귀족 증명서, 직할 게이트 포탈, 생산 상품.

-엘론티 디 엘라-

엘라라는 말을 들으니 생각났다. 주인공과 인연이 있던 인물로 굉장히 건방진 성격이었는데, 그게 그렇게 보기 힘들었다. 주인공은 그냥 참고 넘어가는 찐따 컨셉을 계속 유지했으니 말이다.

'아마 여왕이었지?'

'판타지에 엘프가 나오니 엘프를 등장시키자! 기왕이면 여왕으로!'라며 등장시킨 느낌이 강했다. 그래도 원작과 이어지는 이야기가 있으니 마냥 무시할 수는 없었다.

"음······."

"추천해 드리고 싶지 않습니다. 엘론티라면 마계만큼이나 척박한 곳입니다. 게다가 엘프는 이해가 불가능한 종족입니다. 다 굶어 죽게 생겼는데 가구 하나를 몇십 년 동안 만들고 있으니 말입니다."

투자할 경우 공헌도와 엘론티 지방의 상품을 공급받을 수 있다고 한다. 엘프티나 엘프주 같은 것들이 있었는데, 랭크가 대부분 없었다.

엘프들도 금화가 필요하나? 그런 의문이 떠올랐다.

아리나가 자세히 설명해 주었다.

"차원 금화는 재화 이상의 가치를 지니고 있습니다. 순수한 마력과 권능이 깃든 보석이라고 보시면 됩니다. 가치를 매길 수 있는 가장 순수한 단위이지요."

"그렇군."

아무튼, 말이 투자지 그냥 지원이라고 봐야 했다. 그러나 돈은 넘치도록 많았다. 제안서의 1만 금화는 아깝게 느껴지지도 않았다. 오히려 더 통 크게 주고 싶은 심정이었다. 아무튼, 공헌도와 여러 가지를 준다고 했으니 진우는 망설임 없이 투자했다. 아리나가 말렸지만, 1만 금화, 즉 1억 정도 투자해서 뭘 얻을 수 있다면 진우에게는 공짜나 다름없었다.

[엘론티의 공헌도가 최고 수치가 되었습니다.]
[황금의 성소에 엘론티 게이트가 형성되었습니다.]
[엘론티(귀족 증명서)를 획득하였습니다.]

칭호: [C]엘론티의 황금 군주
신분: 엘론티의 수호자

탐욕의 군주는 세계수의 뿌리를 먹어치웠다고 알려져 있다. 엘론티는 세계수의 힘이 약해져 대지의 기운이 약해져 있는 상태이다. 그 도도한 엘론티 디 엘라가 고개를 숙여가며 도움을 요청할 정도이다.

엘론티는 황금군주의 도움으로 희망을 얻게 되었다. 엘론티의 엘프들이 황금군주의 아량을 크게 칭송할 것이다.

큰일을 한 것 같지는 않았지만 도움이 꽤 된 모양이다.

'괜찮네.'

명예 수치도 오른 것 같으니 나쁘지 않은 투자였다. 얼마 뒤에 바로 커다란 나무통이 잔뜩 전송됐다. 향긋한 냄새가 꽤 좋은 엘프주였다. 하나 뜯어서 맛을 보니 굉장히 좋았다. 시원한 술이었는데, 숲속 바람을 연상시키는 청량감이 온몸을 상쾌하게 만들었다. 남자들은 물론, 여자들도 굉장히 좋아할 것 같았다.

'고기랑도 잘 맞을 것 같네.'

대박 느낌이 났다. 진우는 와인이나 소주도 나름 좋아했지만 이제 도저히 마시지 못할 것 같았다. 반 정도 아공간에 넣고 나머지는 황금의 성소에 있는 창고에 보관했다.

'이제 본격적으로……'

드디어 기술을 익힐 때가 되었다. 마력도 차고 넘치니 모조리 한 번에 익힐 수 있을 것이다. 기술 서적의 경우에는 보이는 족족 모두 구매했다. 한 번에 익히기 위해서 따로 보관해 놓고 있었다.

'스탯 분배가 아쉽기는 하지만 기술로 보충하면 되니 상관없겠지. 명예 스택도 있고.'

진우는 그렇게 생각하며 고개를 끄덕였다. 현재 육체와 정신은 최고였다. 정보의 마안도 충분하게 성장하였기에 딱 좋은 시기였다. 진우는 익힐 기술 서적들을 테이블 위에 올려놓았다.

신중하게 고른 것들이었다. [C]서클 마법서, [C]정령마법서, [C]그라실 왕실검술 등등 모두 상당히 괜찮은 것들이었다. 지금 익히고 있는 검술과 비견될 만했다. 모두 익힌다면 차원이

다른 만능캐릭터가 될 것이 틀림없었다.

검도 쓰고 마법도 쓰고 정령술도 쓴다!

먼치킨의 길이 활짝 열렸다!

우선 서클 마법을 습득했다.

"음?"

뭔가 이상했다.

[C]황금의 서클 마법

황금의 군주를 위한 마법으로 재해석되었다. 서클 마법이 가지고 있는 고도의 술식을 완전히 재구성하여 새로운 마법 계통을 만들었다. 서클 마법이란 오로지 황금의 군주를 칭송하기 위해 존재하는 하찮은 것일 뿐이다.

*[C]화려한 이펙트.

"……"

진우는 잠시 말을 잊었다. 서클 마법을 익히기는 했는데, 그가 익힌 것은 판타지에서 나오는 서클 마법이 아니었기 때문이다. 진우는 흔히 말하는 파이어볼이나 아이스 마사일, 텔레포트가 나오는 그런 마법을 원했는데…….

진우는 고개를 갸웃하고는 마법을 써보았다.

일단 불 마법부터였다.

휘이이익!

불길이 치솟더니 진우의 주변을 아름답게 수놓았다. 머리카락이 보기 좋게 살랑거렸다. 화려한 불꽃이 터져나가며 진우의 주변에 날아다녔다. 그리고 움직일 때마다 꽃잎 같은 불꽃이 쏟아져 내렸다. 쓸모없는 움직임조차 마치 필살기 같았다.

"……."

정보의 마안으로 확인해 보니 쓸모없는 술식들이 아주 복잡하게 돌아가고 있었다. 주변에 쏟아지는 꽃잎 하나에 파이어볼 수십 개를 뿜어내고도 남을 술식이 집약되어 있었다. 인위적이지 않고 아주 자연스럽게 흩날리기 위해 엄청나게 많고 복잡한 술식을 처박은 것이다.

단지 그 이유만으로!

효율 똥망이었다. 더욱 문제인 것은 방금 익힌 마법이 검술에까지 영향을 주고 있었다. 마력을 담아 검을 휘두르니 마치 패시브 스킬이 발동되는 것처럼 화려한 이펙트가 나왔다. 진우조차 잠시 넋을 잃고 바라볼 정도였다.

'미친…….'

진우는 황당함에 입이 살짝 벌어졌다.

짝짝짝!

아리나가 눈을 빛내며 박수를 보냈다. 볼은 살짝 붉어져 있었다.

"멋지십니다! 세상의 모든 불꽃이 주인님만을 위해 존재하는 것 같군요! 어떤 여인이라도, 아니, 성별을 떠나 모든 존재가 주인님에게 끌려다닐 것입니다!"

서클 마법서가 잘못된 것일까?

진우는 정령 마법과 왕실 검법을 익혀 보았다. 정령의 기운이 반짝이며 진우의 피부에 광택을 더했고, 옷자락을 자연스럽게 휘날리게 했다. 왕실 검법 역시 쓸데없이 화려한 초식이 가득했다.

'어째서?'

진우는 정보를 자세히 살펴보았다. B급 이하 랭크의 기술은 황금의 군주와 어울리게 바뀐다는 항목을 볼 수 있었다. 생각해 보면 이 모든 원흉은 무심결에 처음 익혔던 기술 때문이다. 아무렇지도 않게 생각했던 그 기술이 조금씩 굴러가더니 거대한 산사태가 되어 눈앞에 나타났다. 패시브 효과로 작용한다는 것이 문제였다.

진우가 익힌 것 중 유일하게 정상인 것이 바로 검술이었다. 진우는 검술 정보를 확인해 보았다. 검문최가의 기본 검형은 이제 알아볼 수 없을 만큼 상당히 많이 변형되었다. 서클 마법, 왕국 검술, 정령 마법이 검술에 녹아들었기 때문이다.

[A]골든 소드 마스터
'황금의 군주는 늘 아름답고 존경을 받아야 한다.'
'그보다 매력적인 존재는 없다.'
'그의 아름다움은 어떤 상황에서도 흔들리지 않는다.'
이성에게는 매혹을, 동성에게는 복종을!
검문최가의 기본 검형을 바탕으로 황금의 군주가 독자적으로 발전시킨 형태. 화려하고 멋질수록 위력이 증가하는 것이 특징이다. 명예, 매력 랭크의 영향을 받는다.
*B랭크 이하의 기술이 골든 소드 마스터로 재해석된다.

*매력의 오로라: 위력 증가 400%(매력[A+], 명예[F+])

*매력 상승 35%

*현혹 효과 35%

*[A]정신계 기술 면역.

*[B]화려하고 멋질수록 위력이 증가한다.

*[B]칭송받을수록 위력이 증가한다.

검술은 A랭크로 성장했다.

A랭크답게 정말 현란한 정보가 줄을 이어 나타났다.

위력 자체는 충분히 A랭크라고 볼 수 있었지만…….

'……좋은 거겠지?'

좋은 걸까?

굉장히 이상한 방향으로 성장한 것 같았다.

'시험해 봐야겠군.'

진우는 수련장으로 향했다. 수련장은 굉장히 마음에 들었다. 한쪽에 차원 금화를 넣을 수 있는 곳이 존재했다. 차원 금화가 지닌 힘으로 몬스터가 소환되는 형태였다. 슬라임이나 스켈레톤부터 고위 몬스터까지 다양하게 소환할 수 있었고, 고위 몬스터는 차원 금화의 액수에 따라 랜덤으로 소환되었다.

진우는 일단 데스나이트를 소환했다.

'무시무시하게 생겼네.'

생긴 것은 거의 끝판왕이었다. 3m 가까이 되는 키에 검은 마력의 오로라가 뿜어져 나오고 있어, 마치 최종 보스 같은 이

미지를 풍겼다. 싸우게 되면 실제로 대미지를 입기는 하지만 목숨이 위험할 정도의 상처는 입지 않았다. 역시 비싼 돈을 주고 마련한 수련장다웠다. 마계의 고위 마족이나 마왕급의 마족 정도만 간신히 쓴다는 수련장이었다.

진우는 진열된 검 중에서 하나를 꺼내 들었다.

휘익! 샤라라락!

마력을 불어넣으니 검에서 아름다운 이펙트가 뿜어져 나왔다. 불꽃이 화려하게 날렸고, 진우의 주변을 맴돌았다. 과하지 않고 딱 보기 좋을 정도였다. 검을 휘두르니 화려한 빛들이 주변으로 터져나갔다. 멋지긴 더럽게 멋졌다.

'이거 참⋯⋯.'

뭐라고 해야 할지.

대련이 시작되었다. 데스나이트는 큰 덩치에 비해 굉장히 민첩했다. 검술 역시 뛰어나 수련 상대로 딱 맞았다. 진우는 금세 대련에 빠져들었다. 대련은 재미가 있었다. 무엇보다 성취감이 있었다.

데스나이트 하나를 쓰러뜨리고 익숙해지니 두 기, 세 기까지 감당할 정도가 되었다. 어째서 검사들이 검에 푹 빠져서 사는지 이해가 되었다. 대련 도중 깊은 상처를 입기는 했지만 포션 덕분에 문제없었다.

진우는 고위 몬스터를 소환해 보기로 했다.

'이번에는 좀 많이 넣어보자.'

차원 금화를 잡히는 대로 넣었다. 모바일 게임의 뽑기를 하는 것 같은 느낌도 있었다. 곧 소환진에서 어두운 기류가 뿜어져 나오더니 대검을 들고 중갑을 입은 기사가 나타났다. 마치 풍뎅이를 보는 것 같은 두터운 중갑을 입고 있었는데, 진우와 키가 비슷했다.

[-A]광검의 안젤리카(타락한 영웅)

한때 영웅이었으나 타락하여 던전을 떠돌고 있다. 막대한 차원 금화와 특별한 행운을 통해 기적적으로 소환되었다. 데스나이트와 흡사한 상태이다.

검술에 미쳐서 데스나이트가 되었다는 소문이 있다.

-보유 기술

*[B]대검술.

*[B]괴력.

*[C]광폭화.

*[B+]살육의 청소.

아리나가 그 모습을 보고 놀라워했다.

"차원 금화를 얼마나 넣으셨길래 영웅급 몬스터……. 그것도 상당한 네임드입니다."

"일단 잡히는 대로 넣긴 했는데……."

그 말은 아주 많이 넣었다는 말이었다.

안젤리카가 대검을 들었다.

구오오오!

암흑의 오로라가 뿜어져 나오며 바닥이 조금 흔들렸다. 안젤리카가 먼저 움직였다. 잔상이 그려지더니 순식간에 진우의 앞에 도달해 있었다. 마치 순간 이동을 한 것 같은 모습이었다.

파앙!

진우가 가볍게 검을 들어 막았다. 검풍에 머리카락이 휘날렸는데, 골든 소드 마스터에 섞인 정령 마법이 그의 머리카락을 잘 정돈해 주었다.

'할 만한데?'

안젤리카의 검술은 제법 대단했다. 기사급 중에서도 상위 기사에 속할 것 같았다. 그러나 골든 소드 마스터의 위력은 따라올 수 없었다. 진우의 검이 점점 화려하게 움직이기 시작하자 위력이 증폭되기 시작했다.

콰가가가!

흡사 번개와 같은 마력이 사방으로 몰아쳤고, 그 빛이 진우를 은은하게 밝혀주고 있었다. 어둠에 둘러싸여 있는 안젤리카와 상반된 분위기였다. 마치 빛과 어둠의 충돌을 보는 것 같았다. 서로가 검을 휘두르며 빗겨 지나갔다. 진우가 살짝 검을 내리자 안젤리카의 갑옷이 터져 나가며 바닥에 떨어졌다.

'연출 미쳤네.'

대미지를 입은 시점에 저렇게 돼야 했었는데, 복잡한 술식이 작동하고 있었다. 진우가 검을 내린 것이 시동어가 되어 영화를 보는 듯한 연출이 완성되었다.

저런 연출에 들어갈 힘이 온전히 검술에 발휘되었다면 S+급 검술이 되지 않았을까?

진우는 그렇게 생각하며 고개를 설레 저었다.

그렇게 몇 번 검을 나눌 때였다. 안젤리카의 움직임이 멈추었다. 마치 배터리가 다 된 로봇 같았다. 진우는 고개를 갸웃하며 정보의 마안으로 확인을 해보았다.

[안젤리카가 검법에 매료되었습니다.]
[안젤리카가 역소환을 거부합니다.]

하급 몬스터는 소환해서 처리하면 그 자리에서 죽게 되지만 이성이 있는 몬스터는 시간이 지나면 역소환이 되었다. 안젤리카도 이성이 희미하게는 남아 있어 역소환이 되어야 했지만, 몸을 부르르 떨며 거부했다. 굉장히 드문 현상이었다.

"안 돌아가는데?"

"주인님의 아름다움에 감복한 모양입니다!"

두꺼운 투구 사이로 비치는 붉은 안광이 유난히 반짝였다. 진우의 눈에는 그 안광이 하트 모양으로 보였다.

아리나는 잠시 생각하다가 고개를 끄덕였다.

"소환에 쓴 금화도 상당하니 일단 성소에 귀속시키는 것이 좋을 것 같습니다."

"음, 뭐…… 괜찮겠지."

"네, 그렇게 하도록 하겠습니다."

아리나가 안젤리카를 성소의 재산으로 등록했다. 그러자 육중한 몸을 움직이기 시작했다.

끼익! 끼이이익! 철컥!

갑옷과 갑옷이 부딪히는 소리가 들렸다. 필살기를 시전하려는 듯 안광이 폭사되었다.

피잉!

굉장한 속도로 바닥에 떨어진 돌조각을 줍기 시작했다. 그렇게 수련장을 깔끔하게 치우고 있었다.

아리나의 손이 꿈틀거렸다. 연구해 보고 싶은 욕구가 치솟고 있었다. 그녀는 간절한 눈으로 진우를 바라보았다.

"그…… 연구비가 조금 있으면 주인님을 위해 더 위대한 것을 만들어낼 수 있을 것 같습니다. 그리고 연구 재료도 조금 있으면……"

그 정도는 쉬운 일이었다. 따로 연구실과 저장소까지 허락하니 아리나는 감격하며 몸을 부르르 떨었다.

그녀는 마족이었다. 사지 멀쩡한 가축이라도 일단 키메라로 개조하고 보는 그런 마족. 괜히 어둠의 자식들이라 일컬어지는 것이 아니었다.

"충성을 다해 모시겠습니다!"

진우는 그저 호기심이 대단하구나 하면서 그 욕망을 충실하게 채워줄 뿐이었다. 성소에 관해서는 아리나에게 모두 맡겼다.

'음, 검술은 그래도 이 정도면 나쁘지 않네. 꾸준히 레벨 업을 해야겠지.'

원작의 설정에 따르면 11군주가 아직 남아 있었다. 탐욕의 군주에 비교할 바는 아니지만 어려운 상대였다. 주인공이 부디 쑥쑥 성장하길 바랄 뿐이었다.

'중국 쪽에 있던 군주가……'

허영의 군주. 그런 이름이었다. 주인공이 중국 쪽 히로인과 함께 잡았던가 했었다.

'이름이 뭐였지?'

워낙 히로인이 많아 잘 떠오르지 않았다. 거기까지 굳이 신경 쓸 필요는 없을 것 같았다.

진우는 성소에서 집으로 돌아왔다.

'오늘도 스케줄이 있군.'

김영훈은 항상 열정이 있었고, 정의를 믿었다. 정의는 함께 만들어가는 것이다. 그것이 그의 신념이었다.

"죄송합니다."

영훈은 고개를 숙였다. PC방 사장이 인상을 쓰면서 영훈을 바라보고 있었다.

"야 또 지각이냐."

"이웃 할머니를 좀 도와드리느라고……."

"변명도 지랄 맞게 하네. 아오, 도대체 몇 번째야?"

"남을 돕는 게 나쁜 일은 아니잖아요."

"야! 일단 나부터 도와라. 내가 착하지만 않았으면 넌 모가지였어. 늦은 시간은 시급에서 깐다."

"네! 죄송합니다."

사장은 고개를 설레 저으면서 한숨을 내쉬었다. 호구도 저런 병신 같은 호구가 따로 없었다. 친구 놈한테 돈을 쏙 빼 먹혔으면서 아직도 믿고 있었다. 도움을 요청하면 거절하는 법이 없었다. 오지랖도 그렇게 넓을 수가 없었다. 굉장히 안쓰러워 높은 시급을 주고는 있지만, 매번 저러니 속이 터졌다. 일단 출근을 하면 일은 잘하니 지켜보고 있었다.

사장은 한숨을 내쉬며 고개를 설레 저을 뿐이었다.

영훈은 열심히 일했다. 요령을 피우는 법이 없었다. 쉬지 않고 계속 움직였다. 보는 사람이 답답할 정도였다.

아르바이트를 끝내고 나니 저녁이었다. 그의 누나에게서 톡이 왔다.

누나: 용돈 보냈어.

영훈: 안 보내도 돼. 알바함.

누나: 재수한다며, 뭔 알바야. 지원해 줄 테니까 학원 잘 다녀.

재수는커녕 대출 이자를 갚느라 온종일 아르바이트를 뛰고 있었다. 하지만 후회는 없었다. 친구를 돕는 건 당연했다. 워낙 큰 액수라 대출까지 받아서 빌려줬지만 몇 달째 무소식이었다. 이자가 눈덩이처럼 불어나 아르바이트를 하고는 있지만, 원금 상환은 턱도 없었다. 그러나 그는 믿고 있었다. 우정은 절대 배신하지 않으리라는 것을! 연락이 없지만, 조만간 멋지게 성공해서 나타날 거라고 믿었다.

'이진우……'

남자를 만난 적도 없고, 관심도 없던 누나가 갑자기 이상해진 건 그 이름을 언급한 이후였다. 태블릿PC에 이진우의 사진이 스크랩되어 있었고, 조기 졸업 준비까지 시작하더니 결국 G&P로 입사했다. 최근 커뮤니티 사이트에서도 굉장한 화제가 된 기업이었다.

이진우는 누구나 다 아는 남자였다. 재벌가의 망나니, 막장 황태자로 불리다가 최근에는 전무후무한 천재, 측정 불가의 재능 등 화려한 수식어가 붙어가는 남자였다. 게다가 그가 발견한 자원의 가치만 해도 천문학적이라고 전문가들이 말하고 있었다. 대량의 마정석이 잠들어 있는 광맥을 발견했다는 발표를 하고 다른 것에 대해서는 정확히 밝히지 않았지만, 그것만으로도 세계가 놀랄 만했다. 검증 기관에서 답사한 결과, 모든 것이 사실이며 오히려 발표가 축소된 면이 있다는 말까지 했다.

'사람은 올곧아야 해.'

이진우의 외모는 고귀한 기품마저 느껴졌다. 동화 속에서 튀어나온 것 같은 느낌마저 들었다. 요즘 계속해서 커뮤니티에 사진이 올라왔는데, 확실히 잘나긴 잘났다.

'그래 봤자 인성이 개차반이지.'

영훈은 고개를 내저었다. 왜 그렇게 사는지 이해할 수 없었다. 누나가 빠져 있는 것은 알겠는데, 그냥 다른 기업으로 이직했으면 좋겠다고 생각했다. 능력자가 되었으니 그 정도는 쉬울 테니까. 그가 쉽게 독립할 수 있었던 것도 누나가 능력자가 된 덕분이었다.

자취방으로 가는 길에 돈을 빌려간 친구에게 전화가 왔다.

'믿고 있었다고!'

영훈은 웃었다. 친구가 힘없는 목소리로 술 한 잔을 하자고 했다. 통장 잔액을 확인해 보니 월급이 막 들어온 상태였다. 망설임 없이 친구와 만났다. 덩치가 큰 친구는 언제 봐도 듬직했다.

"미안하다. 네 돈 갚으려고 열심히 일했는데 회사가 사라지는 바람에……. 좀 기다려 줘."

"그래? 회사가 왜? 너 은행에서 일한다 하지 않았나?"

"크흠, 그…… 음 그, 금융권이야. 비슷하지! 아! 너 이진우 알지?"

"이진우……. 알지."

친구는 고개를 설레 저으며 입을 뗐다.

"근데 이진우가 제멋대로 건물 사더니 다 내쫓았어. 난 퇴직금도 못 받았다고."

"노동청에 신고해!"

"몰랐냐? 그쪽도 다 이진우 편이야. 그렇다고 인터넷에 올리면 아마 세상에서 사라질걸?"

"시위라도 해야 할까?"

영훈은 무척이나 진지한 표정이 되었다. 친구는 영훈의 눈치를 살피다가 자리에서 일어났다.

"에이, 됐어. 아무튼, 조만간 갚을 테니까 기다려 줘. 술값은 내가 낼게."

"아니야. 내가……."

"됐어."

친구는 2만 원을 결제하고 사라졌다. 역시 친구는 친구였다. 그렇게 생각하며 친구가 부디 잘 되길 바랐다.

'내가 도와줄 방법이 없을까?'

김영훈은 자취방에 도착해서도 한참 동안 생각했다. 친한 친구가 부당한 처사를 당했다고 생각하니 열이 부글부글 끓었다. 사람은 올바른 일을 해야 했다. 불의를 외면해서는 안 된다. 그건 이진우라도 마찬가지였다. 쓰레기라도 잘못을 인정하면 올바른 사람이 될 수 있었다. 세상에 나쁜 사람은 없으니까!

김영훈의 눈빛이 밝게 빛났다. 그는 고개를 끄덕이고 PC방 사장에게 전화했다.

"사장님, 저 일주일만 쉴게요."

-뭐? 야, 인마! 그걸 지금 말하면…….

"옳은 일을 해야만 합니다."

-이 새끼, 병이 또 도졌나. 야! 잔말 말고 내일…….

뚝!

김영훈은 마스크와 녹음기를 샀다. 피켓까지 들었다. '이진우에게 진실을 요구합니다!'였다. 이 작은 물결이 거대한 정의를 세우리라.

그 후 김영훈은 일주일 동안 이진우가 가는 곳에 따라다녔다. 그러나 그의 발끝도 볼 수 없었다. 기자들이 있는 곳에 갔지만, 기자들은 그에게 관심도 주지 않았다. 그 흔한 기사 한 줄 나오지 않았다.

'이진우…….'

악이 바쳤다. 그는 JW 게이트 쪽으로 발걸음을 옮겼다. JW 게이트 근처의 빌딩에 간신히 들어가 잠복할 수 있었다.

영훈은 의지가 강했다. 빵 몇 조각과 우유 하나를 먹으며 추위를 버텼다. 그는 열정도 강했고 운도 따랐다. 그렇지 않고서는 아무리 필사적으로 이동했다고는 하지만, 훈련받은 경비원들을 따돌릴 수 없었다. 그렇게 JW 게이트를 주시했다. 휴대전화 배터리는 나간 지 오래였다. 이제 인내와의 싸움이었다!

그렇게 며칠 정도 지났을 때 무언가 이변이 생겼다.

'왔다!'

영훈은 망원경을 들고 JW 게이트 쪽을 바라보았다. 무언가 소란스러웠다. 무슨 행사를 하는지 많은 이들이 JW 게이트 건물 안으로 들어갔다. JW 게이트 주변은 철저하게 통제되어 있어 누구도 접근할 수 없을 것처럼 보였다. 그는 입을 굳게 다물고 자리에서 일어섰다.

"으, 윽!"

오랫동안 쭈그려 있었더니 온몸이 쑤셨다. 그래도 건강한 것은 그의 특기나 마찬가지여서 감기 같은 건 걸리지 않았다. 잔병치레 한 번 하지 않은 영훈이었다. 굉장히 크고 고급스러운 차가 망원경 너머로 보였다. 왜인지 본능적으로 느낄 수 있었다. 저 차에 이진우가 타고 있다는 것을 말이다.

'가자!'

차가 멈추기 전에 그는 JW 게이트를 향해 달려가기 시작했다. 경비원과 경호원들이 나타나 그를 제지하려 했다.

휘익!

일반인이었기에 몸놀림이 빠르지는 않았지만, 허점을 잘 파고들었다. 신기하게도 JW 게이트 근처에까지 도달할 수 있었다. 그때 몸에 레이저 포인트가 따라왔다. 영훈은 신경 쓰지 않고 녹음기와 피켓을 꺼내 들었다.

"쏘지 마! 일반인이다!"

여인의 목소리였다. 그 목소리와 함께 영훈의 몸이 붕 뜨더니 바닥에 꽂혔다.

"억!"

영훈은 간신히 고개를 들어 자신을 누르고 있는 여자를 바라보았다.

"아……."

대단히 아름다운 여인이었다. 마치 만화 속에나 나오는 엘프를 보는 것 같은 미인이었다. 단정하게 뒤로 묶은 머리카락 역시 굉장히 잘 어울렸다. 특히 목선이 환상적이었다.

영훈은 멍하니 그녀를 바라보았다. 심장이 뛰었다.

그녀는 빠르게 영훈의 몸을 뒤졌다. 무기 같은 것은 없었고, 천 원짜리 몇 장뿐인 지갑만 있을 뿐이었다.

그녀는 살짝 한숨을 쉬었다.

"위험한 사람은 아니야. 내가 처리할게."

그녀가 영훈을 일으켜 세웠다. 옷에 묻은 먼지를 털어주고는 지갑에 있는 신분증을 확인했다.

"이름이 김영훈?"

"아…… 네! 마, 맞습니다."

"이 이상 접근하면 안 돼요. 시위 장소는 따로 마련되어 있으니 그쪽에 가서 하세요."

"이진우를 만나야 합니다. 억울한 친구를 위해서요!"

그녀는 영훈을 바라보다가 눈썹을 찡그렸다. 무언가 생각하는 듯하다가 한숨을 쉬고는 그를 바라보았다. 왜인지 곁에 있으니 마음이 풀리는 것 같은 기분이 들었다. 의지하고 싶어질 만큼 굉장히 포근했다.

"아, 이러면 경호실장님께 혼나는데…….무슨 일인가요?"

영훈은 주절주절 말하기 시작했다. 그녀는 무언가 생각하다가 고개를 끄덕이고는 귀로 손을 가져다 댔다.

"친구 분 성함이?"

친구의 이름을 말해주자 잠시 뒤에 답변이 왔는지 그녀는 고개를 끄덕였다.

"친구 분이 사채업을 하셨더군요. 납치, 협박, 상해 등, 피해자들이 아주 많습니다. 3일 전 체포되었다고 해요."

"네? 누명을 쓴 게 분명해요. 친구는 그럴 리 없어요."

"믿고 안 믿고는 자유예요. 아무튼, 이런 무모한 짓 하지 마세요. 한 발자국만 더 갔으면 목숨이 위험할 뻔했어요."

영훈은 친구를 위해서라면 목숨을 걸 수 있었다.

그녀는 잠시 무전기 너머로 들어오는 소리에 집중했다.

"네, 이름이 김영훈입니다. 나이는 21살. 네? 제가요? 대표님의 지시라고요? 네! 알겠습니다."

당황해하는 그녀의 모습도 아름다웠다. 영훈은 심장이 저

릿했다.

'이게 사랑?'

그때 마침 흰 눈이 내렸다. 영훈은 흰 눈과 너무나도 아름답게 잘 어울리는 그녀를 멍하니 바라볼 수밖에 없었다.

"김세연 씨의 동생이군요?"

"네? 어떻게 아셨어요?"

"다 아는 방법이 있지요. 저는 JW 실버 애로우의 레이첼 리입니다."

레이첼이 살짝 웃었다. 영훈의 귀에 그녀의 이름이 너무나도 또렷하게 들렸다.

"안전한 곳으로 안내해 드릴게요. 거기서 몸 좀 녹이고 가세요."

"저는 진실을 밝히기 위해……."

"일단 휴게소로 가시죠."

그녀가 영훈의 팔을 잡자 영훈은 반항하려는 티를 냈지만…….

"그러면 안 돼요."

"아…… 네."

레이첼이 웃으며 말하자 영훈은 고개를 끄덕였다. 그런 척하면서 순순히 따라갔다. 휴게실은 JW 게이트와 가까웠다. 상주하는 경비원들이 쓰는 휴게실이었는데, 시설이 굉장히 좋았다. 호텔 방을 보는 것 같은 기분이었다. 공동 휴게실도 있었고, 개인 맞춤형 숙직실도 있었다.

가장 작은 숙직실조차 영훈의 자취방보다 훨씬 좋았다. 따듯한 음료수와 음식이 나왔다.

레이첼은 수저를 드는 영훈을 물끄러미 바라보았다. 이런 상황에서도 참 잘 먹었다. 이야기를 듣다 보니 말을 놓게 되었다.

"저는 친구를 믿습니다. 설령 그렇다고 하더라도…… 뭔가 사연이 있을 거예요."

"하아, 사연은 누구나 있지. 자료를 보내줄 테니까 확인해 봐"

"네. 그렇다고 하더라도 이진우가 괴롭힌 많은 사람이……."

레이첼은 머리를 부여잡으면서도 말을 들어주었다. 경호실장이 그를 안전하게 집으로 보내주라고 지시했다. 그건 경호실장의 명령이 아니라 이진우의 명령이었다.

'우리 진우 님도 참……'

너무 착하시다. 레이첼은 이럴 때는 조금 강하게 나가도 된다고 생각했다. 진우는 지금 김영훈 때문에 차에서 내리지 못하고 있었다. 혹시나 하는 위험이 있을지도 몰라, 경호원들이 주변 수색을 시작했기 때문이다. 그런 피해를 보면서도 일반인이 다치지 않을까 걱정하고 있었다. 다치면 바로 병원으로 데려가 최고의 치료를 받을 수 있게 하라는 부가적인 지시도 있었다.

'그렇게 상냥하신 분이신데……'

그놈의 소문이 뭔지.

레이첼은 고개를 설레 저었다. 이진우를 생각하자 답답했던 마음이 사라졌다.

이렇게 직접 명령을 내린 것을 보면…….

'나를 신뢰하고 계신 것이 분명해!'

그녀는 긍정적으로 생각했다.

레이첼은 김영훈을 훑어보았다. 훈련받은 경비원들 몰래 잠입한다는 건 굉장히 어려운 일이었다. 거기다가 운이 작용하기는 했지만, 보안에 구멍이 생길 뻔했다.

레이첼은 답답한 이야기에서 말을 돌릴 필요성을 느꼈다.

"너 소질 있더라."

"네? 제, 제가요?"

"그러니까 이런 일 하지 말고 능력자 쪽으로 개발을 해보는 게 어때?"

김영훈은 가슴이 두근두근 뛰었다. 그녀의 말이 귀에서 계속 맴돌았다. 오랜 시간이 지나고 안전이 확보되자 거대한 차가 JW 게이트 앞에 멈추었다. 창 너머로 그 광경을 볼 수 있었다. 그러나 나갈 수 없었다. 이진우가 안전하게 들어갈 때까지 여기에 있어야 했다.

영훈의 눈에 이진우가 내리는 모습이 보였다. 검은 정장을 입고 있었다. 영훈의 눈이 크게 떠졌다.

'멋있……'

무심코 떠오른 그런 생각을 애써 지우며 심각한 표정으로 노려보았다. 걸음걸이는 자로 잰 것 같았고, 작은 손짓조차 굉장히 우아해 보였다. 마치 영화의 한 장면을 보는 것 같았다. 영훈은 처음으로 태생부터 다르다는 말이 이해가 되었다.

영훈은 고개를 돌려 레이첼을 바라보았다. 그녀 역시 이진우를 보고 있었는데 자신을 볼 때와는 분위기 자체가 달랐다. 사랑스럽고 아름다운 미소를 그리고 있었다.

왜인지 주먹이 꽉 쥐어졌다. 이진우가 건물 안으로 들어가고 나니 마치 폭풍이 분 것 같은 그런 느낌이 들었다. 정적이 내려앉았다.

"집에 데려다줄게."

"괜찮습니다. 혼자 갈게요."

"아니, 내가 확인해야 해."

레이첼은 영훈을 직접 자취방까지 데려다주었다.

"레이첼 씨, 감사합니다."

"응, 그래. 또 보자."

"네? 네! 또 봐요!"

영훈은 고개를 꾸벅 숙이고 자취방으로 들어갔다. 레이첼은 문이 완전히 닫히는 것까지 확인했다. 그녀가 본 영훈은 성격은 착한 것 같았고 예의도 바른 듯했지만 답답한 면이 많았다.

'혼자 다른 세계에 사는 느낌?'

그건 좋은 뜻보다는 나쁜 뜻에 가까웠다. 레이첼은 왠지 그를 또 보게 될 것 같은 강한 예감이 들었다.

영훈은 자취방으로 들어왔다. 여기저기 어지럽혀져 있었고 치우지 못한 쓰레기봉투가 방구석에 놓여 있었다. 일주일이 넘는 시간 동안 밖에 있어서 그런지 온몸에서 냄새가 났다.

'아……'

영훈은 옷을 벗고 핸드폰을 충전했다. 액정이 반쯤 깨진 핸드폰이 켜지자 메시지가 와 있었다.

[G&P 구조팀: 안녕하세요? 김영훈 님. 김영훈 님께서 이용하신 스마일해피론은 능력자 법에 따라……]

메시지의 내용은 G&P와 능력자 협회에서 과도한 대출 이자를 파격적으로 삭감하고, 원금의 일부를 변제해 주겠다는 내용이었다. 협회의 관리가 부실해서 피해가 생겼다는 사과의 말도 있었다. G&P는 이진우의 것이었다.

[됐습니다. 제가 다 갚겠습니다.]

그렇게 메시지를 보냈다. 문제가 많은 이진우의 도움을 받기 싫었다. 자신의 힘으로 극복할 것이다.
'능력자……'
소질이 있다. 레이첼의 말이 떠올랐다. 그의 주먹이 꽉 쥐어졌다.

✦ Chapter6 ✦
부하가 일을 너무 잘함

총지배인은 고개를 끄덕였다. 방법은 탁월했으며 그 시기는 너무나 적절했다. 평화감사절을 기념해 각국의 대표기사들이 한국을 방문했기 때문이다. 평화감사절은 게이트 분배를 위한 국제 대회가 성립된 것을 기념해서 만들어진 명절이었다. 전 세계적으로 가장 큰 휴일이라 보면 되었다. 그동안 죽어간 많은 기사를 추모하며 시작되었기 때문에 국가의 수장뿐만 아니라 이름 있는 기사단들도 참여했다.

그러나 추모일 빼고는 축제답게 분위기가 무척 밝았다. 일반 시민들도 게이트 복장처럼 꾸며 입고 거리를 돌아다녔다. 핼러윈과는 비교도 되지 않을 만큼 규모가 컸다.

평화감사절은 매년 있었지만, 각국의 기사들이 모이는 자리는 2년에 한 번이었다. 말이 평화감사절을 기념하기 위한 행사이지 실제로는 타국의 기사열병식을 보면서 전력을 측정하거나 정치적으로 견제하려는 의도도 있었다. 기존의 현대 무기와는 비교도 되지 않는 파괴력을 지니고 있었기에 가장 강력한 기사단이 참여하는 열병식은 곧 그 나라의 전력을 가늠하게끔 만들어줬다.

실제로 게이트 확보를 위해 새로 연합하거나 등을 돌리는 등작은 세계대전이 일어나고 있었다. 그 때문에 분석가들이 가장 바쁜 시기였다. 한국이 가장 견제를 많이 받는 능력자 강대국이었고, 그 뒤를 미국과 유럽 연합, 중국이 바짝 붙어 있었다. 중국과 일본은 역사적으로 함께할 수 없음에도 불구하고 한국을 견제하기 위해 그럴듯한 협력관계를 맺고 있었다. 나머지 국가들은 제3 연합이라 불리는 연합전선을 만든 지도 꽤 오래되었다. 중국에서는 상대적 약소국들에게 '중화 능선'에 참여하기를 유도했지만, 그 끝은 좋지 않았다.

'정확히 딱 맞았군. 그 혜안은 정말 놀라울 정도야.'

게이트 내부의 JW 중앙센터가 완공되었고, 기존 건물도 전체적으로 리모델링했다. 막대한 자본과 여러 기술자, 능력자들을 갈아 넣어서 최단기간에 완성했는데 소름 돋게도 날짜가 딱 떨어졌다. 총지배인이 무리하게 맞춘 것이라고 볼 수 있었지만, 그렇게 무리하게 맞출 것조차 예상하고 계셨던 것이 분명했다! 주인님은 사람의 재능과 한계를 정확히 알고 계시는 분이니까 말이다.

총지배인은 가슴이 벅차올랐다.

'이런 중책을 맡겨주시다니!'

한국에 방문한 기사단장과 기사들, 기업가, 국가의 고위관계자, 게이트 분야 업체 관계자들이 JW 게이트를 방문할 예정이다. 그것도 주인님의 직접적인 명령에 따라서였다.

'천천히 시식회도 가지고, 가게도 차리고 해보자.'

이렇게 말씀하셨다!

총지배인은 그 명령을 충실히 수행했다. 그것이 바로 평화 감사절 기간에 마련한 비공식 성과발표회였다. JW 게이트의 위용을 보여주기 위해 총지배인은 노력을 아끼지 않았다.

메이드가 다가왔다.

"총지배인님. 미래전략실 김민수 실장, 최성민 박사와 연구팀, 그리고 G&P 이정진 부사장과 직원들이 도착했다고 합니다."

"딱 맞춰 왔군."

"초청한 사업가들과 의원들도 도착했고, 요리사업가 백종운, 그리고 다른 쉐프들도 곧 도착합니다."

"손님들은 극진히 모시도록. 주인님의 이름을 더럽혀서는 안 된다."

"네, 명심하겠습니다."

고개를 숙인 메이드의 모습이 흐릿해지더니 사라졌다. 총지배인은 메이드가 사라진 자리를 한 차례 보고는 바로 걸음을 옮겼다. 적당한 고통과 적절한 보상은 사람을 더 나은 존재로 만들었다. 그는 누구보다도 그 사실을 잘 알고 있었다.

총지배인은 연구팀과 G&P 직원들이 있는 대기실로 향했다. 같이 주인님을 모시는 사람들이니 그렇게 막 대하지는 않았다. 그러나 몇몇 인물을 제외하고는 충성도에서 차이가 있는 만큼 별도의 조치를 해놓았다. 개개인의 치명적인 약점을 알고 있거나, 없으면 적정선에서 만들어냈다.

미래전략실 김민수 실장은 총지배인이 인정할 정도로 이러한 일을 하는데 천재적인 지략가였다.

대기실 앞에서 잠시 옷깃을 정리하고는 안으로 들어갔다. 여러 얼굴들이 보였다.

김민수 실장이 반갑게 인사했다.

"오랜만입니다. 총지배인님."

"음, 4개월 만인가?"

"네, 그 정도 되었습니다."

총지배인은 공손하게 인사하는 김민수 실장의 어깨를 두드려 주었다. 미래전략실을 완전히 흡수하는데 큰 공을 세운 인재였다. 수완이 대단히 좋고 충성심이 남달라 믿을 만한 친구였다.

'주인님께서 잘 보신 것이지.'

주인님께서 저택을 떠나던 날, 불법적인 일에 휘말려 고생이 많았던 김민수 실장의 가족을 배려해 준 적이 있다고 한다. 김민수 실장이 각성한 것은 그때부터였다.

다음으로 연구팀 박사들을 바라보았다. 모두 주변 가구들을 매만지면서 초롱초롱한 눈이 되어 있었다. 게이트 전용으로 만든 측정 장치까지 가지고 왔는데, 그들이 입고 있는 게이트 전용 복장이 무척이나 어색하게 느껴졌다.

'학계에서도 쉽게 볼 수 없는 라인업이겠군. 능력자라면 능력자겠지.'

모두 연구에 미쳐 있는 이들이었다. 능력자로 분류는 되지 않았지만, 저들의 능력은 그 범주에 넣어도 위화감이 없었다. 그들의 한마디 한마디가 세계에서 가장 영향력 있는 게이트 전문 과학 잡지, '더 게이트'에 실릴 정도였다. 어디서 저런 인재들을 물어왔는지 참으로 대단했다.

최근에 발견된 광물, 'JW 그레이 스톤'을 활용한 기술은 테스트까지 가뿐하게 통과했고, 벌써 실용화 단계에 접어들었다. 무궁무진한 가능성이 있지만 지금 가장 활발하게 연구하고 있는 분야는 역시 반도체, 대체 에너지, 배터리 분야였다. 상식적으로는 믿기지 않을 정도의 속도였지만 주인님께서 모으고 특허를 낸 기술이 바탕이 되었기에 가능한 일이었다. 마치 마지막 퍼즐 조각을 발견한 것처럼 딱 맞아떨어졌다. G&P는 주인님의 계획에 따라 끝도 없이 성장하고 있었다.

G&P 이정진 부사장과도 인사를 나눴다. 그의 두 눈에는 독기가 가득했다. 본래 순박한 인상이었지만 큰 배신을 당해서인지 인상마저 변해 있었다. 주인님의 지시로 김유나 실장이 스카우트했다. 바로 스카우트하지 않고 상황이 악화할 때까지 기다리다가 눈앞에 아른거리는 희망을 잡게 했다.

'가장 절망적일 때 희망을 주었으니……'

이정진 G&P 부사장의 충정도 의심할 바 없었다.

"총지배인님, 이쪽이 김세연 연구원입니다."

"음, 그렇군. 만나서 반갑네."

이성진 부사장이 김세연을 소개해 주었다. 총지배인은 김세연을 바라보며 악수하였다.

김세연은 살짝 떨고 있었다. 바짝 긴장한 것이 눈에 보였다. 총지배인의 눈빛이 반짝였다.

'주인님께서 직접 선별한 그 인재로군.'

한눈에 봐도 인재였다. 충만한 가능성이 느껴졌다. 과연 그이민우가 직접 행차해서 데려가려던 인재다웠다.

총지배인의 시선에 김세연은 움찔하다가 고개를 숙였다.

"자, 잘 부탁드립니다."

"게이트는 처음인가?"

"네, 입사한 지 얼마 되지 않아서……."

총지배인은 사람 좋은 미소를 지었다. 차가운 인상이 확 달라졌는데, 그녀의 경계심을 없애 버릴 정도였다.

"자네 같은 인재가 있으니 G&P의 미래도 참 밝군. 불편한 점이 있으면 언제든지 말하게."

"아, 네!"

"허허, 솔직히 저런 괴짜들 사이에서 연구하기도 힘들 테니 말이야."

총지배인은 웃으면서 연구팀원들을 가리켰다. 김세연이 살짝 웃음을 흘렸다.

김민수 실장도 고개를 끄덕였다.

"사실 미래전략실로 데려가고 싶습니다만 본인이 연구가 더 좋다고 하더군요."

"기특한 친구로군. 음, 잘 지켜보도록 하게."

"알겠습니다."

총지배인과 김민수 실장은 서로를 바라보며 음산하게 미소 지었다. 문득 공기가 차가워진 것 같은 느낌에 주변에 있던 연구팀원들이 몸을 살짝 떨었다.

다시 김세연에게 시선을 옮겼다.

"구경 좀 할 텐가? 그러고 보니 다들 성안에 들어가는 것은 처음이겠군."

"네?"

김세연은 살짝 놀라 총지배인을 바라보았지만, 연구팀원들은 총지배인의 말에 고개가 획하고 돌아갔다. 연구팀은 초롱초롱한 눈빛으로 무언의 압박을 가했다. 세연은 눈치를 보다가 고개를 끄덕였다.

그들은 대기실에서 나와 금과 은의 성으로 향했다. 성 앞에서 행사가 있을 예정이었다. 성을 중심으로 모든 건물이 아름답게 늘어서 있어 대단히 아름다웠다. JW 게이트의 환상적인 밤하늘과 너무나도 잘 어울렸다. 지구에서 본 별들보다 훨씬 큰 별들이 쏟아질 듯 박혀 있었고, 푸른빛의 커다란 달이 존재감을 과시했다. 달빛이 밝음에도 별빛은 또렷하게 빛나고 있었다.

세연이 대기실에 들어갈 때까지만 해도 낮이었는데, 지금은 완전한 밤이 되어 있었다. 그녀는 밤하늘과 환상적인 그 풍경에 넋을 잃었다. 마치 동화 속에 들어온 것 같았다.

김대진 박사가 그 모습에 훈훈한 미소를 지었다.

"이곳의 밤은 늘 환상적이지. 바라보고 있는 것만으로도 잠이 확 깨니 커피가 따로 필요가 없네."

"네, 정말…… 그런 것 같아요."

"이 풍경을 볼 수 있는 사람은 그리 많지 않다네. 자네의 능력 시험 교수……."

"김한성 교수님이요."

"그래 맞아. 김한성. 그 김 교수의 평생소원이기도 했지. 나한테 어찌 그리 많이 부탁하던지……. 그런데 어쩌겠나. 아무나 들어올 수 없으니……. 자네도 힘들었지 않나."

"네, 엄청 힘들었어요. 일주일 동안 격리되어서 검사를 받았어요."

"허허, 이해하게나. 우리가 하는 일은 세계를 아름답게 바꾸는 일이니 말일세."

김대진 박사는 사람 좋은 미소를 지었다. 성 앞에는 행사장이 마련되어 있었는데, 주변이 약간 소란스러웠다.

"류웨이 경은 자신의 검을 너무 믿는군. 아니면 그 잘난 칠룡회를 믿고 설치는 것인가?"

"너희 나라와는 비교할 수도 없는 역사가 깃든 검술이다. 시험해 보겠나?"

"……건방지군. 다음 대회에서 꼭 다시 보길 바라도록 하지. 그때는 자네가 자랑하는 칠룡회의 비호도 없을 테니 말이야."

영어와 중국어가 들렸다. 기사들이 신경전을 벌이고 있었다. 실제로 처음 본 세연은 신기한 듯 바라보았지만, 총지배인은 고개를 저으며 혀를 찼다.

'쯧쯧, 저런 것들이 기사라고……. 전부 샌님들뿐이군.'

기사의 세대교체는 빠른 편이었다. 각국에서 유명한 기사들이 아니고서는 전부 죽어 나갔기 때문이다. 올해 가장 유망주라 불리는 기사들을 살펴보니 여간 실망하지 않을 수 없었다.

'그나마 검선의 손녀가 가장 괜찮은가.'

주인님의 휘하로 들어온 검문최가는 그가 보기에도 나름 괜찮았다. 검선의 손녀, 최희연은 테이블에 도도히 앉아 있었다. 유망주에 속한 그녀였지만 날카로운 기세만큼은 베테랑과 비슷했다.

세연이 최희연을 발견하고는 눈이 동그랗게 떠졌다.

"아! 저기……."

"음? 최희연 경이로군. 우리 팀에서도 최희연 경의 팬이 참 많지."

김대진 박사가 웃으면서 그렇게 말했다. 그리고 잠시 눈치를 살피더니 작은 목소리로 말하기 시작했다.

"대표님의 전설 중 하나인데, 우리 대표님과 검을 겨뤘다고 하더군."

"네? 대표님이라면…… 이진우 대표님이요?"

"음. 한 시간 만에 검문최가의 검술을 익히시고는 대등한 실력을 보여줬다고 하네. 검문최가에서 부정하지 않는 걸 보면 사실이겠지. 아마 지금쯤이면 가뿐하게 넘어서지 않……."

탁!

그때 최희연 쪽에서 소리가 들렸다. 그녀가 김대진 박사 쪽을 바라보고 있었다.

"크흠, 빨리 가세나."

김대진 박사가 앞서 걸어갔다. 김세연은 최희연을 보고 기사들에게 표하는 존경의 인사를 보냈다. 최희연은 그녀를 바라보다가 살짝 묵례하고는 고개를 돌렸다.

'아름다워……'

너무나 고귀해 보여서 움츠러드는 느낌이었다.

총지배인은 거대한 문 앞에 섰다. 다른 이들에게는 절대 공개되지 않는 곳이었다. 예전에야 미국의 51구역이 가장 미스터리한 공간으로 꼽혔지만, 지금은 이 성안이 그러했다. 오늘은 마음대로 이용해도 된다는 허락을 받았기에 문제 될 것은 없었다.

그가 잠시 고개를 돌려 다른 이들을 바라보았다.

"금과 은의 성, JW 캐슬에 온 것을 환영하네."

그 말이 끝나자 성문이 열렸다. 김대진 박사는 물론 김민수 실장도 처음 들어가는 곳이었다. 고위심사관이 머무르기는 하지만 일부만 쓸 뿐이었고 나머지는 오로지 진우만을 위한 맞춤 공간이었기에 외부 공개가 전혀 없었다.

모두 총지배인의 걸음에 맞춰 안으로 들어갔다.

"억!"

"무슨……."

진귀한 유물이 아무렇게나 전시되어 있었다. 모두 JW 게이트 창고에서는 볼 수 없었던 그런 유물들이었다. 김세연조차 덜덜 떨리는 손으로 측정기를 꺼냈다. 김대진 박사가 흔들리는 동공으로 총지배인을 바라보았다.

"이, 이것들은 여, 연구소에 있어야 하는데……. 총지배인님, 대, 대표님께 잘 좀 말해주십시오!"

"허허, 벌써 그렇게 놀라지 마시게."

그는 흐뭇한 미소를 지으며 성 내부를 안내해 주었다. 김세연도 수준 높은 유물과 아티팩트의 파도에 빠져들었다. 그녀의 전공 분야와 밀접한 관계가 있었다. 손으로 만지기도 하고 측정기로 측정도 했다. 필기하는 것도 잊지 않았다.

김세연은 가장 중앙에 있는 아름다운 보석에게로 시선이 갔다. 지금 그녀의 능력으로는 분석해 낼 수 없었다.

총지배인이 그런 그녀 옆으로 다가왔다.

"관심이 있나? 게이트 독을 해독해 주고 분해를 막아주는 유물일세. 주인님께서 직접 만드셨지."

"이게 그……? 아! 죄송합니다."

세연이 놀라며 사과하자 총지배인은 너그럽게 웃었다.

"허허허! 죄송할 게 뭐가 있겠나. 음, 김세연 양."

"네?"

"오늘은 행사가 있을 예정이니 미리 힘을 빼지 마시게."

"그런데, 저 보석을 직접 만드셨다고요?"

총지배인은 고개를 끄덕였다.

"혹시 독서 좋아하나?"

"네, 좋아합니다."

"여기에 자네가 원하는 해답이 있을 것이네."

총지배인은 고급스러운 책 한 권을 그녀에게 건넸다. 김세연은 책을 받아들고는 눈을 깜빡이며 바라보았다. '위대한 이진우 전기(특별 개정판)'이었다. 총지배인의 지극정성으로 랭크까지 붙어 있는 상태였지만 아무도 알지 못했다.

[E+]위대한 이진우 전기(특별 개정판)

고위 능력자 총지배인이 극도의 정신 집중으로 지극정성을 다해 쓴 책. 뛰어난 흡입력을 지니고 있고 삽화는 예술 수준이다. 총지배인의 상상력과 사실이 조합된 전기로 굉장한 설득력을 지니고 있다.

*[E+]믿음: 설득당해 사실이라 믿을 확률이 높아진다. 정의로울수록, 영혼이 순백일수록 그 믿음은 끝도 없이 강해진다.

세연은 책을 좋아했다. 그리고 이진우에 대해 굉장히 궁금하기도 했다. 처음 보았을 때의 강렬한 인상은 지워지지 않고 있었고 고마움이 마음속에 깊게 남아 있었다. G&P를 택한 것도 그 때문이었다. 본래는 돌아가서 읽으려 했지만 무심코 펼친 페이지가 그녀의 정신을 사로잡았다. 총지배인은 흐뭇하게 웃으며 모두가 자유롭게 구경할 수 있도록 물러났다. 이 책이 어떤 결과를 불러일으킬지 지금은 아무도 몰랐다.

세연과 다른 이들은 행사시간이 다가와 밖으로 나가 마련된 자리에 앉았다. 아직 시간 여유가 있어 기사들밖에 없었다. 메이드들이 안내해 줘서 자리에 앉았다. 그녀가 손에 들린 책에 다시 집중할 때였다.

큰 목소리가 들렸다. 중국어였다. 중국식 기사 복을 입은 남자가 한껏 멋을 부린 몸짓을 하고 있었다. 마치 과장된 사극을 보는 것 같은 느낌이었다.

"제3 중화기사단의 기사로서 공식적으로 단독 면담을 요청한다. 직접 8번이나 찾아왔다! 도대체 얼마나 더 기다려야 하나?"

"돌아가 주십시오."

류웨이를 막아선 무진은 전혀 흔들림이 없었다.

"이해 못 했나 보군. 내가 바로 제3 중화기사단의 류웨이다. 칠룡회의 일원으로서 이진우에게 면담을 요청한다!"

"더 소란을 피우시면 곤란합니다."

"소란? 감히 소란이라고 했나?"

"죄송합니다. 귀빈 자리에 배정받지 못하셨습니다. 그게 불만이시면 JW 게이트 밖으로 퇴장하여 주십시오."

"으득! 용병 따위가……!"

류웨이가 인상을 쓰며 기세를 내뿜었다. 화가 머리끝까지 났기에 순간적인 판단을 할 수 없었다.

무진이 주춤거리며 물러났다. 안색이 창백해졌다. 내상을 당해 피를 울컥 토하며 주저앉았다.

화들짝 정신을 차린 류웨이는 아차 싶었다. 그걸 보고 최희연이 자리에서 일어났다. 다른 기사들은 황당한 눈으로 류웨이를 바라보고 있었다. 기사가 된 지 십 년도 되지 않은 애송이가 주제 파악을 못 하고 있었기 때문이다. 굳이 최희연이 나설 필요도 없었다. 무진 뒤에서 나타난 메이드의 살벌한 눈빛에 류웨이가 흠칫거리며 표정을 굳혔다. 그러다가 몸이 떨리는 것을 느꼈다. 어느새 자신의 옆에 서 있는 총지배인을 본 순간 빠르게 뒤로 물러났다. 몸이 본능적으로 반응한 것이었다.

그의 얼굴은 분노로 일그러져 있었다. 김세연도 기세에 눌려 표정이 굳어졌고 주위의 기사들도 마찬가지였다. 노련한 베테랑 기사들만 감탄하며 고개를 끄덕이고 있을 뿐이었다. 정부와 기업 쪽의 인물들은 국제전으로 번질까 우려하며 우왕좌왕하고 있었다. 팽팽한 긴장감이 넓은 야외 홀을 가득 채웠다.

"무슨 일 있나?"

그때 부드러운 목소리가 들리자 순식간에 살기가 감돌던 분위기가 사라졌다. 총지배인, 메이드들도 뒤로 물러나 정중하게 인사를 했다.

JW 게이트의 주인 이진우가 등장했다.

진우는 황당함을 느꼈다. 멋지게 문화를 접수하겠다! 라고 마음을 먹기는 했지만, 딱히 큰 계획이 있는 것은 아니었다. '그냥 게이트 고기를 가지고 장사하면 먹힐 것 같은데?' 정도의 아이디어였다. 사실 진우는 예전에 TV 예능 프로인 JBS '유턴식

당'을 꽤 감명 깊게 본 적이 있었다. 요리사업가 백종운의 마법으로 식당들이 살아나는 모습은 굉장히 흥미로웠다.

'알아서 하겠거니 했지만, 늘 예상을 넘어서는데……'

진우는 레시피와 쓸 만한 아이템들을 넘겨주고 신경을 쓰지 않고 있었다. 근데 스케일이 엄청 커져 있었다. 뭔가 성과발표도 하고, 고깃집과 관련된 이런저런 계획도 발표할 예정이라고 한다.

그렇게까지 할 필요가 있을까?

수습하기에는 너무 멀리 온 기분이었다. 진우만이 갈 수 있는 길을 통해 성으로 가려는데, 그때 조금 시끄러운 소리가 들려왔다. 고개를 돌려보니 무진의 모습이 보였다. 피를 토했는지 입가가 붉게 물들어 있었다.

'기사?'

중국 양식의 기사정복을 입고 있었다. 저 기사가 무진을 저렇게 만든 것이 틀림없었다.

"중국 제3 기사단의 류웨이로군요. 초청 인물 리스트에는 없었지만, 중국 기사단 자격으로 들어왔습니다. 죄송합니다. 제가 처리……."

"아니, 됐어."

진우가 그렇게 말하자 유나는 뒤로 물러났다. 표정은 유난히 차가웠다. 그녀는 철저하게 초청 리스트를 검사하지 않은 자신의 잘못이라고 생각했다.

류웨이라면 진우도 아는 이름이었다.

Lv.66

이름: 류웨이

능력자 랭크: B+

한계 랭크: -A [한계: Lv.70]

특이사항

*[-C]욕구불만자

명예, 권력 욕구가 대단하다. 무시당하는 것을 참지 못하며 본인 스스로 가장 뛰어난 자질을 가졌다고 믿고 있다. 굉장한 호색한이다.

*정신력 5% 증가.

*실수 확률 20% 증가.

류웨이. 주인공이 기사로 성장하는데 쓰인 제물. 중국 쪽 세력인 칠룡회에 가입되어 있었다. 극의 진행을 사사건건 방해하는 악역이었다. 이참에 싹을 잘라 버리는 것도 나쁘지 않을 것 같았다.

"……."

진우는 류웨이를 향해 천천히 걸어갔다. 메이드들이 뒤로 물러나며 고개를 숙였고 총지배인은 무릎까지 꿇었다. 그러나 진우의 눈에는 보이지 않았다. 오랜만에 상당히 화가 났다. 이 진우가 되어서 참을성이 없어진 느낌이 들지만, 지금은 그런 건 아무래도 좋았다.

"무슨 일 있나?"

싸늘한 침묵이 깔렸다. 진우는 류웨이를 바라보았다.

류웨이는 진우의 분위기에 눌려 입술을 달싹였다.

"나는 제3 중화기사단의 류웨이다. 드, 드디어 만나게 되었군. 그, 칠룡회는 귀하를……."

"통역해."

총지배인이 자리에서 일어나 진우의 옆에 섰다.

"저 버러지가 자기 이름이 류웨이라고 하는군요. 무단침입을 시도하고 일방적인 폭행이 있었습니다."

"사과하라고 해. 아주 정중히."

총지배인은 고개를 숙이고는 류웨이를 바라보았다. 그의 깊은 두 눈에서는 진득한 살기가 흘러나왔다. 오로지 진우에 대한 충성심으로 JW 게이트의 몬스터들과 동고동락하며 생사를 오간 총지배인이었다. 이제 막 기사가 된 애송이가 감당할 수 없는 살기였다.

총지배인은 헛기침을 한 번 하고는 입을 뗐다.

"살고 싶으면 고개를 땅에 박고 사죄해라."

"뭐…… 뭐?"

"너는 감히 주인님의 심기를 어지럽혔다. JW 게이트의 율법에 따라 능지처참을 해도 부족함이 없다. 그러나 자비로우신 주인님께서 정중한 사과로 용서해 주신다고 하셨으니 가문의 영광으로 알도록."

"미, 미친……! 내가 그럴 것 같아? 나는 제3 중화기사단의 기사다! 칠룡회와 대립할 생각인가!"

총지배인은 다시 통역했다. 진우의 눈빛이 차갑게 가라앉았다.

"중국 쪽 일정 취소해. 게이트 유물 발굴 건은 무기한 연기하도록. 협의 중인 사업도 모두 보류하고."

"그야말로 현명하신 판단이옵니다."

총지배인이 중국어로 진우의 뜻을 전하자 주위가 술렁였다. 특히 중국 쪽의 기업인들과 고위 인사들은 경악에 가까운 반응을 보였다. 그들은 평화감사절 열병식 참가가 한국에 온 주목적이 결코 아니었다. 일선 그룹은 중국 게이트를 상대해 주지도 않았고, 유일하게 진우가 관심을 보여서 협상이 오가고 있었다.

중국 소유의 게이트는 하나였다. 만약 발굴에 실패라도 하면 그 손해는 계산조차 되지 않았다. 들어가는 비용이 엄청나 생산성이 없다고 판명되기도 했었다. 그랬기에 국제대회에 그토록 매달렸다. 게다가 이번에 국익에 관련된 많은 이야기가 오갈 것이라는 자국의 보도도 있었다.

'누구 앞에서 악역질이지?'

병신 짓도 상황을 봐가면서 해야 했다. 그가 건드린 것은 호구 같은 주인공이 아니었다. 작가 공인한, 이 세계에서 가장 악한 자였다. 게다가 이곳은 그런 놈이 황제처럼 군림하는 곳이었다. 원작처럼 나대다가는 그냥 골로 간다는 걸 똑똑히 알려 줄 생각이었다.

악역이 악역이 되는 건 너무나 쉬웠다. 주위의 압박이 거세지기 시작했다. 류웨이는 버티려 했지만 여간 힘든 것이 아니었다. 식은땀을 흘리고 있는 것을 보면 그의 마음을 짐작할 수 있었다. 중국의 대사부라 불리는 기사도 있었는데, 약간 마른 노인이었다. 그가 류웨이를 바라보았다.

"사과하도록 해라."

"하지만……. 대, 대사부님……."

"네 목숨 하나로 끝날 일이 아니다. 칠룡회가 지금의 너를 도와줄 것 같은가?"

"크, 크윽……."

노인의 말에 류웨이의 얼굴이 일그러졌다. 그런데도 망설였다. 진우는 그것을 이해해 주지 않았다. 이참에 아예 없애 버리는 것도 세계를 위해 유익할지도 몰랐다.

능력자의 세계는 냉정했다. 미개해 보일 수도 있지만 그렇지 않고서는 제대로 유지가 되지 않았다. 통제되지 않는 힘이 있었기 때문이다. 진우도 잘 알고 있었다.

"사과는 안 받도록 하지."

진우가 그렇게 말하자 총지배인이 하얀 장갑을 끼었고 메이드들이 날붙이에 손을 올려놓았다.

"미안하네. 내 제자가 아주 큰 실수를 했군. 올바르게 훈육하지 못한 내 잘못일세."

노인은 한국어로 말했다. 진우가 고개를 저었다.

"아시지 않습니까? 그렇게 쉽게 해결될 문제가 아닙니다."

"내 팔 하나를 내놓겠네. 이걸로 용서해 주길 바라네."

노인의 손이 순식간에 뻗어 나가며 자신의 팔을 자르려고 했다. 진우의 손이 노인의 팔목을 잡아 그 시도는 실패로 끝났다. 노인은 놀란 표정을 지었다. 진우가 상당한 경지에 이르렀음을 짐작할 수 있었다.

"성의를 봐서 사과할 기회를 한 번 더 주도록 하지요."

"선처 고맙네."

대사부가 고개를 숙였다. 중국 쪽 인물들은 당연히 분노할 수밖에 없었다. 중국인들에게 가장 존경받는 대사부가 스스로 팔을 자를 뻗하고 고개를 숙인 것이다. 그 분노는 진우가 아닌 류웨이에게 향해 있었다.

류웨이는 털썩 무릎을 꿇었다. 고개를 땅에 박으려는데 총지배인이 손을 들었다.

"진정성이 없군."

총지배인의 말에 류웨이는 잠시 망설이다가 기사 정복을 벗었다. 그러고는 무릎을 꿇고 이마를 땅에 붙였다. 진우에게 사과하고 무진에게도 사과를 했다.

진우가 무진을 바라보자 무진은 굳은 표정을 애써 감추며 고개를 끄덕였다. 그를 내려다보다가 입을 뗐다.

"사과는 받았으니 보상 차례군요."

보상이라는 말에 류웨이가 움찔했다. 진우가 총지배인을 바라보자 총지배인은 고개를 깊게 숙이고는 메이드들에게 시선을 옮겼다. 메이드들은 무진에게 다가가 무진의 상처를 살펴보았다. 그러고는 총지배인에게 보고했다.

"이 주 정도 요양을 해야 한다고 하니 전력에 큰 차질이 생겼습니다. 손해배상, 치료비, 그리고 이 주의 공백으로 인한 손해 금액까지 합친다면 약 2,240억 정도로 예상됩니다."

류웨이가 그 말을 알아듣고는 몸을 부르르 떨었다. 터무니없는 금액이었다. 내상을 입기는 했지만, 치료비라고 해봤자 얼마 나오지 않을 것이 분명했다.

이 주 동안의 공백으로 인한 손해보상? 한 사람이 빠진다고 해서 어떻게 2천억이 넘는단 말인가?

류웨이는 이진우를 그저 악동 정도인 줄 알았다. 세기의 재능을 지녔다고는 하지만 그동안 보여줬던 것들이 있기 때문이다. 그 재능조차 자신과 비슷하다 여겼다. 그러나 그는 악동이 아니라 악마였다. 류웨이는 받아들일 수밖에 없었다. 진우의 목소리가 들려왔기 때문이다.

"대답은?"

"아, 알겠습니다."

진우는 그의 대답에 고개를 끄덕였다.

"크윽……."

류웨이는 기사 정복을 챙기지도 못하고 밖으로 쫓겨나듯 사라졌다. 잘못하면 중국 관련자들 전체가 나가야 할 판이었기 때문이다. 속으로는 어떨지 모르지만 입 밖으로 두고 보자던가 하는 대사를 꺼낼 처지가 못 되었다.

"검선의 말이 맞았군. 개안을 했네."

노인이 그렇게 말하고 무진 쪽을 바라보았다.

"부디 용병께서도 너그러운 마음으로 용서해 주시길."

노인은 그렇게 말하고는 자리로 돌아갔다. 대사부라고 불린 중국 쪽 인물은 진우도 알고 있었다. 나름 개념 찬 인물이었지만 늘 그렇듯 음모로 인해 죽을 운명이었다. 손녀가 예쁘다는 것 외에는 등장 장면이 짧아 기억나지 않았다. 검선의 손녀 최희연과 라이벌 구도에 있던 여인이었다. 아무튼, 히로인이 참 많았다.

무진이 치료를 위해 물러나자 화가 가라앉았다. 마치 머릿속에 있던 스위치가 꺼지는 듯한 느낌이었다. 화가 좀 가라앉으니 자신을 쳐다보고 있는 사람들이 눈에 들어왔다.

'응?'

눈을 동그랗게 뜨고 있는 김세연의 얼굴이 보였다. 그리고 조금 떨어진 곳에는 최희연도 자리에서 일어나 있었다.

'입사했다고 듣기는 했는데 올 줄은 몰랐네.'

확실히 가까이에서 보니 예쁘기는 했다.

아직 분위기는 싸늘했다. 갑분싸라는 말이 참 잘 어울렸다. 다행인 것은 아직 행사 시작 전이라 인원이 많지 않다는 점이었다.

총지배인이 분위기를 정리했다. 공식적인 자리도 아니고 비공식적인 자리이니 국가 간 분쟁으로 갈 일은 없었다. 이건 명백한 류웨이의 잘못이었다. 이 정도로 끝난 것이 다행이라면 다행이었다.

'굳이 목숨을 빼앗을 수준의 악역은 아니긴 하지만……'

류웨이는 이제 공식적인 활동이 불가능할 것이다. 진우가 그렇게 만들 것이니까.

'트롤링이 넘치는 세계이니……'

주의 깊게 지켜볼 필요가 있었다. 주인공조차 트롤링하는 막장 세계였다. 진우는 주인공을 마냥 믿고 있지 않았다. 현재 원작의 적들이 힘을 갖추지 못하도록 최대한 비틀고 있었다. 그건 막대한 재력을 지닌 진우조차 골치가 아플 정도였다. 주인공이라도 큰 위기를 자초할 짓을 하려고 한다면, 팔다리를 분질러서 어디 섬에 가둬놓을 것이다.

유나에게 류웨이를 언급하자, 그녀는 진우의 의도를 잘 파악하고는 조용히 고개를 끄덕였다.

최희연이 다가왔다. 그녀는 여전했다. 아니, 전보다 좀 더 날카로워진 것 같은 느낌이었다.

"오랜만이네요. 그동안 바쁘셨나 보군요."

"아…… 네. 조금 바빴습니다."

"그렇군요. 얼마 전에 정식 가주가 되었습니다."

"축하드립니다."

유나가 최희연의 뒤에 조용히 나타났다. 진우가 힐끔 그녀를 바라보았는데 유나는 입 모양으로 한 달 전이였다고 알려 주었다. 다행히 취임식은 따로 하지 않은 모양이었다.

"한 달 전에 축하드렸어야 했는데, 늦어서 죄송합니다."

"아닙니다. 바쁘신 분이 그럴 수도 있지요. 앞으로 검문최가와 상의할 일이 있으면 저를 통해주시면 됩니다."

"알겠습니다."

"그……."

"네?"

"토, 톡하겠습니다."

"알겠습니다."

최희연의 눈빛이 살짝 떨렸는데 빠르게 표정을 정리했다. 최희연이 인사를 하고 자리로 돌아가자 진우는 겨우 숨을 내쉬었다. 발걸음을 옮기려는데 진우를 멈추게 하는 목소리가 있었다.

"대표님!"

"대표님!"

메이드들이 막아서려 했지만, 진우가 손을 들어 제지했다.

"네, 김대진 박사님. 최성민 박사님."

둘의 표정은 꽤 급해 보였다. 연구팀과 함께 진우의 주위로 우르르 몰려왔다. 김세연도 끼어 있었다. 연구팀은 늘 그렇듯 눈빛에서는 열기로 가득했다. 오늘따라 유난히 더 심해 보였다. 조금 섬뜩하게 느껴졌다.

"부, 부탁드릴 것이 있습니다."

김대진 박사가 아주 뜨거운 시선을 진우에게 던졌다. 김세연도 비슷한 분위기였다. 저들은 조금 전 상황에 대해 아무런 생각도 없어 보였다. 워낙 놀라운 것들을 많이 봐서 그런 건지도 몰랐다.

김대진 박사는 흥분한 기색을 감추지 못했다.

"성안에 있는 물품들은 기적입니다! 엄청난 연구 가치가 있습니다!"

"그렇습니다! 그 수치들을 데이터화해서 아티팩트를 만들

수 있다면 G&P는 새로운 차원으로 도약할 수 있을 겁니다! 아니, 세계가 변할 겁니다!"

최성민 박사가 김대진 박사의 말을 끝내자마자 바로 끼어들었다. 유나가 옆에서 헛기침하자 두 박사는 간신히 물러났다. 눈치를 줬지만, 김대진 박사는 간절한 표정으로 진우를 바라보았다.

"김세연 연구원이 말입니다. 분석 능력이 엄청납니다. 아직 부족한 부분이 많기는 하지만 최근에 개발한 기기의 도움을 받으면 전혀 문제가 없습니다. 아! 이쪽이 김세연 연구원입니다. A급 잠재 능력자로 최근에 연구팀에 합류했습니다."

"아, 안녕하세요? 김세연입니다. 처, 처음 뵙겠습니다."

김세연이 어색한 미소를 지으면서 인사를 건넸다. 김세연과 말을 나눠보는 것은 이번이 처음이었다. 저번에 도와주긴 했지만 직접 마주친 적은 없었기 때문이다.

"반갑습니다. 이진우입니다."

진우가 악수를 청하자, 김세연은 당황하며 황급히 손을 닦고는 진우의 손을 잡았다. 그녀의 손이 심하게 하게 떨리고 있었다. 무척이나 긴장하고 있었지만, 다행히 조금 전 류웨이의 일 때문은 아닌 것 같았다.

진우는 세연과 처음으로 눈을 맞췄다. 눈빛이 굉장히 맑았는데, 조금 여리게 느껴지기도 했다.

Lv.23

이름: 김세연

칭호: 발암 주인공의 누나, G&P 에이스, 천재 연구원.

능력자 랭크: -D

한계 랭크: A[한계: Lv.80]

보유기술: [D]마력 분석(고속성장 중:+), [D]술식 해석(+), [D]술식 및 마력 패턴 복제(+), [E+]고속 연산(+), [A]현모양처

-특이사항

[A]고속성장

아이템, 유물의 분석을 통해 빠르게 성장할 수 있다. 분석이 힘들수록 더욱 많은 경험치를 얻을 수 있다. 보조 계열이기 때문에 육체 능력의 상승은 없으나, 보유한 기술이 크게 발전한다.

*자신감, 자존감이 하락해 있는 상태이다. 무언가 계기가 있다면 자신의 한계를 돌파하여 성장할지도 모른다.

'진짜 천재네.'

능력에 대해 각성하자마자 바로 두각을 나타내고 있었다. 보조 계열이지만 벌써 -D랭크에 이르렀다. 각성한 지 얼마 되지도 않았는데 벌써 저 정도로 성장한 것이다.

진우는 재능의 무서움을 느낄 수 있었다. 지금도 연구팀에 없어선 안 될 에이스라고 한다. 그녀 역시 성안에 있는 물건을 연구해 보고 싶어 하는 것이 티가 났다.

김세연과 김대진 박사, 그리고 다른 이들이 기대하며 진우를 바라보았다.

"리스트를 만들어서 올려주시면 검토해 보겠습니다."

진우가 살짝 고개를 끄덕이며 말하자 연구팀이 주먹을 불끈 쥐었다. 김세연도 모처럼 웃었다. 김대진 박사가 두 손을 비비며 눈을 빛냈다.

"저…… 지금 당장 연구실로 옮길 수 있을 만한 건 없겠습니까?"

김대진 박사의 연구 욕구는 대단했다. 진우는 세연의 정보를 떠올려 보았다.

'분석할수록 성장한다고 했던가?'

그녀가 성장한다면 미래에 아주 많은 도움이 될 것이다. 게다가 이민우와 이어져 가족이 될 수도 있었다. 가만히 생각해 보니 연구실에 넘길 만한 것들은 많았다.

'조금 친근하게 굴어볼까.'

진우가 조용히 하라는 제스처를 취했다. 주변을 살펴보는 척하다가 따라오라고 손짓했다. 무언가 아주 중요한 것을 말할 것 같은 분위기를 조성하고 있었다. 어디서 본 건 많았다. 메이드들이 경계까지 서니 그야말로 영화 속에서나 보는 분위기로 바뀌었다.

진우는 세연을 바라보았다. 시선이 느껴지자 그녀는 살짝 움찔했다.

"이건 기밀인데 새어나가면 안 되는 겁니다. 아시겠어요?"

"네! 대표님."

"조용히……."

진우가 그렇게 말하자 세연은 화들짝 놀라며 자세를 낮췄다. 김대진 박사와 최성민 박사도 자세를 낮추며 주위를 살폈다. JW 게이트 안에서 도청 같은 걸 당할 리 없었지만, 아무튼 분위기가 중요했다.

"알았어요."

세연도 분위기에 맞춰 아주 조용하게 말했다. 유나가 한심하게 바라보는 것 같았지만, 모른척하도록 하자. 진지한 표정에 세연은 긴장이 되는지 침을 꿀꺽 삼켰다.

진우는 아공간에서 강화석 하나를 꺼냈다. 세연과 박사들은 공간을 다루는 진우의 능력에 놀랐지만, 진우의 손에 들린 강화석 덕분에 놀라움이 묻혔다. 강화석은 마계에서 고급품에 속하기는 하지만 물량은 많은 편이었다. 강화석을 다룰 정도로 수준 높은 장인은 그리 많지 않았고, 대부분 강화에 실패했기 때문에 찾는 이들이 적었다.

진우는 보이는 족족 대량으로 구매하고 있었다.

"그, 그건?"

"이, 이런 건 처음 봅니다."

"와……."

두 박사 그리고 세연의 눈이 동그랗게 떠졌다. 강화석의 모습이 심상치 않았기 때문이다. 진우가 보기에도 대단히 아름다웠는데, 투명한 보석 안에 은하가 담겨 있는 듯한 모습이었다. 은은한 빛도 발산해서인지 딱 봐도 지고의 보물 같은 느낌이었다.

김세연과 박사들은 진우의 손에 들린 강화석에서 눈을 떼지 못했다. 유나도 처음 보는 것이었기에 똑같은 반응이었다. 총지배인만이 고개를 끄덕이며 있을 뿐이었다.

"우주가 스며들어 있는 것 같아요."

"게이트적인 표현이군."

세연의 말에 김대진 박사가 멍하니 고개를 끄덕이면서 말했다. 역시 비주얼이 되니 뭔가 그럴듯하긴 했다.

진우는 셋을 바라보다가 입을 뗐다.

"꽤 오래전에 찾은 겁니다. 특수한 성질이 있는 것 같은데……. 그 부분은 여러분께 맡기지요."

그러고는 세연에게 살짝 던져주었다.

"꺄악!"

"억!"

"으억!"

세연이 비명을 지르며 손을 뻗었다. 강화석이 손에서 몇 번 튕기는 것을 간신히 붙잡았다. 두 박사도 비명을 질렀다가, 세연이 강화석을 꼭 붙잡으니 안도의 한숨을 내쉬었다.

세연이 진우를 원망스러운 눈으로 바라보았다.

"대, 대표님……."

"꽤 단단하더라고요. 믿고 맡길 테니 잘 해봐요. 아! 그건 돌려줄 필요는 없어요."

"네! 감사합니다. 열심히 해볼게요."

"그렇게 열심히 할 필요는 없어요. 그냥 편하게 하세요."

진우의 말에 세연은 상당히 감동한 눈치였다. 살짝 눈시울이 붉어져 있는 것이 보였다. 호감도도 올리고 분석 능력도 올려주려는 생각이었는데, 진우의 의도보다 더 효과가 좋았다. 워낙 강화석이 굉장해 보였기 때문이다.

역시 아이템은 비주얼이 반쯤 먹고 들어갔다.

김대진 박사는 바로 측정 장치를 꺼냈다.

"오, 오오! 본적 없는 새로운 형태의 파장이군. 오! 주변 사물에 따라서 패턴이 달라지는 것이…… 엄청난 신비가 숨겨져 있는 것이 분명하네. 지금 당장 연구실에……."

"자네는 다른 프로젝트를 맡고 있지 않나. 이번에는 나에게 양보하게."

"크, 크흠, 둘 다 할 수 있으니 걱정 말게."

김대진 박사와 최성민 박사의 대화였다.

세연도 이미 저쪽 세상에 가 있었다.

"패턴을 분석해서 수치화할 수 있다면 새롭게 응용할 수 있을 것 같아요. 아마도…… 기존 마력분광기로는 무리겠지요."

"새로 만들어야 한다는 말인데, 규모는 어떻게 되나?"

"기존 것보다 3배 정도 더 커야 해요."

"그 정도라면 허용 범위 안일세. 흐음……."

김대진 박사와 세연의 얼굴에는 흥분이 가득했다.

진우는 저들이 무슨 말을 하는지 하나도 알아들을 수 없다. 그냥 조용히 뒤로 빠져나갔다.

유나는 은은한 미소를 지으며 고개를 끄덕였다. 그러다가 총지배인과 시선이 마주쳤다. 그도 같은 표정이었다.

'사로잡았군요. 완벽합니다.'

'이제 주인님의 매력에서 벗어날 수 없을 걸세.'

둘은 통하는 점이 많았다. 음산한 웃음마저 똑같았다.

행사 시간이 다가왔다. 무슨 연말 시상식 같은 분위기도 났는데, 그만큼 손님들이 많았다. 그냥 언급 한 번 한 것뿐인데 일을 너무 잘했다. 진우도 승인한 사안이기는 하지만 실제로 보니 조금, 아니, 굉장히 과한 것이 아닌가 하는 생각이 들긴 했다. 그저 고깃집 발표를 하는 것이었기 때문이다. 물론, 그 전에 성과에 대해 발표도 하니 나름 구색이 맞기는 했다.

'아주 많이 무심하기는 했는데……'

진우는 G&P에게 무심했다. 연구 성과에 대해서는 유나를 통해 보고 받았고 웬만한 것은 다 승인했을 뿐이었다. 악당들이 악용할 기술들을 선점하는 데만 신경을 쓰고, 괜히 의심을 살까 봐 아이디어를 덧붙여 말한 것이 전부였다. 스스로 생각해 봐도 진짜 무능하다는 표현이 어울렸다.

'회사 참 잘 굴러가겠다.'

그런데, 기이하게도 아주 잘 굴러가는 것 같았다. 엄청난 적자가 나서 낭비 스택을 올려주리라 믿어 의심치 않았는데, 계획대로 되지 않았다. 솔직히 망해도 상관없으니, 결재 서류나 보고서 따위는 대충 훑어본 것도 없었다. 그냥 무조건 승인이었다.

'의자는 역시 화려하구만.'

이제는 거부하기도 뭐했다. 진우가 황금빛으로 빛나는 의자에 앉자 행사가 시작되었다. 유나가 진우의 오른쪽에 섰고 총지배인이 왼쪽에 섰다. 그리고 정예 메이드들이 의자 뒤에 허리를 꼿꼿하게 펴고 서 있었다.

무대 위로 G&P 부사장 이정진이 올라왔다. 모두 그를 박수로 맞이했다. 그는 긴장한 기색 없이 미소를 지으며 입을 뗐다.

"반갑습니다. G&P의 이정진입니다. 먼저 부족한 저희를 위해 아낌없는 지원을 해주시고 많은 배려를 베풀어주신 이진우 대표님께 감사를 드립니다. 아시다시피 이번 대발견은 대표님께서 이루신 성과입니다. 여러분이 아시는 정보, 그러니까 언론에서 보도된 것은 빙산의 일각일 뿐이지요."

이정진은 분위기를 잘 이끌었다. 진우도 실제로 그를 보는 것은 오늘이 처음이었다. 기사단장도 귀찮다는 이유로 만나지 않는 진우였으니 말이다.

'분명 실패한 사업가라 했는데……'

이정진은 그냥 딱 봐도 대단히 유능해 보였다.

[지옥에서 올라온 사업가]

이름: 이정진

능력 있는 기업가, 한국의 젊은 워렌 게이츠라 불렸던 인물. 대기업 파벌의 음모로 매장당한 이정진은 처참한 인생을 살고 있었으나, 이진우가 그 지옥에서 구원해 주었다. 지옥을 맛본 그는 악마 같은 사업가로 각성했다.

-특이사항

[B]내로남불

'우리 기업은 되지만 너희는 안 돼.'

어떠한 방식으로든 이익을 극대화한다. 억지에 가까운 일이라도 왠지 실현될 것 같은 예감이 든다. 라이벌 기업에는 재앙이 될 것이다.

[C]불타는 기업가

그에게 남은 것은 없다. G&P에 온몸을 불사른다. 직원들의 사기, 애사심이 대폭 상승한다.

진우는 잠시 말을 잊었다. 어디서 이런 인재가 나타났는지 이해할 수가 없었다.

일단 행사에 집중하도록 하자.

"이번 모임에 초청되신 여러분은 운이 좋으신 겁니다. 기억하십시오. 이 모임은 이진우 대표님께서 주관하신 비공식 모임입니다. 잠시만요. 음……."

이정진은 무대 위에서 무언가 찾는 듯한 시늉을 했다. 그러다가 고개를 갸웃하고는 연구팀을 불렀다. 테이블 쪽에서 웅성웅성한 소리가 들리자 그는 살짝 웃으면서 입을 뗐다.

"제 목소리가 조금 작은 것 같아서요. 마이크를 가져다 달라고 했습니다. 잠시만 기다려 주세요. 아! 됐군요. 잘 들리십니까?"

목소리는 또렷하게 들렸다. 게이트 지식이 없는 인물들은 그냥 그런가 보다 하고 넘어갔지만, 기사들, 게이트 분야에 진출한 기업은 달랐다.

마이크였다. 그리고 스피커였다. 조금 형태가 다르기는 하지만 현대 기기였다.

"어떻게 게이트에서?"

"이럴 수가?"

분해가 되지 않고 있었다. 부피가 저렇게 작은 것이라면 벌써 가루가 되어 잔해가 사방에 날려야 했다. 그러나 멀쩡히 잘 작동하고 있었다. 일선 그룹의 기술력이 좋기는 하나, 분해 방지용 코팅 기술만 겨우 개발해 냈을 뿐이었다. 그것도 얼마 버티지 못했고, 코팅은 말만 코팅이지 상당히 두꺼웠다. 덕분에 무게와 크기가 굉장히 커졌다. 분해 영역은 아직 밝혀지지 않은 미지의 영역이라는 평가가 대부분이었다.

"눈치채셨군요. 어떻게 했느냐고는 묻지 말아주십시오. 제 이해 영역을 벗어난 부분입니다. 오로지 이진우 대표님께서만 알고 계시지요. 이곳에 계신 여러분께 특별히 먼저 알려 드린 정보입니다."

주변이 웅성거렸다.

'과연 세기의 천재······.'

'측정 불가 잠재 능력을 지녔으니 가능한 건가?'

'빨리 본국에 연락해야······.'

등등의 말이 들려왔다. 총지배인은 자부심이 넘치는 표정이었고 조금 떨어진 곳에 있는 세연의 눈빛은 너무나도 초롱초롱했다. 희연은 왜인지 그녀답지 않게 은은한 미소를 짓고 있었다.

분해와 해독에 대해서는 정보를 흘려도 상관없었다. 당연히 분해를 막는 방법 따위는 진우도 몰랐다. 그냥 JW 게이트의 진정한 주인이 되었기에 가능한 일이었다. 그러니 기술 유출 걱정도 없었다. 앞으로 일을 진행하려면 이 정도의 언급은 있어야 편했다. 거기에 대해 변명도 해놓았고 말이다.

이정진은 사람들이 웅성거리게 잠시 놔두었다. 충격이 이만저만이 아닐 것이다. 게다가 비공식 발표였다. 그의 말대로 이건 엄청난 행운이자 기회였다.

질문이 쏟아졌다. 체면을 지키고 있던 기사들조차 벌떡 일어날 만큼 급해 보였다. 수련을 위해 게이트에 오래도록 머무르다 보니 현대 기기에 대한 갈망이 엄청났기 때문이다.

이정진은 질문을 받지 않았다. 그가 질문을 받지 않자 모두 진우에게 시선이 쏠렸다. 그도 딱히 말해줄 게 없었다.

"저희 대표님을 곤란하게 하지 말아주십시오. 자! 이제 성과 발표회를 본격적으로 시작하겠습니다."

웅성거리던 소리가 잦아들었다. 이정진은 천천히 설명을 이어갔다. 진우도 개발되고 있다는 걸 알고는 있기는 했지만, 자세한 설명을 듣는 것은 처음이었다. 진우가 한 일은 그저 연구에 관한 모든 걸 허용하고 돈을 쑤셔 박은 것뿐이었다. 일단 황금의 성소 위에 있는 광산에 대한 설명을 이어갔다.

전 세계에 유례없는 규모의 광산이 발견된 사실은 이미 언론을 통해 세계에 알려졌다. 다른 곳과는 비교도 되지 않을 정도의 마정석이 쌓여 있었는데, 그것만으로도 G&P는 엄청난 유명세를 치르고 있었다.

발견한 새로운 게이트 광석. JW-Z999, 회공석 또는 그레이스톤이라고 이름 붙인 이 광석은 새로운 형태의 마정석이라는 발표만 했을 뿐이었다. 마정석 자체는 맞았다. 어떤 형태로든 가공할 수 있는 튼튼한 돌이었다. 언뜻 평범하게 보일 수도 있었다. 그러나 마력이 흡수되는 순간 마정석이 되었다. 그 말은 즉, 가공할 수 있는 마정석이라는 뜻이었다. 그런 것이 산맥을 이루고 있었다. 굉장한 스케일이 아닐 수 없었다. 모두 탐욕의 군주가 내뿜은 마력과 권능 덕분이었다.

'그런 것도 있었어?'

여기 있는 모든 사람이 놀란 것처럼 진우도 놀랐다. 잘 생각해 보니 들은 적이 있는 것 같기도 했다.

"소개합니다. 세계를 이끌어갈 새로운 흐름, JW 마력 에너지입니다."

이정진이 주머니에서 고급스러운 작은 상자 하나를 꺼냈다. 상자를 여니 손톱만 한 작은 보석이 들어 있었다. 은은한 푸른빛 보석은 마정석과 비슷했지만 내뿜는 빛은 훨씬 안정적이었다. 거기에는 여러 가지 술식과 그것을 제어하는 작은 기계 장치가 붙어 있었다. 모두가 어리둥절한 눈으로 그것을 바라보았다. 이정진은 웃으면서 입을 뗐다.

"마력은 아주 적은 양으로도 엄청난 효율을 내는 대체 에너지입니다. 그 마력을 담고 있는 가장 순수한 광물이 바로 마정석이지요. 마정석은 가공과 제어가 힘들다는 큰 결점을 가지고 있습니다. 그러나 이제는 아닙니다."

그때 김대진 박사가 이정진의 옆으로 오더니 상자에서 작은 보석을 꺼내 집어 들었다.

"이것은 단순한 보석이 아닙니다. 초소형 마정석, 초소형 배터리라고 보시면 받아들이시기 편하겠네요."

"배터리?"

"엄청 작은데……?"

진우는 정보의 마안으로 보석을 살펴보았다. 작았지만 꽤 많은 마력이 안정적으로 담겨 있었고 지금도 일정한 마력을 발산하고 있었다.

"이 새끼손톱보다 작은 것이 일반적인 스마트폰에 들어갈 경우, 얼마나 갈까요?"

"이틀?"

"자신 있게 말씀하시는 거 보면 일주일은 가지 않을까요?"

"그런데 마정석이니 재충전은…… 음……."

게이트 기업가와 기사들이 김대진 박사의 말에 그렇게 대답했다. 김대진 박사가 씨익 웃었다.

"3년입니다."

"3년?"

"그게 무슨……."

모두가 경악했다.

"24시간, 최대의 화면 밝기로 4K급 동영상을 돌렸을 때 3년 정도입니다. 재충전할 필요도 없지요. 빼고 갈아 끼면 그만이니까요. 거기에 이 새로운 JW 에너지는 주변 환경에 일정하게 맞추는 성질이 있습니다. 범위는 작습니다만 온도, 습도가 일정하게 유지됩니다. 이는 마력 파장에 관한 것인데…… 설명하면 아주 긴 강의가 될 터이니 넘어가도록 하겠습니다."

기업가들이 벌떡 일어났다. 눈에 핏줄이 선 이들도 있었다.

억! 저게 뭐야?

진우는 어이가 없었다.

'저런 걸 만들었다고?'

정말? 어떻게?

원작 소설은 판타지 소설이지 SF소설이 아니었다. 원작에서 묘사하는 현대 사회는 그렇게까지 큰 변화가 없었다. 그냥 괴물이 나오고 기사가 나오고 게이트가 나오고 치고받고 싸우는 정도였다.

"대표님께서 직접 지시하시고 계획하셔서 탄생한 작품입니다. 저희는 기술적인 부분만 보충했을 뿐입니다."

모두의 시선이 다시 한쪽으로 몰렸다. 진우는 어리둥절했다. 그런 지시를 한 적이 없었다.

'아!'

저게 왜 나왔는지 깨달았다. 미래전략실에 방문했을 때였는데, 대기실 소파에 누워서 게임을 한 적이 있었다.

'아! 충전하기 귀찮네.'

무심코 그렇게 말한 적이 있기는 했다. 정말이다. 진짜 딱 그 말만 했다.

모두의 시선이 더욱 격렬히 모여들었다. 흥분된 시선, 경악에 가까운 시선, 심지어 존경의 시선까지 섞여 있었다. 매우 부담되었다.

정적이 깔렸다. 이정진은 진우를 바라보았다. 다른 이들도 마찬가지였다. 모두 진우의 말을 기다리고 있었다.

'음…….'

뭐라고 한마디라도 해야 할 것 같은 분위기였다.

진우는 잠시 망설이다가 입을 뗐다.

"코드로부터 해방이군요."

"오오! 코드로부터 해방! 멋지군요! 멋진 말입니다!"

"음! 역시!"

짝짝짝!

박수가 터져 나왔다. 사업가들은 흥분하며 기립하여 박수를 보냈고, 품위를 목숨처럼 생각하는 기사들도 흥분한 기색을 보였다.

이정진도 고개를 끄덕였다.

"G&P 코드로부터 해방하다. 멋진 선언입니다. 과연 대표님이십니다. 진정한 의미의 코드 프리로군요. 세계는 이제 코드로부터 해방될 것입니다."

"오오!"

"대표님께서 진정한 코드 프리를 선언하셨습니다!"

감탄성이 사방에서 터져 나왔다. 예의상 하는 것이 아니라 진심이 느껴지는 감탄이었다.

'……모르겠다.'

가만히 있으면 중간이라도 갔다. 진우는 박수 세례에 할 말을 잊고 그저 가만히 있었다.

해방 선언!

그것은 해일이었다. 모든 것을 뒤엎어 버릴 거대한 해일이었다. 이 거부할 수 없는 흐름에 순응하지 않는다면 파괴되어 버릴 것이 분명했다.

저것이 시중에 풀린다면? 새로운 배터리를 달지 못하는 전자제품은 역사 속으로 사라질 것이다.

가격이 문제이긴 했다. 기존 가격의 두 배, 아니, 그 이상 준다고 해도 구매할 수밖에 없었다. 그러나 JW 게이트의 산맥 하나가 모조리 다 마정석이라는 소문이 있었다. 기업인들이 초조를 넘어 불안 증세까지 보이는 것은 당연했다. G&P와 연을 대지 못한다면 뒤로 밀려 망해 버릴 테니까.

그건 기술의 격차 따위가 아니었다. 따라잡을 수 없는 거대한 벽이었다. 기술, 자원 모든 것이 독점이었다. 이곳에는 게이트 분야 기업가들뿐만 일반 기업가들도 있었는데, 일선 그룹에게 밀려 항상 이인자 역할을 해온 대온 그룹이라든지, 그 이하의 대기업들 관련자들은 초대를 받았음에도 오지 않았다. 단순히 체면, 자존심이 상한다는 이유에서였다. 이희진 회장이 아니라 이진우가 불렀기 때문이기도 했다.

'어리석은 놈들.'

이정진은 속으로 사악한 미소를 지었다. 그들의 몰락이 눈에 보이는 듯했다.

벌떡!

지푸라기라도 잡는 심정으로 온 진테크의 대표는 자리에서 벌떡 일어났다. 진테크는 스마트폰 제조회사였다. 지금은 가장 유명한 네플과 진성 전자, 대온 그룹에 밀려 고난의 행군을 하는 상황이었다. 밀린다는 말도 잘 쳐준 것이었다. 지금은 중국 회사보다도 인지도가 없었다. 최근에 출시한 스마트폰은 합격점이긴 하지만 망한 회사라는 이미지를 벗어나기는 힘들었다.

"사, 상용화는 언제……. 아, 아니, 그보다 가격은 어느 정도일까요?"

"이진우 대표님께서 그런 말씀을 하셨지요. 이익을 보려고 하는 일이 아니다."

"네?"

"저는 그 말씀을 깊게 고민해 봤습니다."

이정진의 말에 주변이 술렁였다. 진우도 그게 도대체 무슨 말인지 깊게 생각해 보았다.

'아…….'

그러고 보니 딱히 이익을 내지 않아도 된다는 말을 했던 것 같기는 했다. 너무 열심히 하지 말고 건강부터 챙기라는 말도 함께였다. 낭비 스택을 쌓아야 했기 때문이다.

진우가 생각에 빠져 있을 때 이정진이 두 팔을 벌렸다.

"대표님께서는 세상을 바꾸려 하고 계십니다."

침묵이 내려앉았다. 모두가 숨을 죽였다. 진우만 당황했다.

내가?

진우는 눈을 깜빡였다. 딱히 세상을 바꿀 생각은 없었다. 돈 많은 백수가 꿈이었으니까. 군주와 마신만 잘 해결된다면 평생 놀고먹을 생각이었다. 왠지 불안해졌다. 그런 마음을 이정진이 알 리가 없었다.

"이것은 시작에 불과합니다. 1년 전만 해도 아무것도 없었으니까요. 상용화 단계에 들어서면 공식 발표가 있을 예정이니 참고 바랍니다. 여러분들은 지금 미래와 함께하고 계십니다."

다시 한번 박수가 터져 나왔다. 진우는 여전히 멍할 뿐이었다.

행사는 계속되었다. 김대진 박사와 최성민 박사도 나와서 이것저것 소개했는데, 진우가 알아들을 수 있는 내용은 아니었다. 파장을 이용한 연산처리 속도니 뭐니 하는 건 솔직히 하나도 이해가 되지 않았다. 그냥 적당히 고개를 끄덕였다.

이미 공장 설계가 끝나 JW 게이트 내부에 거대한 공장이 세워질 것이라고 한다. 물질 분해를 해독한 덕분에 가능한 일이었다.

그야말로 충격의 연속! 후끈한 열기로 가득했다. 그 여파가 한참 동안 가시지를 않았다.

'겨우 끝났네. 이제 시식회군.'

지금까지는 진우의 의도와는 아주 많이 다르기는 하지만,

어쨌든 메인 이벤트가 남아 있었다. 시식회였다.

'일상생활에 지장이 없을 정도로 랭크가 낮으니 괜찮겠지.'

메이드들이 진우의 레시피대로 만들었는데, 진우가 직접 만든 것보다 랭크가 현저히 떨어졌다.

그때 무대 뒤에 있던 거대한 성의 문이 열렸다. 먼지나 소음은 전혀 나지 않았다. 수많은 비밀을 간직하고 있는 성문이 열리니 모든 사람이 성문을 바라보았다. 메이드 부대가 요리를 가지고 나왔다. 코스 형식이 아닌 한상차림이었는데, 간단한 요리부터 조금 복잡한 요리까지 다양했다.

"오……"

"좋은 냄새……"

냄새부터 압권이었다. 기존의 지구 음식과는 다른 유혹적인 냄새가 가득했다. 냄새가 마치 몬스터처럼 공격적이라고 느껴질 정도였다. 모두 황홀한 눈빛으로 변했다. 백종운뿐만 아니라 초대받은 최고의 쉐프들도 마찬가지였다.

처음 보는 양식의 요리들이 테이블 위에 올려졌다. 모든 테이블에 요리가 다 올라갈 때 총지배인이 입을 뗐다.

"JW 게이트의 재료로 만든 요리입니다. 주인님께서 개발하신 요리법으로 만든 것들입니다."

"게이트의…… 식재료로 만들었다는 말씀입니까?"

"이곳 JW 게이트입니다."

총지배인의 대답에 모두 매우 놀랐다. 분위기가 어수선해졌다. 게이트 독은 해독하는 것이 거의 불가능하다고 여겨졌다.

독에 관해 자부심이 있는 능력자들조차 온몸에 구멍이라는 구멍에서 모두 피가 줄줄 흘러나오며 끔찍한 고통 속에서 최후를 맞이했다. 쉐프들도 알고 있는 정보였다.

냄새가 너무 매혹적이었고 비주얼도 환상적이었지만, 차마 다들 수저를 들지 못하고 있었다. 연구팀이 가장 먼저 수저를 들었다. 해독에 대해 알고 있었지만 게이트 음식을 먹어본 적이 없었다.

세연은 조심스럽게 나이프로 고기를 썰어서 입에 가져갔다. 생전 스테이크를 먹어본 적이 없어서 그런지 칼질은 굉장히 서툴렀다.

"아……!"

그녀의 눈이 아주 동그랗게 떠졌다. 곧바로 황홀감으로 물들었다. 마치 녹아내리고 있는 것 같은 표정이었다.

요리연구가이자 여러 프렌차이즈를 거느리고 있는 백종운이 일반인들 사이에서 가장 먼저 수저를 들었다. 백종운은 새로운 요리에 대한 갈망이 굉장했다. 설사 독이 있다고 해도 먹을 사람이었다. 어쩌면 새로운 요리 문화가 탄생할지도 모르는 자리에 왔다고 생각하니 흥분을 감출 수 없었다.

일단 요리의 냄새를 맡더니 감탄했다.

"처음 맡아보는 냄새로군요. 진득하게 스며드는 향기입니다. 중독되는 느낌입니다. 이건 양념 절인 것 같은데……."

백종운이 고기를 유심히 살펴보다가 입에 넣었다. 입에 넣자마자 경악으로 물들었다. 한입을 씹고 감탄하고 또 한입 씹고 감탄했다. 고개를 설레 저어가면서 호흡을 몰아쉬었다. 기사들과 다른 이들이 백종운이 먹는 것을 바라보고 있었다.

백종운은 한참이나 고개를 갸웃하며 감탄했다.

"이건…… 말이 안 나오네요. 양념 자체는 가벼운데…… 고기 맛이 이럴 수가 있나? 마법에 걸린 것 같은, 아니, 마법입니다. 쉐프님들, 드셔보세요."

"그 정도입니까?"

"어디……."

한식 전쟁에서 요리 대가로 나온 김숙자 명인과 이탈리아 전문 쉐프도 요리를 맛보기 시작했다. 그리고 말을 잃었다. 모두 백종운만큼이나 경악과 흥분을 감추지 못했다.

우적우적!

기사들과 다른 이들도 먹기 시작했다. 경악과 충격, 그리고 감탄의 현장으로 변했다.

"와……."

"고급 요리란 요리는 다 먹어봤지만 이건 차원이 다르군. 몇 차원이나 위에 있어."

"지금까지 먹어왔던 건 모두 양념 바른 고무로 느껴지는군요."

"샐러드도 먹어보게. 이건 혁명일세!"

순식간에 조용했던 분위기가 시끄러워졌다. 진우도 맛을 보고는 고개를 끄덕였다.

'이 정도면 순한 맛이네.'

이 정도가 딱 적당했다. 일상생활을 할 때 자꾸 생각나는 정도였다. 아무리 생각해도 역시 게이트 요리가 최고였다. 지구의 요리도 게이트 재료로 하면 훨씬 맛있었는데, 진우의 식단은 모두 게이트 재료가 들어갔다.

진우는 주변을 바라보았다. 그 콧대 높던 기사들이 허겁지겁 요리를 비워갔다. 그들은 품위는 잃은 지 오래였다. 포크를 쓰지 않고 아예 손으로 뜯어먹는 기사도 있었다.

'반응 좋은데?'

기사들조차 반응이 저 정도이니 대박을 기대해 봄직했다. 음식 문화를 접수하는 것이 결코 불가능한 일이 아닐 것 같았다.

고개를 돌려보니 희연의 모습이 보였다. 요리를 먹다가 멍한 표정이 되었다가 다시 충격받은 표정이 되더니 인상을 썼다. 들고 있는 포크가 살짝 휜 것이 보였는데, 조금 무서웠다.

진우는 슬쩍 시선을 돌렸다. 모두 요리를 먹기에 여념이 없었다. 보통 식사를 하면 대화를 하게 마련인데, 그런 것 따위는 존재하지 않았다. 후식이 나왔다. 황금사과였다.

몬스터에 속하는 골든 트리는 생산력이 엄청났다. 일반적인 식물과는 달리 벌레나 잡초, 고기 등을 먹고 무럭무럭 자랐다. 음식물 쓰레기를 버리면 단번에 먹어치우고 큼직한 황금사과 여러 개를 만들어냈다. 게이트의 재료가 그렇듯 잘 상하지 않아 보관이 굉장히 용이했다. 물론, 씨앗이 없어 싹이 나거나 하지는 않았다. 번식은 자체적으로 나뭇가지가 떨어져 내리며 번식을 했다.

골든 트리 숫자가 급격히 불어나자 진우는 성소로 옮겨 심을 수밖에 없었다. 지금도 성소에 황금사과가 계속해서 쌓이고 있었다.

'그냥 버려야 하나?'

그것들을 다 어떻게 처리를 해야 할지 상당히 곤란했다. 황금빛 윤기가 도는 황금사과는 아름다웠다. 하나의 보석이라 봐도 무방할 정도였다.

"후아~"

"와~"

"좋다."

황금사과를 먹은 이들은 한결같이 눈빛이 풀어졌다.

"엌?"

가장 우아한 손짓으로 황금사과를 먹던 영국 왕실 마법 사단 윌리엄 멀린 킹스턴은 황홀감에 젖어 있다가 갑작스럽게 비명을 토해냈다. 그는 빠르게 머리를 매만지더니 주변 눈치를 살폈다. 시선이 모이자 헛기침을 하며 자리에서 일어났다. 그를 따르고 있는 충성스러운 기사들이 그가 일어나자 따라 일어나려 했지만, 윌리엄 멀린 킹스턴은 우아하게 손을 들어 제지했다.

"개인적인 용무가 있어 잠시 실례하겠네. 아름다운 요리를 즐기고 계시게."

그는 찬란한 금발을 휘날리며 절도 있게 몸을 틀었다. 주변 기사들은 그의 그런 모습에 고개를 끄덕였다. 말의 갈기처럼 풍성하고 탐스러운 황금빛 머리칼과 수려한 이목구비, 맑은 눈동자는 그를 '태양의 마법사'라는 이명을 얻게 해준 가장 큰 이유였다.

마법에 대한 자부심이 있었지만 겸손할 줄 알았고, 늘 기사로서 모범을 보이려 노력했다. 괜히 영국의 영웅이자 자존심으로 불리는 것이 아니었다. 세계에서 가장 품위 있는 기사로 통하고 있었다. 정확히 말하자면 그는 마법사였다. 기사는 모든 능력자를 포함해서 지칭하는 말이니 틀린 말은 아니었다. 그러나 요즘 서클 마법사들 사이에서는 명칭을 따로 만들자는 운동이 일어나고 있었다.

마법사는 품위가 있어야 한다. 그 품위가 서클을 더욱 견고하게 만들었고 마력을 맑게 가꿔주었다. 마법의 위력을 증폭시켜 주기도 했다.

윌리엄 멀린 킹스턴, 멀린은 절도 있는 걸음으로 대기실 쪽에 마련된 화장실로 이동했다. 문을 조용히 닫고 거울을 바라보았다. 나무에 휘감겨 있는 거울이었는데, 고귀한 유물이 분명했다. 고위 마법사인 그가 감탄할 정도로 굉장한 신비가 담긴 물건이었다. 그러나 지금 그것이 중요한 것이 아니었다. 마력을 일으켜 주변에 누가 있는지 살펴보았다. 아무도 없었다.

멀린은 머리로 손을 뻗었다. 그의 상징과도 같은 금발 머리가 들썩이더니 쑤욱 하고 들려졌다. 휑한 머리가 드러났다. 휑한 머리는 서클 마법사 모두의 비극적인 상징이었다. 서클 마법사라면 누구나 직감적으로 느끼고 있었다. 한 서클 상승할 때마다 머리카락이 없어진다는 것을.

서클 마법사라면 누구나 다 알지만, 그건 암묵적인 비밀 같은 것이었다. 대중들은 다행히 아직 알지 못했다. 손에 들린 탐스러운 금발 가발은 그의 학파가 아주 많은 연구와 돈을 들여 만든 최첨단 가발이었다. 전체 예산의 30% 이상이 가발 연구, 탈모 극복에 쓰이고 있었다. 그러나 진전은 없었다.

그는 가발을 조심스럽게 내려 놓고 거울을 유심히 바라보며 정수리를 관찰했다. 20년은 늙어 보였지만 익숙했기에 눈에 들어오지 않았다. 정수리를 유심히 살펴본 그는 깜짝 놀랄 수밖에 없었다.

"아, 아니!"

비명을 지르려던 것을 겨우 참아냈다. 분명 반들반들했던 두피였다. 현대 의학으로도, 그 어떤 마법으로도, 아티팩트로도, 유물로도 살릴 수 없었다. 현대의 탈모는 약을 먹고 잘 관리하면 방지할 수 있었다. 그러나 서클 마법사는 아니었다. 그들은 모발이식도 큰 효과를 보지 못했다. 서클이 올라가거나 큰 마법을 쓰면 금방 빠지기 때문이었다. 그 이유는 아직 밝혀진 바가 없었다.

일명 '서클 마법의 저주.' 그 저주는 성별을 가리지 않았다. 그랬기에 서클 마법사 사이에서는 상위 단계에 올라가기를 꺼리는 '서클상승기피증'이 유행하고 있었다. 이제 능력자들 사이에서도 소문이 돌고 있어 각국의 마법사들은 대응을 고심하고 있었다.

마법사가 쓰는 챙이 넓은 모자는 사실 머리를 효과적으로 가리기 위함이었다.

"머리카락이………. 허, 허억……."

그는 뛰어난 시력으로 볼 수 있었다. 두피를 뚫고 솟아오르고 있는 머리카락을 말이다.

그는 외출할 때 온 신경이 머리에 쏠려 있었다. 미세한 변화라도 빠르게 감지할 수 있는 초감각으로 늘 머리를 관찰했다. 그가 그 정신력을 마법에 쏟았다면 마법 위력이 20% 정도는 상승했을 것이다.

멀린은 미국의 대마법사 오즈 M 마틴과 라이벌 관계였다. 멀린은 만년 2위였다. 같은 서클이었지만 지지도에서 밀렸기 때문이다.

멀린이 그를 극도로 싫어한 이유는 오즈가 게이트에서 발견한 '모발 환영 마법' 때문이었다. 오로지 오즈의 M 학파, 그중에서 정예만이 그 마법을 알고 있었다. 서클 마법사들은 오즈에게 압도적인 지지를 보내며 M 학파로의 가입을 염원했다. 그러나 이제 그런 것 따위는 상관없었다!

"아……. 아아……."

시작은 미약하나 끝은 창대하리라!

저 찬란히 솟아오르고 있는 미세한 머리카락을 보라!

그는 감동했다. 반들반들했던 표면이 이제는 까끌까끌했다.

'아아……!'

그는 한참 동안 멍하니 거울을 바라보았다. 천천히 자라고 있는 머리카락을 영원히 바라볼 수도 있을 것 같았다.

기적! 늘 상상하던 장면이었다. 늘 꿈속에서만 보던 광경이었다.

"어떻게⋯⋯?"

분명 그 금빛의 과일을 먹은 직후였다. 그것밖에 없었다. 그것을 먹고 난 후 머리의 미세한 변화를 감지할 수 있었다. 단한 조각을 먹은 것일 뿐이었다.

멀린은 가발을 쓰고 다급히 밖으로 뛰어나갔다. 품위 있고 절도 있는 걸음은 이미 사라진 지 오래였다. 자신의 마법사단이 있는 테이블로 갔는데, 접시는 이미 치워져 있었다.

"디, 디저트는 어디로 갔나?"

"다 드신 것 같아서 치웠습니다. 과일을 잘 안 드시지 않습니까?"

"그런⋯⋯!"

그는 언성이 높아지려는 것을 겨우 참아냈다. 영국의 기사들은 기이한 눈으로 그를 바라보았다. 그는 단 한 번도 큰소리를 친 적이 없는 기품 있는 마법사였기 때문이다.

멀린은 대기하고 있는 메이드에게 다가갔다. 하나같이 모두 아름다운 여성들이라 평소보다 훨씬 정중한 태도가 되었다.

"레이디, 한 가지만 물어도 되겠습니까?"

"네, 말씀하시지요."

"그 후식으로 나온 과일 말인데⋯⋯."

"황금사과 말씀입니까?"

"굉장히 맛이 좋더군요. 혹시 여유분이 있다면 따로 구매할 수 있습니까?"

"죄송합니다. 주인님께서 특별히 하사하신 물건이라⋯⋯."

체면 불고하고 말했지만 메이드는 고개를 가로저었다. 황금 사과는 진우가 손수 가져온 것이었다. 그녀에게는 권한이 없었다. 총지배인에게도 없었다. 멀린의 얼굴에 절망이 서렸다. 모든 서클 마법사를 구원할 희망이 사라지는 것 같았다.

아니, 아직 희망이 있었다! 멀린은 진우 쪽을 바라보았다. 어떤 신분에 있는 사람이든 모두 먼저 자신에게 다가왔다. 영국 여왕조차도 그러했다. 멀린은 그저 고고하고 여유 있게 응대만 했을 뿐이었다.

'체면이 중요하랴.'

그는 헛기침하고는 옷매무새를 정리했다. 마침 식사가 끝난 직후라 자유로운 분위기였다. 지금이 아니라면 그와 대면할 수 없을 것 같았다. 실제로 이진우는 굉장히 만나기 힘든 사람이었다. 멀린은 그쪽으로 걸어갔다.

총지배인이 막아섰다. 멀린은 기세를 느낀 것만으로도 그가 얼마나 강자인지 알 수 있었다.

'이런 인물을 거느리고 있다니⋯⋯.'

저런 괴물이 목숨을 바쳐 따르고 있었다. 이진우는 화려한 왕좌에서 따분한 표정으로 모두를 내려다보고 있었다. 그 모습이 전혀 이상하게 느껴지지 않았다. 오히려 너무나도 당연한 것처럼 보였다. 멀린은 진우와 가까워지자, 그에게서 뿜어져 나오는 파장을 느낄 수 있었다.

'이것은…… 제왕의 파장……!'

멀린은 눈을 부릅뜨며 진우를 바라보았다. 몸이 절로 움츠러들며 허리가 자동으로 굽혀졌다. 마법사는 때가 되면 왕을 알아본다고 한다. 멀린은 허무맹랑한 소리라고 여겼지만, 오늘에서야 그 의미를 깨달을 수 있었다.

멀린은 심호흡을 하며 몸의 떨림을 멈추려 노력했다. 그는 마치 제왕을 앞에 둔 기사처럼 몸가짐을 바르게 했다. 태도가 저절로 정중해졌다.

'음?'

진우는 웬 마법사 하나가 갑자기 몸을 부르르 떨더니 눈을 부라리며 자신을 바라보자 조금 당황했다. 복장을 보면 영국의 왕실 쪽이 분명한데, 당연히 초면이었다. 애초에 영국 쪽과는 인연이 아예 없었다.

멀린이 정중한 태도로 용건을 말했다.

"마법에 몸을 담고 있는 윌리엄 멀린 킹스턴이라고 합니다. 무례한 줄은 알지만, 부디 이진우 님과 잠시 이야기를 나누고 싶습니다."

총지배인이 돌려보내려고 했지만, 진우가 괜찮다는 제스처를 취하자 뒤로 물러났다. 윌리엄 멀린 킹스턴이라는 이름을 들어본 적이 있어서였다.

멀린은 원작에서 이름만 나온 인물이었다. 소원을 들어준다는 유물을 찾아 사라졌다는 언급이 있었다. 그가 사라지자 그의 학파는 분열되었고, 유럽의 서클 마법사들은 몰락했다. 미국의 M 학파가 모든 마법사의 대표로서 군림하게 된 계기였다.

'멀린이라……. 이름은 참 마법사답게 지은 것 같은데.'

이름만 본다면 대단히 비중이 있어야 했다. 중요한 인물로 설정해 놓은 것 같았는데, 정작 비중은 없고 영국 마법사 몰락의 원인이라는 언급만 있을 뿐이었다.

'진짜 마법사 같네.'

아무튼, 그는 이민우와 비견될 정도로 인물이 좋았다. 미중년은 딱 멀린을 두고 하는 말 같았다. 찬란한 금발과 중후한 인상이 무척이나 잘 어울려 영화 속의 마법사 같았다.

멀린은 진우에게 다가오더니 정중하게 고개를 숙였다.

"안녕하십니까? 이진우 님을 이렇게 뵙게 되어 영광입니다."

"네, 반갑습니다. 윌리엄 멀린 킹스턴 경."

"멀린이라 불러주십시오. 그저 흐름 앞에 순응하는 한낱 마법사에 불과합니다."

멀린은 제법 유창하게 한국어를 잘했다. 한국이 능력자 강국이었기에 한국어를 아는 기사들은 꽤 많았다. 세계 공용어는 영어였지만 능력자들 세계에서는 한국어가 그에 준한다고 할 수 있었다.

많은 이점이 있었다. JW 게이트 같은 경우에는 한국어만 썼고, 한국의 다른 게이트도 마찬가지였다. 세계에서 가장 큰 게이트 아티팩트 경매장이 한국에 있었고, 한국어로만 진행되었다. 한국을 굉장히 띄워주는 요소이긴 했는데, 실제가 되니 굉장히 편했다.

"정말 맛있는 요리였습니다. 맛과 향기에 취해 길을 잃은 미아가 되고 말았습니다. 지금까지의 인생이 허무하게 느껴질 정도였습니다."

"감사합니다."

한동안 형식적인 이야기를 나눴다. 주로 진우에 대한 찬사가 대부분이었다. 평소의 그라면 절대 하지 않는 말들이었다. 윌리엄 멀린 킹스턴은 아부 같은 짓을 아예 하지 않는 사람이었으니까. 오히려 독재자나 고위 인물들에게 날카로운 충고를 하던 사람이었다. 그랬기에 대중들의 지지도가 대단했다.

그런 멀린이 굉장히 초연하게 아부를 했다. 너무나 당연하다는 듯한 이야기에 진우도 불편함을 느끼지 못했다. 총지배인마저 경청하면서 고개를 수차례 끄덕거릴 정도로 흡입력이 있었다. 총지배인은 감탄하며 메모까지 했다. 마치 동화 속의 이야기를 하는 것 같은 감성 또한 존재했다. 과연 유럽의 거대한 마법 학파를 이끄는 수장다웠다.

드디어 본론으로 들어갔다.

"무례인 줄 압니다만, 여쭙고 싶은 것이 있습니다."

"네, 말씀하세요."

멀린은 신음을 흘리더니 진중한 표정이 되었다. 마치 국가의 중대사를 앞에 둔 책사 같은 분위기였다.

"마지막에 나온 그 황금사과라 불리는 과일에 대해 여쭙고 싶습니다."

"네, JW 게이트에서 발견한 과일입니다."

거짓말은 아니었다. 차원 상점에서 씨앗을 구매하기는 했지만 어쨌든 따지고 보면 JW 게이트에서 발견한 것이니까.

"혹시 판매하실 의향이 있으십니까?"

"음, 워낙 희귀한지라……."

전혀 희귀하지는 않았지만, 일단 그렇게 말했다.

'맛있기는 하지.'

영국의 대마법사가 그것 때문에 체면 불구하고 찾아왔을까? 의중이 궁금했다.

"그 고귀한 대마법사가……."

"그 윌리엄 멀린 킹스턴 경께서 저런 태도라니."

"대단하군."

멀린은 진우의 앞에서 아주 정중한 모습이었다. 고개를 숙이기를 주저하지 않았다. 다른 기사들이 매우 놀라며 그 광경을 바라보고 있었다.

멀린은 그런 시선을 신경 쓸 여력이 되지 않았다. 진우의 말한마디 한마디에 집중하고 있었다. 그의 마음속에는 희망과 사명감, 그리고 간절함으로 가득 차 있었다.

진우는 그의 태도에서 이상함을 느끼고 정보의 마안으로 살펴보았다. 레벨도 75였고, 능력자 랭크도 그 명성에 맞게 A였다. 능력자 랭크가 A이기는 하지만 마법사들은 실질적으로는 그 이상의 평가를 받았다. 전략적 가치가 대단했기 때문이다. 아무튼, 영국 최고의 마법사라는 말이 참 잘 어울리는 스펙이었다.

'음?'

진우는 눈을 깜빡였다. 놀라운 정보가 있었다.

[-T]멀린 학파의 가발

멀린 학파가 많은 예산과 시간을 쏟아부어 만든 최첨단 가발. 온갖 고위 술식으로 짜올려 잘 티가 나지 않는다.

*[-T]자연스러운 출렁임.

'음……'

진우는 이 상황을 빠르게 이해할 수 있었다. 지금까지 신경 쓰지 않은 부분인데 황금사과에는 분명 특별한 기능이 있었다. 뿌리가 튼튼하고 깊은 골든 트리가 만든 열매였다. 거기에는 모근 강화와 모근 재생 효과가 있었다. 먹은 지 얼마 되지도 않았는데 저러는걸 보면 즉각적인 효과가 있는 모양이었다.

'탈모약은 현대 판타지의 흔한 소재이긴 한데……'

진우가 읽어본 소설에도 자주 나왔다. 탈모약이나 다이어트약, 피부 미용약 같은 것들 말이다. 진우도 한때는 그와 같은 고민을 하고 있던 사람이었다. 스트레스성 탈모와 남성 탈모가 겹쳐 머리가 숭숭 빠졌던 기억이 떠올랐다.

대마법사라도 탈모는 피할 수 없는 건가?

진우는 좀 더 자세히 그를 살펴보았다.

[D+]서클 마법의 저주

'모든 마법사는 둥그렇다. 그것이 서클이다.'

서클 마법의 저주라 불리는 현상. 그 저주는 성별을 가리지 않는다. 여 마법사가 숲에 은거하여 마녀가 되는 것도 이 현상이 원인이라는 분석이 있다. 전 세계 서클 마법사의 전력이 크게 약화된 원인이다.

진우는 그 정보를 보고 멍해졌다.

아니었다. 대마법사라서 그러했다.

'무슨 이런 미친 설정이……'

그조차 처음 보는 설정이었다.

원작 작가는 도대체 왜 저런 설정을 했을까?

잠시 정적이 내려앉았다. 남들이 보기에는 진우와 멀린이 아주 깊은 이야기를 나누고 있는 것으로 보였다.

진우는 잠시 생각에 빠졌다.

'멀린이 사라진 이유가 어쩌면……'

소원을 들어주는 유물을 찾아 먼 길을 떠난 마법사. 몰락의 원인이 되기는 했지만 그래도 신비스럽고 낭만적인 부분이 있었다. 실제로 원작에서도 그럴듯하게 언급했다. 그러나 그 이면은 굉장히 처절했다. 진우는 멀린의 눈빛에서 간절함을 읽을 수 있었다.

'좋은 관계를 만들면 좋겠지. 어차피 너무 많아 버리려고 했던 것이니……'

멀린과 그의 학파 정도면 군주를 상대하는 데 많은 도움이 될 것 같았다. 넘쳐나는 황금사과를 주고 그 대가로 도움을 받을 수 있으니 정말 남는 장사였다.

진우는 그를 바라보면서 미소 지었다. 회사에 다닐 때 짓던 영업용 미소였는데, 매력 스탯이 하늘을 뚫고 있어서인지 굉장히 매력적이었다.

힐끔힐끔 진우를 보고 있던 희연이 시선을 한동안 고정하고 있을 정도였다. 기사조차 만나기 힘든 저 고귀한 대마법사와 대등하게, 아니, 오히려 우위에서 말하는 그의 모습을 보니 희연은 복잡한 생각이 들었다. 그가 오늘따라 유난히 먼 곳에 있는 것처럼 느껴졌기 때문이다.

진우는 좀 더 깊은 대화를 나누기 위해 자리를 옮겼다. 다른 사람들의 시선이 없어지자 멀린도 조금 더 편하게 이야기를 할 수 있게 되었다.

진우는 일단 생색을 내기로 했다. 그래야 나중에 도움을 받는 데 유리했다.

"아시다시피 귀한 겁니다만……."

"그렇겠지요. 가히 지고의 보물이라 칭할 만합니다."

진우의 말에 멀린은 고개를 끄덕이며 대답했다.

그는 아주 격하게 동의를 하고 있었다.

"멀린 경께서 부탁하신 것이니 노력해 보겠습니다."

"저, 정말입니까?"

"네, 하지만 특별한 열매이니 장담하지 못합니다."

"이해합니다. 비용은 충분히 치르겠습니다."

멀린은 모든 비용을 치를 각오가 되어 있었다. 학파의 모든 재산을 처분해서라도 말이다. 재산은 다시 모으면 되었다. 그러나 다시는 모을 수 없는 것도 있었다.

진우는 살짝 웃으며 고개를 저었다.

"세계 평화를 위해 노력하시는 대마법사님께 돈을 받을 수는 없지요. 괜찮습니다."

"네? 그렇다면……."

"다만 나중에 제가 도움이 필요할 때 도움을 주셨으면 합니다. 일단 가지고 있는 걸 드리겠습니다."

진우는 그렇게 말하며 아공간에서 황금사과가 든 상자 하나를 꺼내 바닥에 내려놓았다. 그 귀한 황금사과가 수북하게 쌓여 있었다.

멀린의 눈이 크게 떠졌다. 그가 진우를 바라보았다. 전혀 아까워하는 기색이 없었다. 어떤 부자라도, 어떤 명예로운 자라도 무언가를 줄 때 탐욕이라는 감정을 내비치게 마련이었다. 그러나 그런 기색을 전혀 읽을 수 없었다.

멀린이 느낀 진우는 너무나도 어두웠다. 그렇기 때문인지 오히려 주변이 밝아 보였다.

'한 발자국만 나아가면 소원을 이룰 수 있거늘, 무얼 망설인단 말인가.'

멀린은 눈을 감았다. 그의 고민은 길지 않았다.

"제 영혼을 걸고, 저와 제 학파에 속한 서클 마법사는 진우님을 지지할 것입니다."

멀린은 확신을 주기 위해 다소 센 말을 했다. 굳이 그렇게까지 말할 필요는 없었지만 진우는 받아들이기로 했다. 나중에 도움을 받을 수 있다고 생각을 하니 마음이 한결 편해졌다. 역시 사람은 서로 도우며 살아야 했다.

"잘 부탁드립니다."

진우가 악수를 청하자 멀린은 진우의 손을 꼭 잡았다.

멀린의 고개가 자연스럽게 숙어졌다. 진우의 손을 잡는 순간 멀린은 생전 처음 느껴보는 감정에 휩싸였다.

그것은 아주 묵직한 감정이었다.

휘이이익!

진우에게서 밀려드는 무언가가 그의 마음을 충만하게 만들었다. 그것은 아래에서부터 점점 차오르더니 심장을 지나 머리끝까지 이르렀다. 이윽고 폭발했다. 황금빛이 그의 세상을 가득 채웠다.

'아……!'

소원을 이뤘기 때문일까? 평생의 원한이라고 불렸던 저주로부터 해방이 되었기 때문일까?

그를 늘 옭아매었던 족쇄가 풀어지자 멀린은 비로소 자유를 느꼈다.

[윌리엄 멀린 킹스턴과의 계약에 성공하였습니다.]

'음?'

갑자기 뜬금없는 정보가 올라왔다. 굉장히 생뚱맞은 소리였다. 진우는 고개를 갸웃하며 그를 자세히 살펴보았다.

[윌리엄 멀린 킹스턴이 황금의 군주에게 소원을 대가로 영혼의 맹세를 하였습니다.]
[윌리엄 멀린 킹스턴이 '현자'로 전직하였습니다.]
[멀린 학파가 황금의 군주에게 영향을 받아 골든 위저드 학파로 변경되었습니다.]

[A+]현자(전직)
황금의 군주가 그의 소원을 들어주고 새로운 가능성을 열어주었다. 소원을 이룬 대마법사는 비로소 속박의 굴레에서 벗어나 깨달음을 얻어 현자가 되었다. 이제 만인은 그를 태양의 현자라 부르며 칭송할 것이다.
*서클 마법이 한 단계 상승한다.
*그의 영혼은 황금의 군주에게서 벗어날 수 없다.
*마력이 황금의 군주를 닮은 찬란한 빛으로 물든다.
-전직 기술
[B+]현자 타임
어떠한 역경 속에서도 자유로운 사고로 판단할 수 있다. 지도력과 설득력, 마법의 위력, 시전 속도가 큰 폭으로 상승한다.
*지도력 200% 상승.
*설득력 200% 상승.

*시전 속도: 100% 상승.

*마법 위력: 100% 상승.

멀린이 뜬금없이 전직했다. 아무래도 황금의 군주가 가지는 영향력 때문인 것 같았다. A랭크였던 멀린이 A+랭크가 되었다. 미국의 대마법사를 뛰어넘는 랭크였다.

'이거 괜찮은 건가?'

진우는 그저 나중에 도움이 되기를 바랐을 뿐이었다. 그런데 자꾸 자신의 의도와는 다른 방향으로 나아가고 있었다.

"큰 은혜를 입었습니다. 저는 이 깨달음과 축복을 모든 서클 마법사에게 전할 의무가 있습니다. 조만간 또 찾아뵙겠습니다."

"아…… 네."

멀린은 황금사과를 아공간에 수납했다. 그는 다시 한번 진우에게 감사를 표하고 잠시 화장실에 들렀다가 영국 기사들이 있는 자리로 돌아갔다.

'음…… 조금 지치네.'

진우는 멀어져 가는 멀린의 뒷모습을 바라보았다. 오랜만에 지치는 느낌을 받았다. 현자 타임이 강하게 왔다.

멀린의 얼굴에는 자신감으로 가득 차 있었다. 기세가 전과는 완전히 달라져 있었다. 굳은 기세를 품고 있는 눈은 보는 것만으로도 감탄을 불러일으켰다. 태양의 마법사 윌리엄 멀린 킹스턴의 진정한 모습이었다.

영국 기사 하나가 멀린을 바라보며 조심스럽게 입을 뗐다.

"이진우와 무슨 말씀을 나누셨는지 물어도 되겠습니까?"

"미래를 위한 이야기였네."

"미래요?"

"그래, 희망찬 미래가 기다리고 있더군."

기사가 고개를 갸웃했다. 멀린은 고개를 돌려 기사를 바라보았다.

"알렉스 경."

"네!"

"이 자리에 없다고 그분의 존함을 막 부르지는 말게나. 기사는 항상 존중하는 법을 배워야 하네."

"네! 죄송합니다! 명심하겠습니다!"

멀린은 그의 어깨를 두드리고는 고개를 끄덕였다.

"밝군."

그는 다시 한번 기적을 보았다. 밝은 미래가 빼곡하게 차오르고 있었다. 미래는 그야말로 참 밝았다.

'그리고 어두워.'

그러나 정수리와 광활한 이마는 어두울수록 좋았다. 그것은 찬란한 어둠이었다. 서클 마법사가 흑마법에 빠지는 이유이기도 했다. 할 일이 많았다. 흑마법에 빠진 그녀의 파벌을 설득하고 전 유럽을 통합시켜야 했다.

많은 일들 속에서 비공식 행사가 성공적으로 끝났다. 참가한 이들 모두 각자 다른 생각을 품고 JW 게이트 밖으로 나왔다. 앞으로 어떤 일이 일어날지 정확히 예상할 수 있는 사람은 아무도 없었다.

류웨이는 화를 주체할 수 없었다. 굴욕과 수치심으로 인해 온몸이 바들바들 떨렸다. 그는 당의 고위 간부의 아들로 태어나 남에게 고개를 쉽게 숙인 적이 없던 남자였다. 중화인민의 전사, 그러니까 기사가 되고 남다른 실력으로 제3 기사단, 그리고 칠룡회에 입단하니 무서울 것이 아무것도 없었다. 곧 단장이 되고, 더 나아가 열등한 인민들을 이끌 위대한 영도자가 될 것이라 믿어 의심치 않았다.

능력자가 정치계에 들어가는 것은 금기이기는 하지만 중화인민공화국의 영웅이 그런 걸 신경이나 쓸까?

"제기랄!"

대사부마저도 고개를 저었고, 자신에게 늘 호의를 표하던 친한 사업가들도 연락을 받지 않았다. 모두 그 악랄한 이진우와의 인연을 이어가기 위해서겠지. 칠룡회에서도 제명을 당할 처지였다. 제명만 당한다면 다행이었다. 이진우가 무슨 짓을 했는지는 몰라도 기사 자격까지 박탈당할 위기였다. 류웨이는 본국으로 돌아가지 못하고 있었다. 뭐라도 해야 했다. 반전을 노려야 했다. 이렇게 몰락할 수는 없었다.

"으득!"

류웨이는 누군가에게 연락했다. 스네이크 실드 길드 연맹의 맹주 흑사였다.

-마음을 정하셨습니까?

"간절함이 기적을 일으킨다고 했던가?"

-네, 맞습니다.

"계획은?"

류웨이의 물음에 핸드폰 너머로 음산한 웃음소리가 들려왔다. 류웨이는 그의 계획을 들었다. 이번 JW 게이트 비공식 행사에서 일본은 언급조차 되지 않았다. 그야말로 노골적인 개무시였다. 모두 이진우 때문이었다. 류웨이는 흑사의 계획을 들을수록 성공할 수 있다는 확신이 들었다. 인원과 전력이 부족하지만 칠룡회의 지원을 받는다면 가능했다.

-생각해 보십시오. 분해와 해독 기술의 가치를! 충분히 일을 벌일 만합니다. 처음에는 힘들긴 하겠지만, 일선 그룹, 그리고 이진우의 영향력에서 벗어날 수 있는 확실한 길입니다. 중국과 일본이 언제까지 일선 그룹의 눈치를 봐야 합니까?

"음……."

-저희 쪽 정보에 따르면 분해 방지와 해독을 해주는 고위급 유물이라고 하더군요. 그 유물을 분석하고 있는 연구원의 정보도 확보한 상태입니다.

"정보원이 있었나? 그 G&P에 심어놓다니 대단하군."

-운이 좋았습니다.

류웨이는 잠시 생각에 빠졌다. JW 게이트에서 본 기술은 하나같이 기적이라고 표현해도 무방했다.

분해 방지와 해독! 그 기술을 온전히 빼돌려 본국으로 가져갈 수 있다면?

국제 정세를 새롭게 재편할지도 몰랐다. 더 나아가 모든 국가가 '중화 능선'으로 참여하게 될 수도 있었다.

"연락하겠다."

류웨이는 고개를 끄덕였다. 인민의 영웅이 되어 당당히 귀환하는 자신의 모습이 그려지는 듯했다. 류웨이는 조심스럽게 칠룡회에 연락을 했다. 간절함을 담아 모든 정보를 토해내고 설명을 했다.

-검토해 보겠다. 기다려라.

칠룡회의 답변이었다.

그로부터 일주일이 지났다. 류웨이는 초조하게 기다리며 손톱을 씹어댔다. 칠룡회가 허가를 하지 않는다면 류웨이는 비참한 인생을 살아가야 했다. 기사 자격을 박탈당하고서 2천억 원이 넘는 금액을 감당할 수 없었다. 어쩌면 능력자 처벌소로 끌려가 평생 노동만 할 수도 있었다. 이진우라면 그런 악랄한 짓을 벌이고도 남을 놈이었다. 그가 몸을 떨고 있을 때 은밀하게 연락이 왔다.

-무슨 일이 있어도 성공시켜라. 우리 쪽과 연이 있는 리그 길드를 지원해 주마.

"가, 감사합니다."

-이제부터 너는 본국으로 귀환할 때까지 배신자다. 하지만 성공한다면 칠룡회의 간부가 될 것이다.

"영광입니다!"

칠룡회 입장에서는 성공해도 그만, 아니어도 그만이었다. 류웨이에 대한 추방 절차를 이미 다 마쳐놓았다. 개인적인 원한으로 벌인 일이라고 잡아떼면 그만이었다.

'일선 그룹이 움직이기 전에 치고 빠지면 돼.'

이진우에게 복수할 기회였다. 그의 열 받은 표정을 단 한 번이라도 볼 수 있다면 잠이 아주 잘 올 것 같았다.

주사위는 이미 던져졌다. 한 번만 성공시키면 된다.

딱 한 번만! 그 한 번이 운명을 바꿀 것이다!

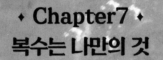

◆ **Chapter7** ◆
복수는 나만의 것

　JW 게이트에서 행사가 끝난 지 한 달가량 지났지만, 연구소의 열정은 사그라지지 않고 있었다. 연구소의 불빛은 꺼진 적이 없었고, 연구원들은 아예 연구소에서 모든 것을 해결했다. 숙직 시설이나 연구원용 기숙사는 호텔보다 좋은 수준이라 일반 집과는 비교를 불허했다. 방세도 없고 아침, 점심, 저녁뿐만 아니라 간식까지 나와 아예 눌러사는 연구원들도 많았다. 당연히 초호화 식단이었다. 연구하다가 지치면 편안한 방에서 쉬고, 정해진 운동 시간에 맞춰서 수영장에 가거나 헬스장에서 운동했다. 건강하게 하라는 이진우의 말 덕분에 의무적으로 생긴 운동 시간이었다. 개인 맞춤 PT까지 해줘 연구원들은 더욱 의욕적으로 연구에 임할 수 있었다.

　그야말로 연구를 위한 천국이었다!

　연봉 또한 다른 곳에 몇 배나 되었다. 그놈의 보너스는 왜 이렇게 많은지, 지겹도록 보너스가 나왔다.

'연구실이 내 집이다!'

'독감 바이러스 따위 의지만 있으면 이길 수 있다!'

'암살자처럼 은밀하게 일해라! 들키면 쉬어야 한다!'

연구원들의 사기는 항상 가득 차 있었다. 방문자들은 연구원들이 마치 광기에 휩싸여 있는 것 같다는 인상을 받았다고 한다.

'조금만 더……'

세연은 연구소에서 야근하고 있었다. 김대진 박사는 쉬엄쉬엄하라고 했지만, 그녀는 연구에 푹 빠져 있었다. 보안 등급이 가장 높은 A레벨 연구실에서 분석에 매달렸다. 그녀가 A레벨 연구실에서 연구하고 있는 것들은 JW 게이트 성안에 있던 보물들이었다. 모두 하나하나 엄청난 것들이었지만 세연이 거의 한 달 동안 집에 가지 않고 연구한 아티팩트가 있었다. 바로 분해 방지와 해독을 해준다는 아티팩트였다. 행사 당시에 이진우가 주었던 아름다운 보석과 비슷한 파장이 느껴졌다.

세연은 이진우가 아름다운 보석을 이용해서 분해 방지와 해독을 해주는 아티팩트를 만들어냈다고 추론했다. 그것을 숨기고 정확히 밝히지 않고 있는 것 같기는 했다.

'대단해……'

세연은 진우가 정말 많은 신비를 감추고 있는 사람이라고 생각했다. 감추고 있는 아픔만큼이나 말이다. 분해 방지와 해독을 해주는 보석은 연구실의 모든 물품 중에서 가장 높은 레벨이었다.

솔직히 김세연의 억지에 가까운 부탁이기는 했다. 개인적인 욕심이었다. 이곳의 연구원들은 워낙 대단했다. 이진우가 볼 때는 자신도 이곳의 연구원과 똑같은 사람일 뿐이었다.

도움이 되고 싶었다. 도움이 될 수 있다는 것을 보여주고 싶었다. 소극적인 그녀가 처음으로 결심한 일이었다. 그 이야기를 꺼냈을 때 김대진 박사도 난감한 표정이었다. 이진우가 리스트에 적어서 제출하라고 말하기는 했으나, 그것까지는 힘들거라 여겼다.

결국, 김대진 박사가 직접 이진우와 여러 차례 통화를 시도했다. 간신히 통화에 성공했는데 이진우는 너무나 쿨하게 허락했다.

'부담 갖지 말고 쉬엄쉬엄하세요. 결과는 어떻든 상관없어요.'

김대진 박사와 통화를 할 때, 세연은 이진우의 목소리를 들을 수 있었다. 전혀 기대하지 않는 듯한 그 목소리에 세연은 발끈했다.

성과를 보여주고 싶었다. 자신이 여기에 있다는 것을 보여주고 싶었다. 그게 고집인지 다른 감정인지 아직은 알 수 없었다.

그 아티팩트는 정말 대단했다. 그녀로서도 정확히 어떤 식으로 술식이 짜인 것인지, 어떤 내용인지 알 수 없었다.

세연은 각고의 노력 끝에 성과를 낼 수 있었다. 그녀의 능력을 통해 데이터화할 수 있었다. 여전히 어떤 내용인지, 어떤 식으로 작동하는지 알 수는 없지만, 그것만으로도 모두가 깜짝 놀랄 일이었다.

데이터화했다는 말은 그것을 그대로 적용해 아티팩트를 만들어낼 수 있다는 말이었다. 물론, 데이터가 워낙 크고 복잡해 돈과 재료가 천문학적으로 들기는 하겠지만 말이다. 완벽하게 데이터를 해석한다면 그 규모를 줄일 수 있겠지만 현시점에서는 불가능했다.

'해석은……'

데이터화했으니 해석도 계속 노력한다면 언젠가는 할 수 있지 않을까?

지금은 감조차 잡히지 않았다. 그녀의 분석능력이 비약적으로 높아졌지만, 아직 힘들었다.

"후……"

데이터도 완벽한 형태는 아니었다. 그녀는 좀 더 노력해야겠다고 생각했다. 마지막으로 데이터를 점검하고 보안을 설정한 다음 저장했다. 혹시나 몰라 데이터 자체도 이중으로 보안 설정을 해놓았다. 워낙 고용량이었고 보안이 철저해서 해제하는 데도 시간이 꽤 걸렸다. 그녀가 아니라면 푸는 것조차 불가능했다.

정리하다 보니 어느새 해가 떴다. 오늘은 일요일 아침이었다.

'벌써 아침이네.'

그녀는 오랜만에 집에 가야겠다고 생각했다. 쉬러 가는 것이 아니라 속옷과 여벌의 옷을 가지러 가기 위함이었다. 만족할 만한 성과를 낼 때까지 아예 연구실에서 살 생각이었다.

세연은 기지개를 켜며 A레벨 연구실에서 나왔다. 일요일 아침이다 보니 A레벨 연구실 근처는 한적했다. 물론, 다른 연구실에 연구원들이 있었지만 A레벨 연구실은 그렇지 않았다. 연구실에 출입할 수 있는 이들이 적었기 때문이다.

세연도 김대진 박사의 승인을 받아서 들어갈 수 있었다. 그때 인기척이 느껴져 고개를 돌렸다. 그녀도 아는 인물이 어두운 곳에 서 있었다.

"선배?"

"아, 세연이구나. 이, 일요일인데 남아 있었네."

"네. 집에 갔다 오려고요. 근데, 선배. 휴가 아니었어요?"

"으, 응. 그, 그랬지."

김찬영이 당황한 듯 세연을 바라보았다. 최근에 '진짜' 휴가를 간 연구원은 김찬영이 유일했다. 회사에서는 연구원들에게 계속 쉬라고 하며 휴가를 마구 주었지만, 연구원들은 휴가 기간에도 몰래 나와 연구했다.

세연은 고개를 갸웃했다. 김찬영은 식은땀을 흘리고 있었다. 그의 손에는 대용량 디스크가 들려 있었다. 그리고 목과 손에 멍이 든 것도 보였다.

"어디 다쳤어요?"

"넘어져서……. 아! 저장할 게 있었는데 깜빡했어. 김 박사님한테 한 소리 들었지. 내가 뒷정리할게. 어서 가봐."

"아, 네!"

"그……."

"네?"

김찬영의 안색이 좋지 않았다. 웃으며 아무것도 아니라는 듯 고개를 저었다. 조금 이상했지만, 별일 아니라고 생각하고 그냥 넘어갔다. 다만, 조금 걱정되었을 뿐이었다. 그는 대단히 친절하고 인품이 좋은 선배였다. 세연이 적응하는 데 많은 도움을 주었다. 세연의 동생이 혼자 지내는 걸 알고서는 종종 집에 초대해 아내가 만든 반찬을 챙겨줄 정도였다. 찬영도 그렇지만 그의 아내도 천사였다.

고집불통인 동생이지만 그래도 찬영을 형처럼 따르고 있었다. 찬영은 동생에게 진지하게 대학 진학이나 취직을 권유하기도 했다. 밖으로 나오니 경호원이 대기하고 있었다.

"집에 가시는 겁니까?"

"네! 죄송해요. 일요일인데……."

"아닙니다. 제 일인데요."

"잠깐 들렀다가 바로 나올 건데, 저 혼자 가도……."

경호원은 웃으며 고개를 저었다.

"에이, 그런 섭섭한 말씀 마세요. 저 월급 깎입니다."

경호원은 넉살이 좋았다. 굉장한 수준의 능력자였지만 전혀 그것을 티 내지 않았다. 세연을 최대한 배려해 주었다. 최근에 경호실장의 지시로 경호가 강화되었지만, 평소처럼 느껴지는 것도 그런 이유에서였다.

경호원은 차의 문을 열어주었다.

"집까지 모시겠습니다. 타시지요."

"감사합니다."

김세연은 집으로 돌아왔다. 집은 연구소와 가까운 곳으로 옮겼다. 그녀는 혼자 살고 있었다. 부모님은 요양병원에서 치료를 받고 있었고, 동생은 자취한다고 나갔기에 가족이 전부 흩어지게 되었다. 간단히 샤워하고 큰 가방을 가져와서 옷과 속옷을 담았다. 워낙 집에 안 들어오다 보니 집은 텅텅 비어 있었다.

'데이터를 다시 분석하고, 박사님께 승인받아서 해석 작업을 하면 되겠네. 그리고…… 크리스마스 때는 연구실을 이용 못 하니까 숙직실에서……. 미리 자료를 옮겨놔야겠다.'

아직 집 밖으로 나가지도 않았는데, 그녀는 연구실에 가서 무엇을 할지 생각하고 있었다. 연구할 때면 행복했다. 예전에 공부에 몰입한 것은 따돌림을 잊기 위함이었다. 하지만 지금은 아니었다. 그저 즐겁고 행복했기 때문이었다. 인정을 받는 것, 도움이 되는 것이 너무나 보람찼다.

그녀가 막 가방을 들고 나가려고 할 때였다. 누군가 다급하게 문을 두드리는 소리가 들려왔다. 문을 열고 나가보니 경호팀장이 서 있었다.

"팀장님?"

"세연 씨, 이동하셔야 합니다."

"네?"

"보안에 문제가 생겼습니다. 안전을 위해 G&P 본사로 가시지요."

김세연은 깜짝 놀라 멈칫했지만, 고개를 끄덕이고는 그를 따라 나왔다. 차에 올라 G&P 본사로 향했다. 모든 연구원이 소집되어 모이고 있다고 했다.

"도대체 무슨 일인가요?"

"김찬영 연구원이 보안 레벨 최고 등급에 해당하는 데이터를 빼돌렸습니다."

"네?"

그녀는 놀랄 수밖에 없었다. 마지막으로 본 김찬영의 얼굴이 떠올랐다. 김세연과 같은 보안 코드를 가지고 있는 선배 연구원이었다. 그가 마음만 먹었더라면 이렇게 빨리 들킬 리가 없었다.

끼이이익!

세연이 탄 차가 갑작스럽게 멈추었다. 무언가 폭발음이 들린 것 같았다. 그녀가 정신을 차리니 마치 뱀의 머리를 보는 것 같은 남자가 자신을 바라보고 있었다.

시야에 비친 차는 반쯤 찌그러져 있었다.

"김세…… 맞군."

음산한 목소리였다. 경호팀장이 그를 막아섰다. 그때 무언가 빛이 번쩍하더니 경호팀장이 뒤로 밀려났다.

숫자가 너무 많았다. 경호원이 세연을 대피시켰다. 골목을 꺾으면 피신처가 있었다. 혹시나 하는 상황에 대비해서 경호팀이 마련해 놓은 곳이었다.

막 피신처가 보일 때였다.

"큭!"

누군가 나타나더니 순식간에 경호원이 피를 흘리며 쓰러졌다. 복면을 하고 있었지만, 그녀는 그가 누군지 단번에 알 수 있었다.

"일을 두 번 하게 만들다니……."

그런 목소리가 들렸다. 그는 바닥에 쓰러진 경호원에게 검을 겨누었다. 세연이 경호원의 앞을 막았다.

"제, 제가 따라가, 갈 테니까 제발……."

그는 세연을 내려다보다가 그녀의 목을 잡았다.

세연은 이것이 악몽이라고 생각했다.

JW 관할 지역은 인적이 매우 드물었다. 게이트 주변은 일반적인 건물로는 건축허가가 나지 않았다. 게이트의 파장으로 인한 혹시나 하는 우려가 있었기 때문이다. 덕분에 G&P의 빌딩, 연구실, 관련 시설, 그리고 게이트 도시건설을 위해 지어 놓은 여러 홍보용 건물들을 제외하고는 아무것도 없었다. 원래 도시 홍보관으로 쓰였을 가장 큰 건물이 빠르게 개조되어, JW 게이트 문화교류센터라고 정식 이름이 붙게 되었다.

문화센터가 들어서자 상황이 급격하게 반전되었다. G&P에서 개최한 G&P 컨퍼런스가 바로 문화센터에 있었기 때문이다. 시대를 바꾸었다고 평가받는 발표가 미튜브를 통해 전 세계로 퍼져 나갔다.

'G&P 인피니티 테크놀러지.'

손톱만 한 크기의 빛나는 무언가가 새 시대를 알렸다. 그리고 곧바로 생산 예정인 여러 가지 제품들이 발표되었다. 발표될 때마다 정적만이 자리 잡고 있을 뿐이었다. 숨소리조차 들리지 않았다. 워낙 충격적이었기 때문이다.

'인피니티 테크놀러지란?'

'충전이 없어지다. 갑작스럽게 찾아온 혁명.'

'3년 동안 충전 없이 쓸 수 있는 스마트폰?'

'첫 인피니티 폰이 내년 상반기에 나올 수 있는 이유.'

상황이 이렇다 보니 JW 문화센터에는 엄청난 관심이 집중되었다. JW 문화센터에 새로 오픈하는 레스토랑 역시 실시간 검색어 1위에서 내려오질 않았다. 능력자들도 만나기만 하면 JW 이야기밖에 하지 않았다.

JW 산 게이트 고기가 유통된다면?

게이트 탐사에 있어서 혁명적인 일이었다. 지금까지의 게이트 역사를 단번에 뒤집을 것이 분명했다.

'지루하네.'

알아서 척척 돌아가니 진우가 신경 쓸 것들은 없었다. 진우는 아침부터 밀린 만남을 진행하고 있었다. 거르고 걸렀지만 만날 사람이 꽤 되었다.

첫 스케줄은 시장이었다. 진우는 폭신한 소파에 앉아 있었고 시장은 진우와 떨어진 의자에 앉아 있었다. 시장의 의자 높이는 조금 낮았는데, 시장이 직접 그렇게 의미 없는 배려를 했다. 보좌관과 시청 직원이 PPT까지 준비해서 진우에게 보여주었다.

제목은 '위대한 시작, 승리하는 문화도시'였다.

"게이트 문화의 성지! 우리 대한민국도 할 수 있지 않겠습니까?"

"고려해 보겠습니다."

"문화의 열기가 넘쳐나는 아름다운 공간이 될 것입니다. 이진우 대표님."

세계의 관광객들이 몰려오는 도시! 일자리가 넘치는 도시!

JW 관할 지역을 중심으로 게이트 문화 도시로 키우겠다는 야심 찬 계획이었다. 진우의 일과 방향성도 맞았고 여러 가지 혜택도 있어 나쁘지 않은 제안이었다. 현실적으로 어려운 부분은 진우가 직접 나서면 되니 방해가 될 만한 것은 없었다. 벌써 문화센터에는 사람들로 인산인해를 이루고 있었다. 아직 게이트 유물 전시관과 레스토랑밖에 없음에도 불구하고 사람들이 몰렸다. 덕분에 주변 상권은 때아닌 호황을 맞이하고 있었다. 서로서로 잘 되는 건 참 어렵지만, 너무나 좋은 일이었다.

'나쁘진 않군.'

어차피 진우가 신경 쓸 일은 없었다. 유능한 이들에게 맡겨 놓으면 알아서 굴러갔으니까. 덕분에 여러 가지 일을 벌일 수 있었고, 진우는 오로지 한 가지에만 집중할 수 있었다.

'허영의 군주.'

탐욕의 군주가 봉인에서 풀려나고 가장 처음 맞이하는 군주였다. 한국이 아니라 해외에 있었고, 군주의 특성상 위험도는 낮은 편이었다. 수련을 계속하고 있으니 충분히 상대해낼 수 있었다.

시장과의 이야기가 한창 진행될 때였다. 유나의 뒤에서 검은 양복을 입은 사내가 나타났다. 마치 그림자에서 솟아난 것 같은 모습이었다. 존재감이 워낙 없어 시장과 직원들은 알아차리지 못했다. 유나가 고개를 살짝 돌리자 사내는 유나에게 귓속말로 무어라 말한 뒤 사라졌다.

유나의 표정이 순식간에 굳었다. 진우가 잠시 손을 들자 시장이 말을 멈추었다. 뒤에 서 있던 유나가 진우에게 다가와 자세를 낮춰 귓속말했다.

유나는 다소 충격적인 말을 해주었다. G&P 연구원 중 하나가 기밀을 빼돌렸고, 현재 추적 중이라는 말이었다. 게이트 비공식 행사 때 참여한 유능한 연구원이었다.

'그럴 리가.'

정보의 마안으로 확인을 했었는데, 배신을 할 만한 인물은 아니었다. 진우의 굳은 표정을 보고 유나도 긴장했다. 진우가 잠시 가만히 무표정으로 있자 정적이 깔렸다. 정치계에서 험난한 꼴을 많이 겪은 시장도 말을 붙이지 못했다.

"다음에 이야기를 나눠야 할 것 같습니다. 시장님, 죄송합니다."

"아…… . 네, 이해합니다."

"이해해 주셔서 감사합니다. 연락드리겠습니다."

진우는 정중하게 말하고 밖으로 나왔다. 건물 밖으로 나와 차에 올랐다. 유나는 더 자세히 보고하기 위해 진우의 말을 기다렸다.

"보고해."

"김찬영, 36세. 김대진 박사가 데려온 초창기 멤버로서 이번 인피니티 프로젝트에 참여한 인재입니다. 성실하며 대인관계도 좋아 인사 평가에서도 좋은 점수를 받고 있었습니다."

유나가 태블릿PC로 김찬영의 인적사항이 기록된 자료를 보여주었다. 진우는 자료를 훑어보았다. 기억에 있었다. 김세연 뒤에 서 있었는데 부드러운 인상이었다.

유나는 실시간으로 보고를 받고 있었다.

"김찬영의 아내를 발견했다고 합니다. 치명적인 독에 중독된 상태라 병원으로 옮겼습니다."

"독?"

"일반적인 독이 아닌, 능력자가 쓴 독인 것 같습니다. 해독제 없이는 며칠을 넘기기 힘들다고 합니다."

포션이 있으니 독은 큰 문제가 되지 않았다.

진우는 잠시 생각에 빠졌다.

'기밀이라⋯⋯.'

무엇을 가져간 것인지 궁금했다. G&P의 연구들은 빼돌릴 수 있을 만한 기술이 아니었기 때문이다. JW 게이트를 기반으로 하는 기술이라, JW 게이트가 없다면 현실적으로 무언가 하기 힘들었다. 그리고 대부분이 돈 먹는 하마 같은 것들뿐이라서 중국이라 하여도 투자하는 것이 손해였다. 진우의 낭비 스택을 올리는데 크게 기여할 정도였으니까.

"뭐가 유출되었지?"

"해독과 분해 방지 기술입니다. 김세연 연구원이 분석하여 데이터화한 것으로, 보안 서버에 올라가기 전이었습니다."

분해 방지와 해독. JW 게이트에만 국한된 것으로서 진우가 아니고서는 절대 누구도 할 수 없는 일이었다. 게이트 독 해독과 분해 방지는 능력자 협회를 떠들썩하게 하고 각국의 기사단장과 관계자들이 찾아올 만큼 대단한 일이기는 했다. 실제로 국가 경쟁력에 매우 큰 영향을 미칠 수 있었다.

이렇게 따지고 보면 엄청난 기밀 유출이기는 했다. 이진우를 적으로 돌리고 국가 차원에서 대응을 감수할 정도로.

물론, 그것이 진짜였을 때의 이야기였다. 하지만 그건 그저 변명하기 위해 설치해 놓은 것일 뿐이었다. 해석도 거의 불가능하니 가벼운 마음으로 연구팀에 건네주었던 기억이 났다. 신경 쓸 만한 기술이 아니었다.

김찬영은 현재 실종상태였다. 경호실뿐만 아니라 미래전략실에서 사람을 풀어 찾고는 있지만, 그의 아내를 발견한 것 외에는 성과가 없었다.

'배신한 것은 협박 때문인가?'

정황상 그러했다.

유나는 잠시 귀에 손을 가져다 대었다. 그녀의 표정이 당황으로 물들었다.

"……김세연 연구원이 납치당했습니다."

"김세연……? 경호팀도 있었을 텐데?"

"죄송합니다. 경호팀이 당했습니다. 현재……."

진우가 잡은 태블릿PC에 금이 갔다. 인상이 구겨졌다. 유나는 숨이 막힐 듯한 굉장한 압박감을 느꼈다. 방대한 마력이 진우의 감정에 휘몰아치고 있었다.

그는 크게 숨을 한 번 내쉬었다.

"피해는?"

"아직 사망자는 없습니다만…… 대부분 매우 위독한 상태입니다."

진우의 표정은 아주 차갑게 가라앉아 있었다. 그의 얼굴에서 평소의 가벼운 분위기는 완전히 사라졌다. 그것만으로도 주변의 온도가 내려가는 것만 같았다. 누군지 몰라도 놈들은 선을 넘었다. 하지만 놈들만 선을 넘을 수 있는 것은 아니었다.

일단 피해를 확인해야 했다.

"경호 3팀인가?"

"네, 현재 병원에 있습니다."

"일단 그리로 가자."

"알겠습니다."

김대진, 최성민 박사, 그리고 김세연에게는 따로 능력 좋은 경호원을 붙여두었다. 혹시나 하는 사태에 대비해서였다. 본래 진우를 호위하던 경호 3팀이었는데, 진우는 그들의 이름과 얼굴을 모두 알고 있었다. 유나의 참관 수업 당시 헬기 퍼포먼스를 보였던 팀이었다.

진우는 바로 병원으로 이동했다. 일선 그룹이 소유한 병원의 게이트 의학 병동이었다. 진우의 경호팀이었기에 모두 최고의 치료를 받고 있었다. 게이트 의학과 VIP 병동에 있는 치료실로 들어갔다. 그를 막아서는 이들은 존재하지 않았다. 뒤를 따르는 유나와 건장한 경호원들을 보자, 의사와 간호사들이 놀라며 뒤로 물러났다. 심각한 상처를 입은 경호원들이 많았다. 회복 계열 능력자들이 달라붙어 치료하고 있었지만, 생명을 유지하는 것이 고작이었다.

치유 장치를 달고 있는 경호팀장이 보였다. 가장 심각한 상태였는데, 가슴 부근이 거의 난도질당한 상태였다.

특수한 독에 당했는지 상처 부위에는 초록빛이 감돌았다. 마력수와 치료제를 투입하고 있지만, 현상 유지가 고작이었다. 그는 진우와 제법 많은 이야기를 나눴던 경호원이었다. 능력 좋고, 인품도 훌륭해 경호 3팀을 맡겼다.

'너무 가볍게 생각했어.'

원작의 스토리만 생각하며 주변 사람들을 소홀히 했다. 자신이 개입해서 일어날 여파를 너무나 가볍게 생각했다.

경호팀장은 강인한 정신력으로 의식을 잃지 않고 있었다.

"쿨럭, 죄, 죄송합니다."

진우는 피를 토하면서도 죄송하다고 하는 그를 보자 피가 거꾸로 솟는 느낌이었다. 가까이 다가가자 치료사가 말리려 했다. 감염 위험이 있어서였다. 손을 젓자 움찔하며 물러났다. 경호원들도 모두 나갔다.

그제야 깊은숨을 내쉬며 애써 표정을 감추었다.

"꼴이 말이 아니네."

"죄송……합니다. 이, 이걸……."

경호팀장은 주먹을 꽉 쥐고 있었다. 너무 꽉 쥐고 있어 주먹이 새하얗게 보였다. 혹시나 누가 가져가기라도 할까 봐 의식을 유지하며 가지고 있던 것이었다. 갑옷 조각이었다.

"……저, 정체는 알 수 없었습니다. 상당한……. 쿨럭 세력이 뒤에 있는 것으로……."

진우는 갑옷 조각을 건네받았다. 팀장은 거친 호흡을 몰아쉬며 진우를 바라보았다. 웃으려 했지만, 피가 계속 뿜어져 나왔다.

"쿨럭. 크으윽, 끄윽……."

그는 금방이라도 숨이 넘어갈 것 같았다. 기사급의 치료 능력자가 오지 않는 이상 목숨을 연명하기 어려워 보였다. 온다고 하여도 회복될지 미지수였다.

그도 이미 죽음을 받아들이고 있었다.

"끝까지 모, 모시지 못, 못해서 정말…… 죄송합니다. 도, 도련님을 모시게 되어…… 영광……."

"됐어."

진우는 그의 말을 끊었다. 유언 따위 들어줄 생각이 없었다.

"내일 보고서나 올려. 은퇴는 용납 못 해."

진우는 아공간에서 포션을 꺼냈다. 상처 부위에 뿌리자 무언가 타는 소리와 함께 감염 부위가 전부 정상으로 돌아왔다.

상처는 급속도로 아물었다. 팀장이 눈을 동그랗게 뜨며 진우를 바라보았다. 진우는 반쯤 남은 포션을 그에게 건넸다.

팀장은 진우를 멍하니 바라보다가 천천히 포션을 마셨다. 그를 거의 죽음의 문턱까지 몰고 갔던 중독과 내상이 순식간에 낫기 시작했다.

"대, 대표님…… 이, 이건……."

만약 차원 상점에서 두둑하게 포션을 사서 갖춰놓지 않았더라면 오늘 경호팀장을 잃었을지도 몰랐다. 경호원들 모두 독에 중독되어 고통스러워하고 있었다. 일부러 고통스러워하도록 목숨을 붙여놓은 것이 틀림없었다. 마치 자신에게 보내는 편지 같은 느낌이었다. 은퇴를 고려해야 할 정도로 중상이 입은 경호원들도 수두룩했다. 그러나 진우는 그들을 은퇴시킬 생각이 전혀 없었다. 자신의 밑에서 평생 죽도록 일해야 하는데 어딜 도망간단 말인가.

진우는 유나를 바라보며 포션 여러 개를 건넸다.

"모두 치료해. 어떤 일이 있었는지 정확히 조사하도록."

"네, 알겠습니다."

진우는 밖으로 나왔다. 경호원들이 병실로 접근하는 이들을 막고 있었다. 그들의 표정도 좋지 않았다.

모두 한 식구나 마찬가지였다.

"병원 주변과 치료실에 경호 인력을 추가하였습니다. 연구원들은 모두 G&P 본사에서 보호하고 있습니다."

다른 경호원이 진우에게 보고했다. 그는 고개를 끄덕였다.

"혼자 있고 싶군."

진우는 병원의 옥상으로 올라갔다. 상당히 잘 꾸며져 있었는데, VIP만 출입할 수 있었다.

진우는 경호팀장이 준 갑옷 조각을 마안으로 확인했다.

[-F]갑옷 조각

일본 게이트의 광물로 만들어진 경갑옷. 옷 밑에 받쳐 입는다. 주로 스네이크 실드 연맹 소속의 금신조 길드가 은밀히 활동할 때 사용한다.

진우가 갑옷 조각을 바라보다가 주먹을 쥐었다. 갑옷 조각이 구겨지며 바닥에 떨어졌다. 그들은 최대한 은밀하게 일을 벌였으나 진우의 눈을 피해갈 수는 없었다.

정보의 마안을 피할 수 있는 것은 존재하지 않았다.

"그놈들이었군."

스네이크 실드 길드 연맹. 대부업과 각종 불법에 관련된 거대한 용병 길드 연맹이었다. 진우의 눈 밖에 난 이후로 한국에서의 활동은 거의 불가능했기에, 한국에서 사업을 접고 일본과 미국, 그리고 중국 쪽으로 넘어가고 있었다. 그동안 고개를 바짝 숙이고 있어서 신경을 쓰지 않았다. 신경을 쓸 가치조차 없는 쓰레기 같은 놈들이었다.

그때 유나가 뒤에서 나타났다.

"습격한 자들은 최소 C급 이상의 능력자들입니다. 현장을 감식 중이고, 상처의 사진을 분석하고 있으니 조만간 흉수가 밝혀질 것입니다."

"스네이크 실드 연맹."

"……그렇군요."

진우의 확답에 유나는 고개를 끄덕였다. 어떻게 알아냈는지 묻지 않았다. 진우의 분위기는 유나를 오싹하게 만들 만큼 흉흉했다. 그가 진심으로 분노하고 있음을 알 수 있었다.

"그들뿐만이 아닐 겁니다. 그들의 능력으로는 C급 이상의 능력자를 동원할 수 없을 테니까요. 조사하고 있습니다만 정황상 의심이 가는 인물이 있습니다."

진우도 의심이 가는 인물이 있었다.

'내 탓이군.'

그저 싹만 잘라냈다가 이런 일이 발생했다. 모질지 못했다. 아예 뿌리를 뽑아버렸어야 했다.

"능력자 협회, 그리고 능력자 수사국에서 적극적인 협조를 약속했습니다."

"간섭하지 말라고 통보해."

"알겠습니다."

조그마한 손해라면 수사국에 넘겨서 처리했을 것이다. 그러나 그들은 자신의 사람을 건드렸다. 이건 선전포고와도 같은 짓이다. 기술이야 유출돼도 다시 찾아오거나 상대를 압박해서 없애버리면 그만이었다. 하지만, 사람은 아니었다.

"도련님, 경호팀으로는 한계가 있습니다. 추적도 힘듭니다."

"……."

"죄송합니다. 제가 부족한 탓에……."

"됐어."

C급 이상의 능력자라면 1부 리그 수준이었다. 스네이크 길드 연맹뿐만 아니라 리그 길드 또한 연결되어 있다면, 경호팀만으로 해결하기 어려웠다. 경호를 위한 이들이었기에 그 외에는 부족하다고 볼 수 있었다. 또 협회의 도움을 받거나 다른 길드를 불러들인다면 상대를 완벽하게 박살 낼 수 없었다.

진우는 눈을 감았다. 머리에서는 냉정하게 대처하라고 외치고 있었지만, 더는 깊은 생각을 할 수 없었다. 놈들을 완벽하게 박살 내고 뿌리 뽑고 싶었다. 이 일에 조금이라도 관련된 이들까지 모두. 사람, 기업, 국가 가리지 않고 모두 다 그 대가를 치를 것이다.

'진짜 막장이 뭔지 보여주지.'

진우는 고개를 천천히 돌려 유나를 바라보았다. 막장을 상대하려면 막장을 소환해야 했다.

"총지배인에게 연락해."

진우의 명령에 유나의 눈이 커지며 살짝 떨렸다. 그녀는 방심과 오만 때문에 일어난 일이라 생각했다. 자신이 꼼꼼하지 못한 탓에, 이런 심각한 사태가 일어났다고 여겼다. 유나는 잠시 침묵을 지키다가 고개를 숙이고 빠르게 물러갔다.

사상 최악의 범죄자들이 갇혀 있는 JW 게이트.

지금 그 문이 열리려 하고 있었다.

JW 게이트의 모든 운영이 중단되었다. 최근 인피니티 프로 젝트를 위한 공장 증축에 들어갔고, 대규모 탐사가 계획되어 있는 상황이었지만 모두 한순간에 중단이 되었다. 진우의 명 령 때문이었다. 명령에 비하면, 저러한 잡일들은 우선순위 축 에도 끼지 못했다.

총지배인은 소식을 듣자마자 분노로 얼굴이 일그러졌다. 이 사태를 예견하지 못한 자신에 대한 분노였다. 그리고 주인님의 자산을 건드린 버러지 같은 것들에 대한 살기로 뒤범벅이 되 었다. 주인님의 심기를 건드린 죄는 그 무엇보다 무거웠다.

'고통 속에서 영원히 울부짖게 할 것이다.'

죽음? 그것은 사치일 뿐이었다.

총지배인은 지구로 통하는 게이트 앞에 섰다. 북적이던 광 장은 쥐죽은 듯 조용했다. 오로지 사무치는 살기만이 흐를 뿐 이었다. 뒤를 바라보았다. 고위 심사관들과 메이드들이 도열 해 있었다.

평소와는 분위기 자체가 달랐다. 고위 심사관들은 교황을 보는 것 같은 화려한 의복이 아니었다. 머리부터 발끝까지 전 부를 가리는 칠흑 같은 검은 복장이었다. 오로지 얼굴에만 은 빛 가면이 씌워져 있었다. 표정이 없는 가면이었다. 그들의 한 쪽 손에는 철퇴가, 그리고 다른 한쪽에는 황금빛으로 번쩍이는 단도가 들려 있었다. 메이드도 마찬가지였다. 차이가 있다면 철퇴 대신 낫을 들고 있다는 점이었다.

얼굴을 드러낸 자는 오로지 총지배인뿐이었다.

총지배인은 하얀 장갑을 꺼내 꼈다.

"구속을 해제한다."

주인님께서 허락하지 않으면 절대 있을 수 없는 일이었다.

쿵! 쿵!

총지배인의 말에 고위 심사관과 메이드의 몸에 붙어 있던 구속구가 떨어져 나갔다. 능력자조차 감당하기 힘든 무게였다. 감정과 신체를 제약하는 특성이 있는 죄인용 구속구였다. 그들은 이제 고위 심사관과 메이드가 아니었다. 모든 구속에서 해방된 검은 존재, 피에 굶주린 악귀일 뿐이었다.

드르르르륵!

쇠사슬이 부딪히는 소리가 들려왔다. 모두 침묵을 지키고 있지만, 농축된 살기에 바람이 갈라지며 마치 칠판을 긁는 듯한 소리가 퍼져 나갔다. 종소리가 들리는 듯했다. 유린의 시작을 알리기 위한 소리가 분명했다.

총지배인을 따라 검은 존재들이 게이트를 넘었다. 현대의 공기는 지독하기 그지없었다. 주인님의 명령이 없었다면 이런 쓰레기 같은 곳에 나오지 않았을 것이다.

구름이 잔뜩 끼어서일까? 대낮임에도 주변은 어두웠다. 순식간에 그들의 모습이 흐려지더니 사라졌다. 마치 그림자가 이동하는 듯한 모습이었다. 아무런 방해 없이 사고 현장에 도착했다. 건물에 가려져 있어 주변은 어두웠다. 수사국과 능력자 협회의 인물들이 사건 현장을 통제하고 있었다. 총지배인과 검은 존재들이 나타나자 수사대원들이 깜짝 놀라며 주춤거렸다.

총지배인이 가볍게 손짓했다.

그러자 검은 존재 하나가 바닥에 납작 엎드렸다.

"거, 거기 뭐 하는⋯⋯."

"쉿! 돼, 됐으니까 물러나자."

"선배 왜⋯⋯? 여기 통제 지역⋯⋯! 억!"

"닥쳐! 죽기 싫으면 조용히 해."

수사대원들이 조용히 뒤로 물러났다. 협회의 인물들도 눈치를 살피다가 폴리스 라인 밖으로 나갔다. 저들이 누구인지 직감한 것이었다. 검은 존재가 마치 개처럼 땅바닥의 냄새를 맡았다. 바닥에 뿌려진 피를 핥기도 했다.

끼륵! 끼륵!

기괴한 가면이 기이한 소리를 내며 비틀렸다. 냄새를 맡던 검은 존재가 어딘가로 향하자 총지배인과 다른 이들도 그 자리에서 사라졌다. 여러 골목을 순식간에 지나더니, 허름한 건물 앞에 멈춰 섰다. 검은 존재들이 건물 벽을 마치 거미처럼 타고 올라갔다.

스윽!

수십 개의 눈이 창을 통해 건물 안을 들여다보았다.

"뭐, 뭐야!"

갑작스럽게 어두워지자 창밖을 보던 사내들이 화들짝 놀라며 뒤로 넘어졌다. 수사현장을 몰래 지켜보기 위해 남은 이들이었다.

"찾았다. 찾았다."

"흐, 흐흐흐."

"고운 피부로구나."

은빛 가면이 붉은 안광과 검은 옷자락에 비쳐 기괴한 빛을 내었다.

사내들도 능력자였다. 훈련 과정이기는 하지만 그래도 1부 리그의 길드에 소속된 장래가 유망한 능력자였다.

그들이 침착하게 무기를 꺼내려 할 때였다.

"어?"

사내가 천천히 고개를 돌려 자신의 팔을 바라보았다. 팔이 사라졌다.

"끄아아악!"

"커억!"

다른 이들도 마찬가지였다. 신기하게도 피가 흐르거나 하지는 않았다. 어느새 검은 존재들이 눈앞에 나타나 있었다. 실내임에도 휘날리는 검은 옷자락은 마치 살아 있는 촉수같이 느껴졌다.

사내는 턱을 덜덜 떨었다.

"자를까요? 벗길까요?"

"뜯을까요? 뽑을까요?"

"뭐, 뭐, 뭐……."

사내는 이해가 되지 않았다.

"음, 머리만 남아 있으면 되니 맘대로 해라."

사내의 뒤에서 노인 하나가 나타났다. 문이 열리지 않았음에도, 소리가 하나도 나지 않았음에도 노인은 그 자리에 원래 있던 것처럼 서 있었다.

"흐, 흐흐……."

"오랜만에 벗기죠?"

"음, 낭만적이군."

"으, 으으 도대체 뭐, 뭐를……! 뭐를 버, 벗긴다는……."

검은 존재의 머리가 돌아갔다.

"머리카락."

"피부."

"근육."

시야가 가려지더니 무언가 벗겨져 나갔다.

"끄아아악!"

고통은 너무나도 길었다.

수사대는 제법 먼 곳에서 들려오는 비명에 침을 꿀꺽 삼켰다. 나름 높은 랭크의 능력자라서 귀가 좋은 것이 문제였다.

"범인들이 근처에서 지켜보고 있을 줄은 몰랐는데……."

"마, 말려야 하지 않을까요?"

"JW 게이트 일이니 능력자 법에 따라 JW가 자체 해결해도 위법은 아니야. 조금, 아니, 많이 억지이긴 하지만……. 아무튼, 심각한 사안이니 무조건 협조하라고 상부에서……."

스윽!

"으, 으악! 깜짝아!"

"억!"

누군가 위에서 떨어지듯 내려왔다. 수사대원들은 깜짝 놀라며 뒤로 넘어질 뻔했다. 그들의 표정이 살짝 멍해졌다. 대단히 아름다운 여인이었다. 조금 전 그 끔찍했던 이들과는 완전히 반대였다. 뒤를 이어 깔끔한 무복을 입은 무인들도 나타났다. 여인은 벽에 난 상처와 바닥을 보더니 고개를 끄덕이고는 흔적을 쫓아 사라졌다. 무인들도 수사대원 쪽을 향해 정중히 고개를 숙이고는 홀연히 사라졌다.

"뭐, 뭔가 많이 나타나네요. 검문최가 같은데……? 저들은 JW가 아니잖아요? 문제가 있는 것 같은데……."

"야, 그냥 눈 딱 감고 못 본 척해."

"그래도……."

선배 수사대원은 후배를 보며 고개를 설레 저었다.

"세상은 네가 생각했던 것보다 막장이란다. 오래 살려면 알아서 기어야지."

"아, 알겠습니다."

선배와 후배는 서로를 바라보며 다정하게 고개를 끄덕였다. 이제 끝났나 싶어 폴리스 라인 안으로 들어갈 때였다.

"실례합니다."

"으악!"

"헉!"

뒤에서 또 누군가가 나타났다.

"영국 능력자 수사국 현장감식 전문 마법사입니다. 한국 수사대에 도움이 되고자 왔습니다."

"아! 네! 연락받았습니다. 바, 바로 오셨네요."

"하하, 한국에서 마탑 후보지를 둘러보던 중이었습니다."

"그렇군요. 아! 이쪽으로 오시지요. 커피 어떠십니까?"

"녹차도 있습니까?"

"하하! 네!"

비싸기로 소문난 마법사들이 잔뜩 몰려왔다. 마법사는 늘 챙이 넓은 모자를 쓰고 다녔지만, 이들은 아니었다. 풍성한 머리카락이 바람에 휘날렸다. 머리카락이 마구 엉켜서 불편해 보였지만 그저 은은한 미소를 지을 뿐이었다. 모자를 쓰지 않는 마법사는 요즘 급부상하고 있는 골든 위저드 학파뿐이었다.

'영국의 콧대 높은 마법사들이 웬일이지?'

후배 수사대원은 정말 기이한 날이라고 생각했다. 그는 이상한 생각이 들어 고개를 획 하고 돌려보았다.

"휴."

다행히 아무도 없었다.

진우는 옥상에 서 있었다. 그 뒤로 총지배인이 나타났다. 그에게는 진한 피 냄새가 났지만, 옷은 구김 없이 깔끔했고 피한 방울 묻어 있지 않았다.

"알아냈나?"

"네, 주인님."

"방법은?"

"일단 가볍게 죽지 않을 정도의 고통을 주었습니다. 그 후 머리만 남겨 숨을 붙여놓았습니다. 주인님께 거스른 죄는 죽음보다 무겁지요. 평생 고통 속에서 살아야 할 것입니다."

스네이크 실드 연맹에 가입된 모든 능력자의 신상정보가 진우의 손에 있었다. 한두 놈 잡아서 정보를 캐는 건 일도 아니었다. 총지배인은 사용할 수 있는 모든 방법을 동원해 진우가 원하는 정보를 뽑아왔다.

"중국계 자본을 바탕으로 성장한 금풍 길드가 연관되어 있더군요."

"위치는?"

"관련자들은 현재 금풍 길드 사무실에 있습니다. 김세연, 김찬영도 그곳에 있을 확률이 높습니다. 다만, 중국의 쓰레기는 다른 곳에 있습니다. 나름대로 머리를 쓴 것 같더군요."

진우는 고개를 끄덕였다. 금풍 길드의 길드 사무실은 꽤 규모가 있는 건물이었다.

"주인님, 저희 때문에 민간인의 피해가 예상됩니다만……."

진우는 전화 한 통으로 그 주변에 방해가 될 만한 건물들을 모두 구매했다. 피해 보상 차원에서 위로금을 지급하는 것도 잊지 않았다. 주변의 건물과 빌딩이 빠르게 비워졌다.

"이제 아무런 문제가 없군요."

총지배인은 씨익 웃었다.

진우는 차에 올랐다. 그가 탄 단 한 대의 차량만이 한신 빌딩으로 향했다. 평소를 생각하면 있을 수 없는 일이었다. 한신 빌딩의 주변은 모두 봉쇄되었다. 한신 빌딩에 도착해 총지배인이 문을 열어주자 진우가 차에서 내렸다.

진우는 빌딩으로 다가갔다. 마치 쇼핑이라도 나온 듯한 가벼운 발걸음이었다. 체구가 큰 사내들이 빌딩의 입구를 지키고 있었다. 그들은 금풍 길드의 관계자로, 상당한 능력을 지닌 능력자들이었다. 그러나 정보의 마안으로 확인할 가치조차 없었다.

진우가 다가오자 사내들이 앞으로 나오며 손을 뻗어 제지했다.

"이, 이진우?"

"머, 멈추십시오. 리그 길드 관계자 외에는 출입……."

퍼억!

사내의 머리가 바닥에 찍혔다. 어느새 나타난 검은 존재가 그의 머리를 찍어 누르고 있었다.

"무슨……. 커헉!"

옆에 있던 사내는 당황하며 반격하려 했지만, 소용없었다.

끼리리릭! 쾅!

쇠사슬이 끌리는 소리와 함께 철퇴가 작렬했다. 머리가 꺾이더니 그대로 바닥에 꽂혔다. 둘 다 부르르 몸을 떨며 기절했다.

스륵!

그들의 몸이 진우가 가는 길에 방해가 되지 않도록 옆으로 치워졌다.

"문이 너무 초라하고 작군요."

주인님께서 들어가시기에 문이 너무 초라했다. 총지배인이 손을 뻗자 빌딩의 문, 아니 문이 있는 벽면 전체가 쩌적 갈라지더니 안으로 푹 꺼지며 날아갔다. 빌딩의 앞면이 휑하게 뚫려 버렸다. 확실히 들어가기 편해진 것 같았다. 흉하지 않게 깔끔하게 뜯겨 나가 아주 시원하게 느껴졌다.

"마음에 드십니까?"

"나쁘진 않군."

진우는 빌딩 안으로 들어갔다. 그가 밟는 길은 유리 조각이나 쇳조각 하나 없이 깨끗했다. 빌딩 안으로 한 걸음 내딛는 순간 그의 뒤에 그림자가 일렁이더니 수많은 검은 존재가 나타났다. 그들은 진우의 곁에서는 너무나 정중했다. 행여 방해될까 봐 숨소리조차 내지 않고 있었다. 검은 존재가 마치 진우의 그림자라도 된 것 같은 모습이었다.

금풍 길드의 깃발이 여기저기 달려 있었다. 한국 능력자리그(KPL) 1부 리그 길드로서 중위권에 드는 인기 길드였다. 중국 자본과 중국인 구단주, 한국 선수가 섞인 특이한 곳이었다.

그런 길드가 이번 습격에 가담했으니 경호팀으로는 막을 수 없는 것이 당연했다.

금풍 길드의 깃발은 어느새 모두 사라진 상태였다. 검은 존재들은 진우의 마음을 정확히 이해하고 있었다. 길드 사무실은 능력자 법이 적용되는 구역이었다. 능력자와 관련해 많은 협상이 오갔기에 그렇게 제정되었다. 일반인들도 능력자 법에 적용이 되는 특이한 지역이었다.

금풍 길드의 길드원들이 우르르 몰려나왔다. 그중에는 법무팀 관계자들도 포함되어 있었는데, 엄청나게 당황한 눈치였다. 저들이 진우의 얼굴을 모를 리 없었다.

법무팀장이 식은땀을 흘리며 눈치를 봤다.

"지, 진정하시고⋯⋯. 오, 오해가 있으신 모양인데⋯⋯."

"맞습니다. 오, 오해가 있으신 것 같은데 이야기를 잠시 나누시지요."

관계자도 그렇게 말했다.

"오해라⋯⋯."

진우는 그 말에 고개를 설레 저었다. 가당치도 않은 오리발을 내밀려고 하고 있었다.

"컥!"

"윽! 사, 살려⋯⋯."

진우의 뒤에서 뿜어져 나간 쇠사슬 달린 낫이 그들의 목을 옭아맸다. 둘은 쓰러지면서 바닥에서 벌레처럼 버둥거렸다. 총지배인은 한심하게 그들을 바라보았다.

"주인님께서는 오해 따위 하지 않으신다. 감히 주인님을 모욕하다니……."

휘릭!

그들은 처참하게 바닥에 끌리다가 그대로 밖으로 튕겨 나갔다. 마치 쓰레기가 버려지는 듯한 모습이었다.

잠시 정적이 내려앉았다. 리그 길드의 능력자들은 당황했다. 설마 이 정도로 막 나갈 줄은 몰랐기 때문이다.

절차가 있었다. 협회의 허가가 내려지고, 수사대와 동행하여 수사하는 것이 일반적인 절차였다. 그것이 아무리 빨라도 하루는 걸렸다. 법적인 허점을 파고들면 그 이상의 시간을 벌 수 있으리라 생각했다. 하지만, 그들은 JW 게이트를 제대로 알지 못했다. 진우가 그들보다 더 악독해질 수 있음을 알지 못했다.

"무, 무슨 짓입니까? 이러고도 혀, 협회가……! 억! 끄아악!"

그렇게 말한 사내의 무릎이 자동으로 꿇려졌다. 무릎이 사라져 두 번 다시는 퍼질 수 없었다.

"미, 미친!"

"저, 전쟁을 하자는 건가?"

리그 길드원들은 주춤거렸다. 전쟁이라고 말하기는 했으나 사실은 그렇지 않았다. 일방적인 유린과 학살이었다. 진우는 몰려온 이들을 살펴보았다. 리그 길드원들뿐만 아니라 정체를 숨기고 있기는 하지만 스네이크 실드 연맹의 관계자들도 자리해 있었다. 모두 보기 좋게 모여 있었다. 스네이크 실드 연맹의 간부 하나가 진우의 시선을 받자 긴장하며 식은땀을 흘렸다.

"혀, 협회의 처벌이 두렵지 않습니까? 느, 능력자 보호법에 따라 보호 권리를 청구……."

퍽!

말하고 있던 사내의 얼굴이 꺾이더니 바닥에 자빠졌다.

"네놈이 짖는 것을 허락하지 않으셨다."

총지배인은 그를 내려다보며 그렇게 말했다. 리그 길드원들은 이러지도 저러지도 못하고 눈치를 살폈다. 총지배인이 손짓하자 검은 존재 중 하나가 기괴하게 움직이며 리그 길드원들에게 다가갔다.

그륵, 그륵!

그가 움직일 때마다 쇠사슬과 날붙이가 바닥에 끌리는 소리가 들려왔다. 그의 목이 기이하게 꺾이며 리그 길드원의 냄새를 맡았다. 리그 길드원은 압도적인 공포에 몸을 부르르 떨며 제대로 된 상황 판단을 하지 못했다.

끼륵끼륵!

기괴하게 비틀리던 몸이 리그 길드원 앞에 멈추었다. 덩치가 큰 사내였는데, 금풍 길드의 리그 복장을 하고 있었다. 검은 존재는 품에서 피 묻은 하얀 천을 꺼냈다. 그것을 가면에 가까이 가져다 대어 맡더니 몸을 부르르 떨었다. 그 모습에 리그 길드원들이 뒤로 주춤 물러났다.

"혈향의 마력이 일치합니다."

경호원들의 피에 함유된 마력은 쉽게 지워지지 않았다. 씻는다고 해도 소용이 없었다.

진우는 고개를 끄덕였다. 눈앞에 있는 놈들이 흉수였다. 정체를 숨기려고 노력은 했으나, 검은 존재의 코를 피해 가지 못했다. 그들은 피와 살육에 있어서 도가 튼 전문가들이었다. 정부 기관마저 포기한 최악의 악당들이었다. 진우는 리그 길드원들을 바라보았다.

"네놈들이었군."

진우의 목소리는 너무나 차가웠다. 드디어 웃을 수 있었다. 리그 길드원들이 몸을 흠칫 떨었다. 범인들이었다. 1부 리그의 능력자답게 C랭크의 능력을 지니고 있었다.

"고, 공격해!"

"으아아아!"

진우가 한 걸음 앞으로 나오며 달려드는 이들을 바라보았다. 총지배인은 움직이지 않고 진우의 뒤에 서 있었다. 리그 길드가 쓰는 무기는 나름 랭크가 있는 것들이었다. 능력도 나쁘지 않았다. 괜히 C랭크가 아니었다. 그러나 진우에게는 닿을 수조차 없었다. 데스나이트에 비하면 한참 부족했다.

진우의 주변에서 빛이 몰아쳤다.

"어?"

"응?"

달려드는 리그 길드원이 우뚝 멈추었다. 몸이 마치 마비라도 된 것처럼 움직이지 않았다. 진우가 그들에게서 시선을 돌릴 때였다.

퍼석! 푸시시!

갑옷과 무기가 박살 나더니 피가 솟구쳤다. 숨을 헐떡이다가 그대로 바닥에 쓰러졌다. 주변에 있던 다른 이들은 멍하니 그 광경을 바라보았다. 무기를 꺼내 들었지만 덤빌 생각을 하지 못했다.

텅! 텅! 차르륵!

검은 옷자락 밑으로 피 묻은 철퇴가 떨어져 내렸다.

그르르륵!

날붙이가 갈리는 소리가 끔찍하게 울려 퍼졌다.

모두 진우의 명령을 기다리고 있었다.

"일단 목숨은 붙여놔."

진우의 명령에 검은 존재들이 조용히 움직이기 시작했다. 리그 길드원들은 눈알을 굴리다가 이를 악물었다. 눈앞에 있는 이진우는 전혀 다른 인물이었다.

'악마……!'

'괴물이야!'

지금까지 보여줬던 모습, 파악했던 모습과는 너무나 큰 차이가 있었다. 최근에 파악한 이진우의 모습은 막 나가기는 해도 아슬아슬하게 선은 지키는 인물이었다. 그것이 일선 그룹 후계자 자리에 대한 욕심 때문이라는 분석이 많았다. 쉽게 움직이지 못할 것이라 여겼다. 하지만 아니었다. 다 죽게 생겼다. 아니, 차라리 죽는 것이 더 나을 것 같았다.

"마, 막아!"

"오, 올라가지 못하게 해!"

리그 길드원 중에서 주력 멤버인 사내가 외쳤다. 그는 연예인을 방불케 할 정도로 상당한 인지도가 있었지만, 어차피 오늘부로 없어질 이름이었다. 다급히 막으려 했다.

"시, 실드……!"

퍽!

육중한 철퇴가 실드 마법을 깨부수고 얼굴 옆에 꽂혔다. 그대로 공중에서 몇 바퀴 돌면서 날아가 벽에 부딪혔다.

부르르!

관절이 꺾이고 몸을 부르르 떨고 있지만 죽지는 않았다. 진우의 명령대로 검은 존재가 응급조치를 해 목숨을 이어놓았기 때문이다. 하지만 죽음보다 끔찍한 미래가 기다리고 있었다.

검은 존재 하나가 진우의 옆에 나타났다. 그림자에서 솟아나듯이 나타났는데, 보랏빛 기운이 일렁이는 모습이 무척이나 사악해 보였다.

"주인님. 김세연, 김찬영의 위치를 찾았습니다."

"안내해."

검은 존재가 앞서나가며 진우를 안내했다.

"으아아!"

능력자들이 진우를 막기 위해 달려들었다. 중하위권 팀이기는 했지만, 그래도 1부 리그의 길드라서 그런지 의지력은 칭찬해 줄 만했다. 진우가 직접 움직일 필요는 전혀 없었다.

"컥!"

"크아악!"

진우가 가는 길은 이미 치워져 있었다. 바닥에 쓰러져 있던 능력자 하나가 숨을 헐떡였다. 그럭저럭 맷집이 강한 능력자였다.

"리, 리그 길드를 이렇게 만들고도…… 이, 이러고도 그냥 넘어갈 것 같아? 저, 정식으로 하, 항의한, 할 것……. 히이익!"

그의 얼굴에 철퇴가 내리꽂히려는 순간 진우가 제지했다. 철퇴가 그의 이마 바로 앞에서 멈추었다.

그의 턱이 덜덜 떨렸다. 바지가 축축하게 물들어 가는 것이 보였다. 역겨운 냄새가 감히 진우에게 닿지 않도록, 검은 존재가 그곳을 불태워 버렸다. 너무나 깔끔한 소각이었다.

"끄, 끄아아악!"

진우는 그를 바라보았다. 이들은 얼마를 받고 움직였을까? 명예와 자존심을 모두 버릴 정도로 그 금액이 컸던 걸까?

"얼마를 받았지?"

"무, 무슨……."

"겨우 푼돈을 받고 움직이는 놈들이 그 잘난 리그 길드라면……."

진우의 시선에 고통에 몸부림치던 사내가 그대로 얼어버렸다.

"내가 사들이는 것도 괜찮겠군."

사내는 옆으로 치워졌다. 바닥에 쓰러진 다른 이들과 똑같이 몸이 구겨지며 아무렇게나 처박혔다. 리그 길드가 항의한다면 리그 길드를 사들이면 된다. 보복할 수단은 너무나도 많았다. 너무 많아서 고르기 힘들 정도였다.

진우는 열등감에 허우적거리다가 파멸한 이진우와는 달랐다. 주인공처럼 위기와 고통을 웃어넘길 정도로 좋은 사람이 아니었다. 자신에게 주어진 모든 것을 사용하여 철저하게 상대를 박살 낼 것이다. 그것이 진우가 이 막장 세계에서 사는 법이었다.

금풍 길드의 사무실은 원래 사람들로 붐볐던 곳이었다. 그러나 지금은 매우 한적했다. 처분하고 도피 절차를 밟고 있었기 때문이다. 해외에서 아늑한 생활이 기다리고 있었다. 국적은 물론, 좋은 직위까지 얻을 수 있었다. 명예직이기는 하지만 준기사급의 직위 정도는 얻어낼 수 있을 것이라 예상되었다. 명예와 돈이 잡힐 듯 눈앞에 보였다.

세연은 덜덜 떨었다. 그녀의 눈앞에 있는 남자는 너무나 섬뜩했다. 혀가 뱀처럼 길었고, 두 동공은 독사처럼 길게 찢어져 있었다. 스네이크 실드 연맹의 맹주, 흑사였다. 그 옆에는 금풍 길드의 주장, 준원이 초조한 기색으로 서 있었다.

"끄, 끄윽……."

김찬영은 이미 넝마가 된 상태였다. 고문이란 고문은 다 받았는지 너무나 처참했다. 독까지 중독되어 회생 가능성은 없었다.

짝!

세연의 얼굴이 돌아갔다. 입가에 피가 주르륵 흘렀지만, 그녀는 이를 악물었다.

"해제해라."

"으, 으윽……."

"의지력이 상당히 강하군."

흑사는 세연을 보며 감탄했다. 상당한 고통을 주는 독과 의지력을 흩뜨려 놓는 독까지 썼다. 거기에 약하기는 하지만 최면까지 걸어놓았다. 그러나 세연은 몸을 덜덜 떨면서도 거부하려고 노력하고 있었다. 작업이 좀처럼 진행되지 않았다.

"독을 좀 더 써라."

"흠……. 그럼, 완전 폐인이 될 터인데. 뭐, 어쩔 수 없지요."

금풍 길드의 주장, 준원의 말에 독사가 그렇게 말했다.

시간이 별로 없었다. 세연이 해놓은 이중 보안 덕분에 시간이 지금까지 지체되고 있었다.

그녀의 앞에는 노트북이 놓여 있었다. 고용량 저장장치에는 세연이 데이터화한 자료가 들어 있었다. 패턴과 마력파장을 분석하여, 그와 비슷한 성능을 내는 아티팩트를 만드는 것은 최첨단 기술이었다. 막대한 자본과 재료가 들어가는 것이 단점이었다. 그러나 이 기술의 가치를 볼 때 돈 따위는 아깝지 않았다.

'넘겨줘서는 안 돼.'

세연은 그렇게 다짐하면서 보안 해제 속도를 늦추려고 노력했다. 머릿속이 멍해졌을 때 손가락이 마음대로 움직였다. 간신히 정신을 붙잡으며 덜덜 떨리는 손을 멈추려 했다.

G&P의 자산이었다. 해독과 분해를 막아준다는 아름다운 보석. 어마어마한 가치를 지닌 유물이었고, 세계를 바꿀 기술이었다.

세연의 눈에서 눈물이 흘러나왔다. 이런 상황은 모두 자신 때문이었다. 이진우에게 도움이 되고 싶었다. 은혜를 갚고 싶었다. 그러나 민폐를 넘어 커다란 손해를 끼치고 있을 뿐이었다.

준원은 손톱을 씹으며 이리저리 움직였다.

"빨리 어떻게든 해봐!"

"알겠습니다."

"연락이 끊겼어! 지금 한국을 당장 떠야 해."

"이곳은 찾아내지 못할 겁니다. 방비도 해놓았으니……."

그렇게 말하는 흑사의 표정도 굳었다. 그 역시 초조한 기색이 가득했다. 너무나 일이 잘 풀려 이상하게 느껴졌다. 흑사는 세연의 머리카락을 거칠게 잡았다. 그리고 입을 벌려 그녀의 목을 물었다.

"꺄악!"

흑사의 송곳니에서 독이 흘러나와 그녀의 몸속으로 스며들어갔다. 그녀의 눈빛이 흐려졌다.

'아쉽군.'

흑사는 혀를 차며 그녀를 바라보았다. 그녀는 흑사가 보기에도 아까운 인재였다. 그녀의 능력을 활용한다면 막대한 부를 거머쥘 수 있었다.

세연의 눈빛이 멍해졌다. 그녀의 손이 움직이며 천천히 보안 코드 해제를 시작했다.

"빨리해!"

준원은 극도의 불안을 느꼈다. C+급 능력자인 그의 예감은 정확하게 들어맞을 때가 많았다. 준원은 빠르게 보안 해제가 되는 것을 보고 마음을 다스리려 노력했다.

흑사도 마찬가지였다. 음모를 꾸미고 있었는데 왜 이렇게 초조하고 겁이 나는 걸까? 계획대로 척척 진행되고 있는데 왜 이리 불안한 걸까?

"크흠, 이 일만 끝나면 준원 님은 일본에서 준기사급 대우를 받으실 겁니다."

"자네도 출세하겠지."

"칠룡회와 큰 인연이 생기는 일이니 아마……."

흑사가 겨우 웃으며 말하고 있을 때였다.

"찾았다. 찾았어. 벗길까?"

"아니, 주인님께서 직접 오신다. 직접……."

"운이 좋군. 흐, 흐흐흐흐."

섬뜩한 소리가 들려왔다. 쇠를 긁는 소리처럼 들렸다. 준원은 깜짝 놀라며 뒤로 주춤 물러났다.

"뭐, 뭐야. 무슨 소리야!"

"기, 기척은 없었습니다. 뭐, 뭔가……."

흑사도 놀라긴 마찬가지였다. 섬뜩한 목소리는 마치 문틈을 파고들어 온 바람 같은 느낌이었다.

해제가 완료되었다. 참으로 길었던 시간이었다. 흑사는 해제가 완료되자 빠르게 전송 버튼을 눌렀다. 워낙 대용량이라 꽤 시간을 잡아먹었다.

팅! 두드드!

바닥이 울렸다. 비명이 들리는 것 같았다. 흑사는 돌아가는 상황을 이해할 수 없었다. 준원이 길드의 능력자들을 바라보자, 능력자들은 저마다 마력을 끌어올리며 문으로 다가갔다.

잠시 정적이 내려앉았다.

퍼엉!

"컥!"

"으악!"

문이 박살 나며 문과 함께 능력자들이 쭉 날아가더니 창문을 뚫고 밑으로 떨어졌다. 살짝 손을 뻗고 있는 노인이 보였다. 하얀 장갑은 그 어떤 더러움도 묻어 있지 않았다. 단정한 모습의 복장은 집사 그 자체였다.

흑사는 그를 보자마자 몸을 덜덜 떨었다.

'초, 총지배인……!'

그는 자신의 눈을 믿을 수 없었다. 게이트 안에서 나오지 않는 총지배인이 눈앞에 서 있었기 때문이다. 그뿐만이 아니었다. 검은 복장과 기괴한 가면을 쓰고 있는 무리들이 어느새 방 안을 가득 메우고 있었다.

저벅! 저벅!

발걸음 소리가 울렸다. 총지배인은 공손히 옆으로 물러나며 고개를 숙였다. 흑사와 준원은 천천히 걸어 들어오는 사내를 보고 눈을 부릅떴다. 엄청난 압박감에 숨을 쉬기 힘들었다.

"이진우……."

세상에서 가장 만나기 힘들다는 이진우가 눈앞에 나타났

다. 진우는 방 안을 바라보았다. 방은 은신처였다. 나름대로 돈을 들여 만들었지만 안타깝게도 상대가 너무 나빴다.

대충 상황이 파악되었다. 나름대로 계획을 짜서 기술을 빼돌리려고 애를 쓰고 있었다. 흑사와 준원은 진우가 나타나자 식은땀을 흘렸다. 그대로 굳어서 움직일 생각을 못 했다.

진우는 시선을 돌려 김세연을 바라보았다.

'무사하군.'

크게 다친 구석이 없어 보였다. 독에 중독된 상태인 것 같았지만, 살아만 있다면 치료할 수 있었다.

김세연이 몸을 덜덜 떨다가 고개를 들었다. 흐릿했던 눈빛에 초점이 맞춰졌다. 눈이 마주치자 눈물 자국으로 얼룩진 얼굴에 또다시 눈물이 흘렀다. 그녀는 형수가 될 여인이기 이전에, 자신의 사람이었다.

"대, 표님……. 죄송해요."

진우는 그놈의 죄송하다는 말을 듣기 싫었다. 김세연은 제정신이 아님에도 거의 오열하다시피 했다. 육체적 고통 때문이 아니라 순전히 죄책감 때문이었다.

김찬영은 피투성이가 되어 벽에 기대고 있었다. 숨은 쉬지 않았다. 이용가치가 없기 때문인지 그냥 버려진 상태였다.

배신은 상관없었다. 그에게 걸맞은 벌을 주고 다시 죽도록 부려먹으면 되니까. 하지만 이제는 그럴 수조차 없었다.

진우는 무척이나 열 받았다.

"……"

한 걸음 더 안으로 들어오자 흑사와 준원, 그리고 리그 길드원들이 흠칫하며 뒤로 몇 걸음 물러났다.

"병원으로."

검은 존재 하나가 검은 옷자락을 펼치더니 김세연을 감쌌다. 바닥으로 스며드는 것처럼 사라지자 그곳에는 아무도 남아 있지 않았다. 김찬영의 시신도 사라졌다.

이제 이곳에는 처리해야 할 놈들밖에 남지 않았다.

진우는 천천히 고개를 돌려 흑사와 준원을 바라보았다. 단번에 독을 쓴 놈을는 것을 알아볼 수 있었다.

흑사는 진우를 노려보았다. 진우가 준원에게 시선을 옮길 때 힐끔 노트북 쪽을 바라보았다. 전송이 거의 완료되어가고 있었다. 진우는 그것을 눈치챘지만 딱히 신경 쓰지 않았다. 오히려 가져가기를 바랐다. 아주 좋은 명분이 되어줄 테니까.

"그, 그, 그러니까……."

준원은 침을 꿀꺽 삼키며 그렇게 말하다가 눈알을 굴렸다. 현장에서 걸리니 그 어떤 변명도 통하지 않았다.

"그, 금풍 길드 주, 주장 이준원입니다. 그……. 혀, 협회에 정식으로 보, 보호를……."

진우의 뒤에서 웃음소리가 들려오자 준원은 입을 닫았다. 검은 존재들이 마치 진우의 그림자처럼 느껴졌다.

경호팀장을, 경호원을 그렇게 만든 놈들이었다. 고통 속에서 죽어가도록 만들었다. 그들의 고용주로서 문제의 근원을 직접 처리하고 싶었다.

"내가 직접 하지."

"쓰레기들의 더러운 피가 옥체에 묻을까 염려됩니다."

"물러나."

총지배인과 검은 존재들이 뒤로 물러났다. 그것만으로 방 안이 환해졌다. 나갔던 전등이 다시 들어온 것 같은 느낌이었다.

흑사와 준원은 서로 눈치를 봤다. 이진우는 자만하고 있었다. 흑사도 -C랭크에 이르는 능력자였고, 준원도 리그 길드에서 유명한 실력자였다. 게다가 소수이기는 하지만 리그 길드원도 있었다. 부하가 강한 거지 이진우가 강한 것이 아니었다. 천재 소리를 듣고 있기는 하나 각성한 지 2년도 되지 않은 애송이였다.

흑사는 기회를 노렸다.

'이진우를 인질로 삼는다면……!'

위기를 벗어날 수 있을 뿐만 아니라 놈을 고통스럽게 죽일 기회도 얻을 수 있었다. 흑사는 조심스럽게 송곳니와 손톱에 독을 집중시켰다. 준원도 눈치를 보더니 손가락을 움찔하며 무기 쪽으로 가져가려 했다. 리그 길드원들도 마찬가지였다. 모두 살기 위해 필사적이었다.

진우는 그런 분위기에도 여유로웠다. 놈들에게 검 따위는 사치였다. 손을 뻗어 아공간을 열었다. 마침 딱 어울리는 것이 생각났기 때문이다.

쓰레기를 잡는데 이만한 물건이 없었다. 진우가 꺼낸 것은 긴 나무막대였다. 두께가 제법 두꺼웠고 무게도 묵직했다. 몽둥이라고 부르는 편이 맞을 것이다. 일반적인 몽둥이와 다른 점이 있다면 강화가 된 상태였다.

예전에 시험 삼아 강화했던 적이 있었다. 흑사와 준원은 갑자기 공간이 일그러지자 흠칫했다. 그러다가 몽둥이처럼 보이는 것을 꺼내자 어이없는 표정이 되었다.

저 나무막대 따위로 뭘 하겠다는 건가. 너무 자신을 얕보고 있었다. 흑사의 손이 녹색으로 물들 때였다.

휘익!

진우는 손에 들린 몽둥이를 휘둘렀다. 잔상을 그릴 정도로 굉장한 속도였다.

퍼석!

옆에 있던 리그 길드원 하나가 순식간에 사라졌다. 흑사와 준원은 어떤 일이 발생했는지 감조차 잡지 못했다.

흑사는 고개를 천천히 뒤로 돌렸다. 그곳에는 처참한 몰골의 리그 길드원이 파리채에 맞은 파리처럼 벽에 박혀 있었다.

주르륵!

흑사의 뺨에서 뒤늦게 피가 떨어져 내렸다.

"괜찮군."

내구력도 문제없었고 무엇보다 손맛이 확실했다. 진우가 고개를 끄덕이자 벽에 처박혀 있던 리그 길드원의 몸이 바닥에 떨어져 내렸다. 거기서 끝이 아니었다. 벽에 균열이 가더니 벽면이 통째로 주저앉았다. 먼지가 자욱했지만 기이하게도 진우의 주변은 한 치의 더러움도 없이 너무나도 깨끗했다.

흑사는 그제야 일이 확실히 잘못되었음을 깨달았다.

"으, 으아!"

공포를 이기지 못한 리그 길드원들이 먼저 달려들었다. 리그 길드원 둘은 길드 대전에서 했던 것처럼 합격을 시도했다. 그러나 그것은 시도에서 그쳤다.

퍽!

무언가 맞는 소리가 나더니 허리가 뒤로 꺾였다. 바닥을 마구 구르다가 벽을 뚫고 건너편까지 날아갔다. 다른 놈도 뒤로 튕겨 나가며 총지배인 쪽으로 날아갔다.

그는 가볍게 손을 휘저었다. 그러자 곤죽이 되어 바닥에 떨어졌다.

짝짝짝!

총지배인이 환하게 웃으며 손뼉을 쳤다.

"주인님, 멋진 솜씨입니다."

짝짝짝!

"나이스샷-"

"화끈하군요!"

"멋지십니다."

검은 존재들도 무기를 내려놓고 총지배인을 따라 박수를 보냈다. 이런 끔찍한 상황과는 전혀 어울리지 않는 모습이었다.

흑사는 이를 악물었다. 놀리고 있었다. 저들에게는 그저 유희에 불과했다.

"으아아! 이, 이진우…!"

혹사는 독을 뿜어냈다. 자욱한 녹색 안개가 진우를 향해 뻗어 나갔다. 사람을 단번에 죽일 정도의 극독이었지만 진우에게 독은 통하지 않았다.

"죽엇!"

인질을 잡을 생각은 잊은 지 오래였다. 진우를 죽이기 위해 날카로운 손톱을 내뻗었다. 준기사급이라고 하더라도 피하기 힘들 정도의 기습이었다.

"어?"

펑!

진우의 목을 향해 뻗어가던 손끝이 터져나갔다. 혹사는 바닥에 떨어진 손톱을 멍하니 바라보았다. 앞에 그림자가 졌다. 혹사는 천천히 고개를 들었다.

"자, 잠깐……."

퍽! 퍽!

혹사의 몸이 공중에 뜨는가 싶더니 무언가 박살 나는 소리가 경쾌하게 울려 퍼졌다. 독을 뿜어내던 송곳니가 날아가고 손톱 역시 박살 났다.

"크어어억! 카악!"

바닥에 떨어졌을 때는 모든 관절이 사라진 상태였다.

"아, 아아……."

투박한 몽둥이를 들었을 뿐인데도 진우의 동작은 준원을 멍하게 만들 만큼 아름다웠다. 그리고 잔인했다.

쨍그랑!

준원은 무기를 바닥에 떨어뜨렸다. 그의 안색은 창백하게 질려 있었다.

"모, 모두 인정하겠습니다. 혀, 협회에서 재, 재판을 받을 수 있게……."

퍽!

그의 머리가 바닥에 꽂혔다. 진우는 자비가 없었다. 몽둥이를 휘두르는 진우의 표정은 아무런 변화가 없었다.

"사, 살려……."

준원의 이가 우수수 떨어졌다. 잘생겼던 본래의 얼굴은 이미 찾아볼 수 없었다. 총지배인이 옆으로 다가와 하얀 손수건을 건넸다. 진우는 몽둥이를 내려놓고 손수건으로 손을 닦았다.

흑사는 바닥에 꿈틀거리면서도 눈알을 굴렸다. 멀리 있는 노트북의 화면이 보였다.

"돼, 됐다! 흐, 흐흐흐!"

전송이 완료되자 눈에 이채가 서렸다. 피를 토하면서도 웃고 있었다.

"흐, 흐하하하! 내가 이겼다! 내가, 내가 이겼어!"

진우가 고개를 까딱하자, 총지배인이 고급 의자를 가져왔다. 진우는 의자에 앉아 흑사를 내려다보았다.

흑사는 그를 올려다보며 비릿한 웃음을 머금었다. 그리고 간신히 고개를 돌려 노트북을 가리켰다. 전송 완료라는 글씨가 떠올라 있었다.

"크크, 도둑질당한 기분이 어떠냐? 가진 걸 빼앗긴 기분이 어떠냔 말이다! 크크큭! 세계의 판도는 오늘 뒤바뀔 것이다! 네가 졌다! 네가……."

"그것참 큰일이군."

"크, 크아아!"

흑사는 피를 토하며 발악했다. 진우는 아무렇지도 않은 표정이었다. 흑사는 발끈하였다. 제발 단 한 번만이라도 자신 때문에 얼굴을 찡그렸으면 싶었다.

얼굴을 일그러뜨리고 화를 내란 말이다! 제발, 한 번만!

"이, 이진우……. 네놈이, 네놈이 먼저 우리를 농락했다! 이것은 정당방위다! 수많은 동료가 네놈 때문에 고통을 받았단 말이다!"

"그랬던가?"

"크, 크윽! 176건의 계약 취소, 8천억 원의 위약금 강제 회수! 용병 길드 영구제명……. 회사 증발……. 이, 이 모든 게 네놈의 한 마디 때문에 벌어진 일이다! 다 네놈 탓이야!"

"음, 글쎄……."

진우는 씨익 웃었다. 그 웃음에 온몸이 굳었다. 뱀 앞에 개구리가 된 것 같은 심정이었다. 흑사는 처음으로 개구리가 되었다.

"기억이 안 나는군."

진우의 웃음이 지워졌다.

'주, 죽어야 해!'

흑사는 느꼈다. 빨리 자결해야 했다. 죽음보다 끔찍한 지옥이 기다리고 있었다. 그러나 몸이 움직이지 않았고 혀를 깨물

수도 없었다.

아윽! 아윽!

입을 움직여 혀를 깨물려 했다. 하지만 턱관절에 힘이 제대로 들어가지 않았다. 남은 이빨도 별로 없었다. 지금까지 대화한 것이 신기할 정도였다.

준원은 온몸을 덜덜 떨었다. 리그 길드의 주장답지 않은 모습이었다.

"저, 저는 모, 모르는 일입니다. 저, 저놈이 협박해서⋯⋯."

들어줄 필요가 없었다. 판결은 이미 끝났으니까.

진우는 의자에서 일어났다.

"징벌의 방으로 데려가겠습니다."

총지배인의 말에 진우는 고개를 끄덕였다. 등을 돌리자 대기하고 있던 검은 존재가 연기처럼 다가왔다. 검은 존재가 흑사와 준원을 내려다보았다.

"흐흐흐, 잘 지내보자고. 오! 눈알이 참 예쁘구나. 이젠 필요 없겠지?"

앞으로 그들이 자주 만나게 될 고문 기술자였다.

"아악!"

"아, 안 돼!"

비명은 곧 검은 파도에 파묻혀 사라졌다. 그들의 고통은 이제 겨우 시작되었을 뿐이었다.

진우는 관련자들을 모조리 압송했다. 건물 밖으로 나오자 폭발음이 터져 나왔다.

우르르르!

금풍 길드 사무실이 있던 높은 건물이 마구 터져나가다가 바닥으로 쑥 꺼졌다. 금풍 길드와 관련이 있는 모든 건물이 그러했다. 건물이 순식간에 무너지는 모습은 장관이었다. 잔해가 날리며 주변 건물에 상당한 피해가 갔지만 상관없었다.

어차피 모두 진우의 소유였기 때문이다.

"후……."

진우는 깊은숨을 내쉬었다. 차갑게 내려앉았던 이성이 다시 올라오는 기분이었다. 다소 막 나가기는 했지만, 후회는 없었다. 후회는 그들이 해야 했다.

"류웨이는?"

"현재 검문최가에서 추적 중입니다. 한국을 벗어나기는 힘들 것입니다."

타이밍이 딱 맞게, 중국이 류웨이를 기사에서 제명하고 중국 국적에서 지워 버렸다. 이번 일과 관련된 것들을 모두 지우고 있었다. 전형적인 꼬리 자르기였다.

'재미있군.'

일이 아주 재미있게 돌아가고 있었다.

차에 올랐다. 총지배인과 검은 존재들은 관련자들을 모두 잡아들이기 위해 바쁘게 움직였다. 협회에 보호 요청을 하는 길드가 생겨났지만, 협회는 시큰둥하고 미지근한 대응을 할 뿐이었다. 진우는 보고만 받고 세연이 있는 병실로 향했다. 경호원들이 누구도 접근하지 못하게 막고 있었는데, 흑사의 독은 마치 바이러스처럼 감염성이 있었기 때문이다. 물론, 세연은 포션으로 이미 회복된 상태라 형식상의 일이었다.

병실로 들어간 진우는 세연에게 다가갔다. 그녀는 죄책감에 물들어 있었다. 얼굴이 무척이나 초췌했다. 진우를 보자마자 몸을 떨었다. 손이 부들부들 떨리고 있었다.

"죄, 죄송합니다. 저 때문에……. 제가 모, 모든 책임을……."

진우는 고개를 저었다.

"괜찮습니다. 신경 쓰지 마세요. 별거 아닙니다."

세연은 진우가 화를 낼 거라 생각했지만, 진우는 오히려 부드럽게 웃으며 자신을 달랬다. 그러자 눈물이 뚝뚝 떨어졌다.

"흐윽, 그, 그래도…… 그건……."

"제가 허락했던 거니까요. 제 책임이죠."

"하지만……."

진우는 그 기술이 별거 아닌 거라고 말하기 모호해서 그냥 돌려 말했다.

"몸은 괜찮나요?"

"……괘, 괜찮아요. 그…… 포션은……."

세연은 잊을 수 없었다. 죽어가는 자신을 살린 건 아름다운 포션이었다. 몸이 순식간에 회복되고 흉터도 없어진 걸 보면 돈 주고도 못 살 보물이 분명했다. 그런 포션을, 유출의 원인을 제공했던 자신에게 사용했다.

"아무튼, 무사하셔서 다행입니다."

진우의 부드러운 음성이 들려왔다.

'아······.'

세연은 진우를 멍하니 바라보았다. 그의 표정에서 진심을 읽을 수 있었다. 말만 그렇게 하는 것이 아니었다. 자신이 무사한 것을 정말 다행이라고 여기고 있었다.

'어째서······.'

엄청난 기술이 유출된 상황이었다. 핵심 기술 유출은 능력자 법에 따라 큰 처벌을 받을 수 있는 일이었기에, 그녀도 각오하고 있었다. 고의가 아니었다고는 하나 그만큼 큰 사안이었다. 진우가 자신을 질책해 주기를 바랐다. 처벌해 주길 바랐다. 그러나 그것도 자신의 이기적인 생각일 뿐이었다.

'나는······ 아직도 나만 생각하고, 나만 편해지자고 그런······.'

진우는 기술은 중요하지 않다고 말했다. 이런 상황에서도 자신을 걱정해 주었다.

어째서? 어떻게 저렇게 웃으면서, 이런 상황을 아무렇지도 않게 받아들이는 걸까?

'아······.'

그녀는 진우가 오기 전에 이야기를 들었다. 그는 경호팀장과 경호원들을 치료하기 위해 천문학적인 금액의 포션을 아낌없이 사용했다. 기술 유출보다는 자신의 사람이 다친 것에 분노해, 모든 절차와 체계를 무시하기까지 했다. 협회의 승인에 따른 합법적인 절차 없이 리그 길드를 쑥대밭으로 만든 사건은 분명 큰 논란이 될 만했다.

세연은 총지배인이 준 책의 내용이 떠올랐다.

'주인님께서는 당신을 버리지 않는다. 우리는 그분의 수족이자 부하이고 가족이다.'

그는 누구보다도 자신의 사람을 소중하게 생각했다. 그 어떤 역경과 고통 속에서도 결코 포기하지 않았다. 심지어 배신할지라도. 내용이 조금은 과장되었다고 생각했지만, 지금에서야 그것이 진실임을 깨달을 수 있었다.

그는 대범한 걸까? 마음이 넓은 걸까? 아니면 이런 일에 익숙한 것일까. 어쩌면 배신의 고통은 그에게 아무렇지 않은 일인지도 몰랐다. 마치 일상과도 같아서.

'내가 바뀌지 않으면⋯⋯.'

그녀는 흐르는 눈물을 닦았다. 그녀의 눈빛이 또렷해졌다. 어떤 독기마저 느껴졌다.

진우는 그녀의 분위기가 갑자기 바뀌자 흠칫했다. 펑펑 우는가 싶더니 깊게 고민에 빠졌다가, 눈을 아주 무섭게 떴다. 이상하다고 생각할 수밖에 없었다.

'치료가 덜 됐나?'

포션이 안 들을 리가 없었다. 치료는 되었지만, 정신적으로 힘든 것이 분명했다. 진우는 그녀가 걱정되었다.

"음⋯⋯. 휴가를 드릴 테니 푹 쉬고 오세요."

"괜찮습니다. 꼭 만회하도록 하겠습니다."

"괜찮아요. 살다 보면 이런 일도 있고 그런 거죠."

"아니에요. 그럴 수는 없어요. 무슨 일이 있더라도, 절대로……."

진우는 강한 의지가 느껴지는 그녀의 말에 고개를 끄덕일 수밖에 없었다. 그러고 보면 그녀는 약간 소심한 듯 보였지만 실제로는 의지가 상당히 강했다. 이민우와 함께 있으면서 나온 모습이기는 한데, 이번 일로 심적 변화가 있는 모양이었다.

'하긴, 그런 일을 겪었는데……. 음?'

세연의 주변에서 무언가 일렁이는 것이 보였다.

진우는 정보의 마안으로 살펴보았다.

[유능한 연구원 김세연이 황금의 군주에 의해 각성하였습니다.]

[A]독기 어린 순애의 연구원(각성)

A랭크의 잠재력을 지닌 김세연이 자신의 틀을 깨고 각성하였다. 아름다운 마음과 독기를 품은 정신력으로 나날이 성장해 나갈 것이다. 그녀의 그러한 모습은 실생활에 영향을 미칠지도 모른다.

*연구 속도 200% 상승.

*연구 성공률 200% 상승.

-각성 기술

[A]순애

누군가를 위해 끊임없이 노력한다.

자신의 한계를 극복할 수 있다.

*A+랭크로 한계 돌파 가능.

[A]고속분석

고속사고를 통해 분석한다. D급 이하의 아티팩트는 보는 것만으로도 파악할 수 있다.

[A]회로작성

아티팩트, 유물을 분석하여 회로를 작성할 수 있다. 자유롭게 응용할 수 있다.

심리적 충격이 그만큼 커서였을까?

'음…….'

원작에서도 유능하게 나오긴 했지만, 지금은 원작을 뛰어넘을 가능성이 충분하다 못해 넘쳤다.

'좋은 변화 같긴 한데…….'

진우는 고개를 끄덕였다. 그런데 왜인지 불안해졌다.

to be continued